Assia Djebar

Oran
Algerische Nacht

Zu diesem Buch

Bruchstücke des Lebens, die die Frauen beim Kommen und Gehen, als Reisende, als Passagierinnen weitergeben und erzählen. Sie schlagen Brücken zwischen Europa und Nordafrika.

»Wie soll, wie kann man über Hass und Mord sprechen, wenn keine Öffentlichkeit da ist, die zuhört, die sich erinnern will? Es ist, als sei die Sprache vom Verstummen bedroht. Wo das lebendige Sprechen versagt, bleibt das geschriebene Wort und damit die Hoffnung auf den Leser, der durch seine Lektüre das Schreiben über Verfolgung und Mord zur Zuflucht für die Kraft zur Rebellion und zum Leben macht. Assia Djebar verflicht kunstvoll mythische und berichtende, schriftliche und mündliche Überlieferung mit fremden und eigenen Eindrücken aktuellen Geschehens.« *Renate Wiggershaus, Neue Zürcher Zeitung*

»Aller meisterhaften Technik zum Trotz überzeugt Assia Djebar vor allem durch eine aus der Mode gekommene, aber möglicherweise demnächst wieder angesagte Qualität: durch das politische Engagement ihrer Literatur gegen den Fanatismus.« *Christiane Schott, Stuttgarter Zeitung*

Die Autorin

Assia Djebar, 1936 in Algerien geboren, Schriftstellerin, Historikerin, Filmemacherin, ist die bedeutendste und international erfolgreichste Autorin des Maghreb. Sie lebt in Paris und New York. 1996 wurde ihr der Neustadt-Literaturpreis verliehen, 2000 der Friedenspreis des Deutschen Buchhandels. Ihre Bücher sind in fünfzehn Sprachen übersetzt.

Im Unionsverlag sind außerdem lieferbar: »Durst«, »Fantasia«, »Fern von Medina«, »Die Frauen von Algier«, »Frau ohne Begräbnis«, »Nächte in Straßburg«, »Die Schattenkönigin«, »Die Ungeduldigen«, »Weißes Algerien« sowie »Weit ist mein Gefängnis«.

Die Übersetzerin

Beate Thill, 1952 geboren, studierte Anglistik und Geografie. Seit 1983 ist sie Dolmetscherin und freischaffende literarische Übersetzerin für frankofone Literatur. Ihre Spezialgebiete sind die Karibik, Film, Psychoanalyse und Feminismus.

Assia Djebar

Oran
Algerische Nacht

Aus dem Französischen von
Beate Thill

Unionsverlag
Zürich

Die Originalausgabe erschien 1997
unter dem Titel *Oran, langue morte*
bei Actes Sud, Arles.
Die deutsche Erstausgabe erschien 2001
im Unionsverlag, Zürich.

Im Internet
Aktuelle Informationen,
Dokumente, Materialien
www.unionsverlag.com

Unionsverlag Taschenbuch 275

Rieterstrasse 18, CH-8027 Zürich
Telefon +41 (0)1 281 14 00, Fax +41 (0)1 281 14 40
mail@unionsverlag.ch

Umschlagkonzept: Heinz Unternährer, Zürich
Umschlagfoto: Rafik El Kamel
Druck und Bindung: Clausen & Bosse, Leck
ISBN 3-293-20275-6

Die äußeren Zahlen geben die aktuelle Auflage
und deren Erscheinungsjahr an:
1 2 3 4 5 – 06 05 04 03

Inhalt

Bald weiß ich nicht mehr,
wohin ich meine Träume flüchten soll.
Gérard de Nerval
Brief an Théophile Gautier 1843

Man rennt nach Oran zurück und
flieht wieder hinaus.
Algerisches Sprichwort

ALGERIEN, ZWISCHEN BEGEHREN UND TOD

Oran, erstorbene Sprache

Lesen, schreiben, brüllen, kotzen, das lernte ich in Algerien.
Hélène Cixous, *La jeune née*

Für Yamina

I

Liebe Olivia! In diesen Ferien komme ich nicht zu Euch nach Sardinien wie letzten Sommer. Ich fahre nach Hause. »Wohin?«, wirst Du fragen. Ich schreibe es Dir: ich wage es Dir nicht laut zu sagen. Ich irre in der beginnenden Junihitze umher, ich irre durch die Straßen von Paris, und ich habe beschlossen: Ich fahre nach Hause. »Wohin?«, wirst Du wieder fragen, und Deine Augen werden noch größer. Olivia, dieses Jahr wird es für mich keine Kopfsprünge in die Bäche Eures Dorfes geben, ich werde nicht nächtelang auf dem alten Platz sitzen, mit euren Nachbarn und den von weit her gekommenen Freunden. Ich fahre nach Hause, Olivia. Morgen sage ich es Dir, oder übermorgen. Oder ich schreibe es Dir.

Fahre ich diesmal wirklich nach Hause? Oder vielmehr zu meiner Mutter, das heißt zu meiner Tante mütterlicherseits. Ihre Kräfte schwinden, sie wird alt. Vor zwei Jahren noch erwartete ich sie um die gleiche Jahreszeit auf dem Flughafen Orly. Sie blieb kaum einen Tag in Paris. Anschließend begleitete ich sie zur Kur nach Savoyen. Ich ging mit ihr jeden Morgen zu den Anwendungen im Thermalbad. Den Rest des Tages spazierten wir mit kleinen Schritten den See entlang. Sie erzählte mir, meine Tante, sie erzählte mir nur von zu Hause.

Als die Kur zu Ende war, hatte sie es eilig, in die Heimat zurückzukehren, ich verabschiedete mich von ihr. Erleichtert reiste ich zu Euch, in Euer sardisches Dorf.

Diesmal habe ich Dir geschrieben, Olivia. »Erwartet mich in diesen Ferien nicht bei Euch! Wir beide treffen uns im September wieder, im Lycée, wo wir unterrichten.«

Du hast Deine Abreise jedoch um einen Tag verschoben. Du kamst sofort angerannt: »Was ist mit den Attentaten? Sie passieren auch in deiner Stadt, obwohl du sagtest, sie bliebe verschont!«

Du warst besorgt, Du ließest nicht locker: »Wirst du auch dorthin fahren?«

»Der Tod kommt im Reigen, Olivia. Er kommt als schauriger Tänzer. Du siehst es ja an der Nachricht dieser Woche, ein Rai-Sänger wurde umgebracht, sie erschießen sogar die Nachtigall! Was soll man machen, und vor allem, wie soll man das verstehen?«

Selten spreche ich über unsere Stadt, doch da war dieser Gedanke: »Ich kenne die Leute dort drüben: Für einen Todesfall oder einen Mord opfern sie drei Tage. Die verbringen sie mit Weinen, in Schweigen oder im Gebet. Aber für Feste brauchen sie mindestens sieben! So ist es in Oran, wie es im übrigen Land ist, weiß ich nicht ...«

Endlich hatte ich meine Bitterkeit laut ausgesprochen, so wurde sie deutlich, und ich konnte mir selbst über sie klar werden: »In Oran gibt es drei Tage Weinen und Schweigen für einen, auch für zwei Ermordete! ... Danach geht das Leben weiter ...«

In Oran vergisst man. Vergessen über Vergessen. Eine weißgewaschene Stadt, ein geweißtes Gedächtnis. Nach der Unabhän-gigkeit haben sie das Herz der Stadt zehn Jahre lang aussterben lassen – mit Ausnahme einiger Büros, der Verwaltungssitze von zwei, drei Staatsfirmen.

Freilich, die Schar der kabylischen Händler und der Geschäftsleute aus Tlemcen ist dann zurückgeströmt. Da die beiden Gruppen im Wettbewerb standen, war in nur zwei, drei Monaten die verlorene Zeit wieder aufgeholt. Die Leere wurde wieder bevölkert, sogar überfüllt!

Doch davor war die ganzen Sechzigerjahre hindurch das Herz von Oran zerstört. Mit Melancholie und Wehmut bestäubte Fassaden, Läden mit herabgelassenen Metalljalousien, Wohnhäuser der Jahrhundertwende mit eleganten Balkonen, aber ganze Etagen verschlossen und erloschen, in den langen, engen Straßen kein Kindergeschrei und keine Rufe spottlustiger Mütter. Kein Bettler, nicht einmal ein blinder, wagte sich von El Hamri bis hierher!

Gewiss, ein paar Cafés an den Straßenkreuzungen waren noch besucht. Zwei, drei Hotels wurden renoviert und mit dem Anspruch, »schick« zu sein, neu eröffnet: Sie gehörten reichen Leuten aus der Hauptstadt, die ihr Geld hier anlegten, für die Zukunft … Für die Zeit, wenn Oran endlich wiedererstehen würde, aufwachte als die »Fröhliche«, genau wie früher: dieser Ruf war nur für eine Weile verschwunden … Die Docker, die Arbeiter und selbst die Ganoven – Letztere schauten sich nur kurz in den Hafenvierteln um, auf der Durchreise nach Spanien oder Marseille –, sie alle suchten nur zaghaft die einst so beliebten Orte auf, als fürchteten sie, Abwesende, die nicht wirklich abwesend waren, könnten sich bemerkbar machen.

Im Stadtzentrum war der Alltag noch lange nach der Unabhängigkeit von 1962 erstarrt, gespenstisch.

Ja, in meiner Stadt vergisst man. Nach drei Tagen oder sagen wir: drei Monaten. Sogar meine Tante – die mich aufzog, nachdem »es«

passiert war – fing schon nach einem Jahr wieder an, jeden Morgen zu trällern, Abzählverse von einst, manchmal auch diese alten andalusischen Schaukellieder.

Das Vergessen hüllt diese Orte ein. Sobald ich konnte, verließ ich die Stadt, wo die Erinnerung geschleift wird, wo sich sogar der tiefste Groll der Seele irgendwann verliert.

Jahrelang schluchzte ich, wenn der 2. Februar nahte. Noch als Heranwachsende zitterte ich, schluchzte ich jeden 2. Februar. Den Rest des Monats schwieg ich ganze Tage hindurch.

Sobald ich konnte, wollte ich fortgehen, und zwar mit dem Schiff. Von unserer Dachterrasse aus hatte ich so oft nach den Passagierdampfern gespäht, die majestätisch in den Hafen einfuhren. Wenn sie einige Tage später wieder in See stachen – voll beladen mit ihrer Fracht von Wein –, stand ich dort oben, beobachtete genau ihr Kielwasser, während mich ein heftiges Fernweh ergriff.

Schließlich bestieg ich das Schiff, nach Frankreich. Mit achtzehn Jahren, nach meinem Abitur. Um zu studieren, meinte meine Mutter, das heißt meine Tante mütterlicherseits. Für immer, hatte ich beschlossen. Gegen die Verleugnung durch die Menschen, die Orte, sogar durch die Dinge.

Mein Vater und meine Mutter liegen noch dort begraben, hinter einem Hügel. Als ich auf der Brücke des Schiffes stand, suchten meine Augen den Friedhof; ich stellte mir die beiden Gräber vor, in die sie gelegt worden waren, Seite an Seite, in jener Nacht noch, aber ich war nie dort gewesen.

Ich kehre nach dreiunddreißig Jahren (einem ganzen Leben) zurück zu Euch. Werde ich endlich Eure Gräber besuchen?

1962 war ich zehn Jahre alt. Sie haben euch beerdigt am 5. Februar, morgens um drei. Man hatte uns die beiden Leichen nicht zurückgeben wollen.

»Soll ich dich aufwecken, willst du mitkommen?«, fragte mich am Abend meine Tante leise. Sie weinte nicht. Sie war ganz starr, aber in ihrer Stimme spiegelten sich, wenn sie das geringste Wort aussprach, schwarze Tränen. Auf ihren Wangen und in ihren trockenen Augen war nichts von ihnen.

Ich schüttelte den Kopf. Ich kauerte auf meiner Matratze am Fenster. Für sie tat ich, als würde ich einschlafen: damit sie mich nicht weckten, die Tante und die beiden Cousinen, wenn sie nach Mitternacht das Haus verließen. Drei Frauen, in ihren weißen Umhang gehüllt, und ein siebzehnjähriger Neffe, der ihnen als Führer diente, gingen zum Friedhof von El Alia.

Ich schlief nicht. Ich hörte sie gehen, alle vier. Ich kauerte unter den Betttüchern, bis zum Morgengrauen. Mein Kopf lag auf meinen Knien.

Als die Tante zurückkam, hob sie mich in ihre Arme. Sie zog mich aus, streifte mir ein Hemd über. Ich ließ es geschehen wie eine schlaffe Puppe. Sie stöhnte, im Glauben, dass ich es nicht hörte: »Im Namen Gottes! … Im Namen Gottes!«

Dann hat sie mir mit ihren kühlen Händen, ich erinnere mich, lange den ganzen Körper massiert; sie hat mich fast gewalkt, von den Schultern über die Hüften bis zu den Knien. »Im Namen Gottes!«, sagte sie immer wieder, und dann: »Gott der Barmherzige, der Erbarmungsvolle!«

Ich ließ es geschehen. Ich wollte tot sein. Schlafend oder tot, wie meine Mutter. »Maman!«, rief ich sie, auf französische Art, sie, die doch von Franzosen ermordet wurde.

Gleich am nächsten Morgen begann meine Tante mit ihrem Gebet. Regelmäßig und unauffällig, fünfmal am Tag. Kurz vor Tagesanbruch kniete sie manchmal in meinem Zimmer neben der Matratze nieder. Ich wartete, dass ihre Stimme flüsterte wie in jener Nacht, als sie vom Friedhof zurückkehrte. »Gott der Barmherzige, der Erbarmungsvolle!«

Sie hat so eine süße Stimme, meine Mutter, das heißt meine Tante mütterlicherseits.

II

Lange Zeit später – ich war nicht mehr zehn, sondern zwölf, vierzehn Jahre alt – fasste sie den Mut, mir jene Nacht auf dem Friedhof zu schildern.

»Wir kamen über die obere Pforte hinein. Die Nacht war hell, der Mond war zu drei Vierteln voll. Vom Himmel strömte ein fahles Licht überallhin, aber es war feucht. Außer uns kamen noch andere Frauen in Gruppen, sie flüsterten oder weinten manchmal, sie suchten die Gräber.

Was mir zuerst auffiel, waren überall verteilt Gruppen von vier, fünf jungen Männern, die mit nackten Armen die Erde aufhackten, sie gruben an der ganzen Flanke des Hügels. Es war seltsam, all die Männer, die sich abrackerten wie am helllichten Tag! Hier und da flackerten neben ihnen Kerzen mit unstetem Licht: Sie arbeiteten hastig, im diffusen Schein des fast vollen Monds. Was ich dann hörte, ließ mein Herz gefrieren. ›Sie graben Gräber, aber sie wissen nicht, wie viele sie brauchen!‹, sagte eine Unbekannte ziemlich laut, eine kauernde Alte mit hartem Gesicht und ganz schwarzen Augen. ›Es wird viele zu beerdigen geben, heute Nacht, wie schon in der vorigen und auch in der kommenden Nacht! Hört, meine Schwestern‹, und ihre raue Stimme brach, ›sie können noch so viele Gräber graben, es werden nicht zu viele sein! Sie werden gebraucht, ihr werdet es sehen!‹

Die Armee wird mit Lastwagen vom Leichenschauhaus kommen, aus den beiden wichtigsten Hospitälern, erklärte man uns …

›Die Gräber müssen für alle reichen! Für alle, die gestern und heute getötet wurden!‹«

So schilderte meine Tante Jahre später diese vom Mond erhellte Nacht; die weiß verschleierten Angehörigen kauerten vor den offenen Gräbern … Dahinter waren die Totengräber mit der Hacke, schweigend, schon gefühllos vor Müdigkeit, an der Arbeit.

Meine Tante fuhr fort: »Wir saßen da, in einem Winkel, wir, die Lebenden, die auf die Toten warteten. Diese eine Stunde kam mir vor wie Jahre!

Hinter uns hatten Frauen einen alten Koranlehrer mitgebracht, er begann leise, Suren zu singen. Die näselnde Stimme des Taleb klang weit, sie schien unermüdlich zu sein.

Plötzlich schrie eine Frau, deren Leibesfülle sich unter den Gewändern abzeichnete: ›O Schwestern, sagt dem Taleb, er soll still sein. Gleich werden die Soldaten kommen, das heilige Wort Gottes wird sie rasend machen. Ich kenne sie, sie mögen es nicht hören, die Unseligen! Sagt ihm, er soll still sein oder in seinem Herzen singen, eine solche Segnung wird für unsere Toten ebenso wirksam sein. Die Soldaten oder die wütenden Berserker, die mit ihnen kommen, wer weiß, ach, sie werden sich an ihm vergreifen, dem heiligen Mann! Oder an uns Unglücklichen!‹

Sie hatte laut deklamiert, die Matrone war eine Rednerin. Der Taleb verstummte schlagartig.

›Auch er kennt also die Angst‹, dachte ich. ›Obwohl er mit dem heiligen Wort bewaffnet ist, fürchtet er um sein Leben!‹

Und die so helle Nacht erschien mir plötzlich bedrückend.

Kurz darauf kamen die Soldaten. Sie luden Dutzende von völlig verhüllten Leichen ab.

Eine Nachbarin, die im Leichenschauhaus arbeitete, hatte meinen Neffen Ali heimlich benachrichtigt, nun trat er zu ihnen vor. Er nannte den Namen deiner unglücklichen Eltern.

Ein Offizier zog ein weißes Blatt Papier hervor. Er suchte die Namen, nannte zwei Nummern …

Ich fühlte mich wie gelähmt. Ich saß auf der Erde vor einem fertigen Grab, das nur noch auf seinen namenlosen Inhalt wartete. ›Jetzt ist es so weit‹, dachte ich, ›wie soll ich nur aufstehen?‹

Deine beiden Cousinen haben mir aufgeholfen. Ali hat die beiden Nummern wiederholt. *(Habiba und du, Abbas, ihr seid jetzt Nummern! Sie haben Nummern aus euch gemacht! O edler Prophet,*

Du bist Zeuge!) Er hat mich dann geführt, so gut er konnte, mit kleinen Schritten zwischen den Grüppchen hindurch, aus denen hier und da Schluchzer aufstiegen.

Das Gehen fiel mir so schwer, meine Kleine, Schritt für Schritt. Ein Gedanke brannte in mir: ›Warum bin nicht ich es, die sie heute Nacht beerdigen? Es wäre gerechter, o mein Gott! Ich bin doch zehn Jahre älter als Habiba, meine kleine Schwester! Warum sterbe nicht ich, ich bin schon fünfzig und habe keine Kinder.‹

Ich habe mich den Toten genähert, die mit dem Leichentuch oder einer einfachen Decke umwickelt waren. Zwei Männer, von denen jeder einen Toten trug, gingen auf zwei Gräber in einem Winkel des Friedhofs zu.

›Tante, das sind sie!‹, sagte mein Neffe leise.

Da habe ich mich vor den Gruben auf einem ebenen Stück Erde hingeworfen. ›Wartet! Gott ist groß!‹ Ich habe geschrien, glaube ich. Sie haben mich wieder aufgerichtet.

Die beiden Männer, die Träger, blieben geduldig stehen und hielten mit gestreckten Armen ihre Last hoch. Ich beugte mich vor. Deine Cousinen stützten mich unter den Schultern. Mit beiden Händen habe ich schließlich das Tuch über dem ersten Verstorbenen angehoben.

Sie war es! Mit ihrem Gesicht wie ein süßer Mond, unverletzt in seiner Anmut und seinem Zauber.

Sie, Waise seit ihrer Kindheit, die Tochter meiner viel geliebten Mutter. Habiba! Auch wenn ihre Augen geschlossen waren, sie schaute mich an, das weiß ich!

›Habiba!‹ Ich habe mich über sie gebeugt. Ich habe sie geküsst. Auf die Stirn, auf beide Wangen. Kalt, wie aus Marmor. Ich habe zu ihr gesprochen.

Deine Cousinen halten mich immer noch an der Schulter. Der Taleb beginnt, dicht hinter mir, leise die Fatiha zu sprechen, wie Balsam breitet sie sich in meinem Herzen aus.

Plötzlich sehe ich um den Hals meiner Schwester an einer Schnur ein Metallplättchen mit einer Nummer. Meine Hand streckt sich – wie automatisch – danach aus und reißt das Plättchen ab. ›Ihre‹ Nummer. Ich habe sie für dich aufbewahrt, meine Kleine, ich habe dabei an dich gedacht.

Jetzt stützte mich Ali mit seinen kräftigen Armen. Und die beiden Cousinen? Sie waren hingesunken, glaube ich, an den Rand des Grabs. Sie weinten in kurzen, klagenden Schluchzern. Ich weiß nicht, ich habe sie nie gefragt, ob sie ebenfalls Habibas Gesicht gesehen haben.

Ali hat mich langsam zum anderen Leichentuch geführt. Deinen Vater musste ich auch sehen. Der zweite Träger wartete, den Arm unter seiner Last gereckt.

Dein Vater, der Prinz meiner kleinen Schwester! Den sie liebte, seit sie zwanzig war: Abbas.

Wir haben das Tuch weggezogen: Er hatte aufgedunsene Gesichtszüge. Er war kurz vor der Operation, als die Mörder ihn in seinem Krankenzimmer überfielen. Ich habe ihn natürlich erkannt. Auf seiner Stirn und seinem Schädel waren noch die schmutzigen Verbände, glaube ich.

Meine Hand hat sich nach dem Plättchen ausgestreckt, nach seiner Nummer. Ich habe wieder das Einzige für dich mitgenommen, was ihm geblieben war: ›66‹ für Habiba und ›67‹ für Abbas. In dem Moment, als ich das zweite Plättchen einstecken wollte, bemerkte ich, dass es mit seinem Blut befleckt war.

Hinter mir nahm der Taleb seine Litanei wieder auf. Er sang die sanfte Sure Yasin, die den Toten vorbehalten ist.

Dann haben sie unsere beiden Lieben tief unten in die Erde gebettet, die nun ihr Mantel sein sollte! Zwei Gruben Seite an Seite. Ich betete, die Cousinen weinten. Ich hörte, wie die Lastwagen hinter uns losfuhren. Ich weiß nicht, wie lange wir so da gestanden sind.

Die Arbeiter waren näher gekommen. Ihre Schaufeln warfen neben uns feuchte Erde auf …

›Weg von hier! Ich will weg!‹, sagte ich erschrocken zu Ali.

Wir gingen. Andere Gruppen von Frauen bewegten sich umher, schweigend oder leise sprechend. Es schien nicht mehr das gleiche Licht: der Mond hatte sich verschleiert.

Ali gab dem Taleb Geld, der wandte sich dann neu ankommenden Frauen zu. Im Hinausgehen sah ich, dass die Männer mit der Hacke ihre Arbeit ohne Unterbrechung fortsetzten.

›Für die nächste Nacht!‹, rief einer von ihnen schicksalsergeben.

›Gott möge die Gläubigen verschonen!‹, antwortete ich ihm.«

Und meine Tante schloss die Geschichte wie üblich ab:

»Gott der Barmherzige, der Erbarmungsvolle!«

Als sie mir nach so langer Zeit von jener Nacht der Trauer erzählte, beschloss sie, mir die beiden Plättchen zu übergeben, die sie damals vom Hals der beiden gerissen hatte. Mit dem getrockneten Blut.

Dies war meiner Tante wertvollstes Geschenk, Olivia (ich schreibe Dir jetzt von Oran einen Brief in Dein Dorf auf Sardinien).

Weißt Du, es gibt diesen Moment zwischen uns Frauen, es gibt einen Moment, wenn diejenige, die dir in diesem ganzen Volk der Frauen am nächsten steht (nicht nur die Mutter oder die Großmutter, auch die ältesten Schwestern oder Tanten, die im Haus des Vaters geblieben sind, oder die Adoptivmutter oder die Milchschwester, ja, manchmal auch die erste Frau des Vaters, die nie geboren hat und es als ihre Aufgabe sieht, die Kinder der zweiten Frau zu erziehen), sich vor dich hinkniet, wenn ihr alleine seid, und da sie nicht weiß, wie sie dir ihre Zärtlichkeit, ihre Zuneigung ausdrücken soll, sucht sie in ihrer Verlegenheit einen Weg, sie möchte dir etwas von sich geben: Meist ist es ein wertvoller Ring, oder es sind zwei Armreife aus altem Gold, die man paarweise trägt, manchmal hat sie auch nur ein seidenes Tuch mit schweren Fransen in schillernden, verblichenen Farben zur Hand, das du als

Schal tragen wirst … O ja, Olivia, in diesem Augenblick der Gabe gibt dir die Verwandte, die Freundin zu verstehen, dass du ihr am nächsten stehst, dass sie von nun an bereit ist, sich einzuschränken: regelmäßig zu beten, auf einem bestimmten Weg voranzuschreiten, den sie vor sich gesehen hat, auf einem so schmalen Pfad!

»Damit du mich nicht vergisst«, sagt die Spenderin, es sprudelt aus ihr heraus: »Weil du so schön und jung bist! Du hast das Leben vor dir, möge Gott dir die Tage rosig erscheinen lassen, die Gunst des Geschicks möge sie dir erleuchten!«

Worauf dann du – die Tochter, die Enkelin, die Nichte, jedenfalls die Sanfteste oder die Vielversprechendste im Hause, dich wehrst: »Du sollst diesen Ring tragen! Dieser Schmuck ist zu schön für mich! Das kann ich nicht annehmen!«

Aber du lehnst die Gabe nicht ab, das könntest du nicht. Du nimmst sie an. Wischst dabei eine Träne weg.

Als meine Tante, das heißt meine Adoptivmutter, mir die beiden Plättchen hinhielt – mit den Nummern »66« und »67«, beide mit bräunlichen Flecken –, hatte sie eben diese schreckliche Nacht geschildert, zu der ich sie als Zehnjährige nicht hatte begleiten wollen. Stattdessen war ich auf meiner Matratze gekauert, reglos bis zum Morgengrauen.

Sie überreichte mir die Plättchen schweigend. Eine Opfergabe? Eher eine Rückerstattung. Mit der Fingerspitze berührte ich das getrocknete Blut auf den Ziffern, die man im Leichenschauhaus für sie gewählt hatte.

Als ich mit achtzehn die Stadt verließ, nahm ich die Plättchen mit. Bei meiner Rückkehr in diesen Tagen trage ich sie immer bei mir.

III

Von den zehn Jahren meiner Kindheit (denn nach ihrem Tod gab es keine Kindheit mehr) hatte ich höchstens zwei Jahre mit meinen Eltern zusammen verbracht. Habiba, meine Mutter, zog meinen Vater sehr früh in ihre Gewerkschaftsarbeit hinein. Mitten während der so genannten Ereignisse, ich glaube, es war etwa 1957, wurde sie nach Frankreich ausgebürgert und er vor Gericht gestellt, man verbannte ihn aus dem Schuldienst, obwohl er als Grundschullehrer so gerne unterrichtete! Schließlich wurde er in ein Lager im Süden gesperrt: Alle beide erschienen sie den Machthabern als »gefährliche Agitatoren«.

Ich wurde meiner Tante anvertraut. Als ich in die Koranschule kam, versuchte Maman gerade, in einer Pariser Vorstadt zu überleben. Mit Hilfe von Freunden fand sie eine Stelle als Sekretärin. Als mein Vater ein Jahr später entlassen und seinerseits ausgebürgert wurde, zog er zu ihr.

Bis etwa ins Jahr 1960 lebten sie fern von uns. Mein Vater fand mit großer Mühe Arbeit als Handelsvertreter. Kurz darauf wurde er krank. Sie gaben die Hoffnung auf, mich zu sich zu holen. (Wenn damals das kleinste Flugzeug über der Terrasse des alten Hauses meiner Tante am Himmel auftauchte, bekam mein Cousin stets den gleichen hoffnungsfrohen Singsang von mir zu hören: »Der bringt mich das nächste Mal zu Maman zurück!«, oder: »In dem sitzt Maman, sie kommt zu uns. Sie landet in La Senia! Du wirst sehen, noch bevor es dunkel ist, klingelt sie an der Tür, und mein Vater ist auch dabei, ja, da wette ich, das ist das Flugzeug von Maman!«)

Nach einer Amnestie beschlossen sie plötzlich, zurückzukehren. Jahre später, Olivia, als ich nach Paris kam und meinerseits dort lebte, wo sie Zuflucht gefunden hatten – doch mir blieb ihre Angst erspart, ich war Studentin, danach Lehrerin –, quälte mich oft die

Frage: »Warum, warum nur wollten sie zurückkehren? Sie wären nicht umgebracht worden und heute noch für mich da! … Warum?«

Maman hatte sich vor der Rückkehr gefürchtet. Sie bemerkte, dass sich die Spannungen in Algier Ende 1960 verstärkten und die Extremisten aus der französischen Armee und einige Leute, die später zu Führern der OAS wurden, das Geschehen bestimmten …

»Uns werden sie immer finden, weil wir Gewerkschafter waren!«, sagte Maman besorgt. Meine Tante hat mir das berichtet.

Aber mein Vater wurde in Frankreich einfach nicht gesund.

»Da er krank war, konnte er sich nicht daran gewöhnen, fern von uns zu sein«, meinte meine Tante dazu. »Er sagte immer wieder: ›Wenn ich nicht gesund werde, Habiba, möchte ich lieber zu Hause sterben!‹ Ja, das hat er gesagt, sodass deine Mutter sich damit abfand zurückzukehren. (Die Tante seufzte.) Das erste halbe Jahr lebten sie recht ruhig. Ihre Wohnung lag im Viertel der Europäer. Ihre Nachbarn waren nette Leute. Madame Darmon, eine Sozialfürsorgerin, wurde für deine Mutter wie eine Schwester. Ich glaube, sie waren sich auch einig in ihren politischen Auffassungen.«

»Und ich«, rief ich aus, »konnte endlich mit ihnen zusammenleben!«, dann zügelte ich aus Rücksicht auf meine Tante meine Lebhaftigkeit.

Sie bemerkte: »Du weißt doch noch. Es wurden Anschläge gegen sie verübt, mindestens zweimal!«

Beim zweiten Mal befand ich mich mit Maman in der Wohnung. Die glücklicherweise kleine Bombe ging auf der Schwelle hoch und zerstörte die Tür und die Möbel am Eingang völlig. Es entstand starker Rauch, Maman hatte sich auf mich geworfen und mich schnell durch den Rauch ins Innere der Wohnung gezerrt. Ich wartete im Badezimmer auf die Ankunft der Feuerwehr.

»Sie zogen in eine andere Wohnung«, erzählte meine Tante weiter. »Sie mieteten eine am Rand der Neustadt, zum arabischen Viertel hin gelegen, in der Nähe der Strandpromenade!«

»Ja«, ich erinnerte mich, die Augen in die Ferne gerichtet, »Vater blieb fast die ganze Zeit im Bett.«

»Der Arme, seine Zuckerkrankheit war leider schlimmer geworden. Aber er klagte nicht. Er wartete auf deine Mutter, sie hatte so viel Energie! Von seinem Bett aus folgte er ihr mit den Augen. Er lächelte ihr zu. Was für ein Mann!«, rief meine Tante aus. Plötzlich trübte sich ihre Miene: »Armer Abbas!«, schluchzte sie.

Ich habe den Faden der Erinnerung meiner Tante unterbrochen. In diesen Tagen seit meiner Rückkehr vergegenwärtigt sie sich alles, meist in ergebener Trauer. Mit dreiundachtzig Jahren wird sie schwächer, ich sorge mich um ihr Herz.

Ich schreibe Dir, Olivia, Du wirst diesen Brief in Sardinien lesen. Während all der Jahre, in denen wir Kolleginnen im Lycée waren und später Freundinnen, konnte ich nur ein einziges Mal mit Dir darüber sprechen.

»Nur in Paris kann ich mir vorstellen zu leben. Hier gibt es aus der Vergangenheit drei oder vier Franzosen, alle etwas älter, die ich regelmäßig treffe: Freunde meiner Mutter, die gekämpft haben wie sie und mit ihr zusammen, während der beiden Jahre, die sie hier verbracht hat.«

Ich hatte mir gemerkt, dass meine Eltern damals in der Rue du Faubourg St-Antoine wohnten. (Ich habe ihre Briefe aus meiner Kindheit aufbewahrt; wenn ich sie auch nie öffne.) Eines Tages finde ich mich beim ziellosen Umherwandern plötzlich in dieser Straße wieder. Ich bekomme Herzklopfen. Ich gehe weiter, hastig, als müsste ich Geistern entgegeneilen. Ich stehe vor dem Spital St-Antoine. Auf einmal fühle ich, wie ich schwach werde, meine Knie schlottern. Ich setze mich in eine Brasserie an der Straße, neben dem Krankenhaus. Von dort aus schaue ich, wie durch das Portal mit den weit geöffneten Türflügeln die Leute eintreten und herauskommen; die Frühlingssonne beleuchtet die Szene. Ich bin wie gebannt.

Denn ich lebe in einer Fantasie: Bald wird die Gestalt meiner Mutter auftauchen (sie war damals fünfunddreißig oder sechsunddreißig Jahre alt). So oft hatte sie meinen damals schon kranken Vater in dieses Krankenhaus begleitet! Im nächsten Moment werde ich das Paar sehen, so jung, vielleicht in Sorge, aber lebendig …

Das alles schreibe ich Dir jetzt aus Oran, Olivia. Auch hier bin ich auf der Suche wie in Paris: Ich suche ihre Spuren, ihre Schatten, ich betrachte die Straßen, durch die sie noch häufiger als in Paris gegangen sind. Ich würde gerne ihre Hoffnungen atmen, auch ihre Angst, die über diese bevölkerten Avenuen strich, über diese lärmenden Plätze, die inzwischen von der Masse der Pieds-noirs verlassen sind, mit denen sie damals verkehrten, darunter waren auch einige ihrer Kollegen, ihrer Freunde, und natürlich die drei Mörder vom 2. Februar!

Leider finde ich in Oran fast nichts mehr von meinen Eltern. Diese Stadt ist undurchschaubar, Olivia. Oran ist für mich zu einem gefrorenen Gedächtnis geworden, zu einer erstorbenen Sprache.

Es sei denn, ich bleibe an der Bettkante meiner Mutter sitzen, das heißt meiner Tante mütterlicherseits.

IV

Meine Tante nannte ich immer »Mma«, »meine Mutter« im arabischen Dialekt von Oran.

Ein Ereignis taucht wieder auf … Ich war noch ganz klein. Maman lebte in Frankreich, konnte nicht zu uns zurückkommen, während ich nach jedem Flugzeug am Himmel Ausschau hielt, das mich zu ihr bringen konnte. Eine Cousine oder angeheiratete Tante mit böser Zunge – hier werden Frauen manchmal so, die von ihren Brüdern und danach von ihrem Ehemann zu streng weggesperrt werden –, diese Besucherin fragte mich jedes Mal, wenn sie sich bei uns niederließ, nicht ohne eine hinterhältige Spitze (stets in Anwesenheit der Gastgeberin):

»Na«, neckte sie das kleine Mädchen, das ich damals war, »wer ist für dich deine richtige Mutter, Mma (sie zeigte auf meine Tante, die plötzlich ängstlich dreinblickte) oder Maman, wie du sie nennst«, und ihr Finger richtete sich auf den fernen Horizont, wo sich die Liebe meines Herzens befand, meine abwesende Fee.

Sie quälte mich. Ich gab keine Antwort. Runzelte die Stirn und zeigte ein abweisendes Gesicht. Fast weinend sagte ich dann – denn meine Tante wartete in Angst, ich spürte es, und drängte mich gegen ihren Willen zur Lüge:

»Alle beide sind meine Mutter!«

Die Fragerin forschte herrisch weiter: »Die wahre Mutter, das ist die, die du am meisten liebst!«

»Alle beide«, schluchzte ich, während ich in einen dunklen Winkel fortstürzte, mein Versteck.

In der folgenden Nacht peinigten mich Alpträume. Da war sie es, meine Mutter, das heißt meine Tante mütterlicherseits, die aufstand und mich beruhigte, mir zu trinken gab und mich manchmal wiegte wie einen Säugling.

Vergangenheit ...

Diese Verfolgung durch die Alpträume hat plötzlich aufgehört, aber die unerwartete Befreiung erkaufte ich durch einen noch größeren Schmerz, innere Leere.

Olivia, ich sollte Dir Arabisch beibringen oder wenigstens meinen Dialekt, der dem Marokkanischen ähnelt, wie es in Fes oder Tetouan gesprochen wird. Dafür lehrst Du mich Sardisch, denn Italienisch kann ich lesen, singen, auch wenn ich es noch nicht spreche.

Im Arabischen heißt die Schwester der Mutter *khalti*, und dieses *kha* am Anfang, das sich mit einem Reibelaut am hinteren Gaumen spricht, stellt einen starken Gegensatz zu dem Wort *'amsi* dar, für die Schwester des Vaters, die als ersten Konsonanten einen *'ayn* aufweist, der grob in der Tiefe des Gaumens gesprochen wird.

Ich frage mich: Was unterscheidet die Zuneigung einer Tante mütterlicherseits von der anderen, aus der Stammlinie des Vaters? Ich hatte nie eine richtige *'amsi*. Denn die Familie meines Vaters – Notabeln aus einer Nachbarstadt – entsetzte sich darüber, dass ihr Sohn, der als Grundschullehrer auf der sozialen Leiter eines kolonialen Algerien hätte aufsteigen können, sich in eine junge Frau aus dem Volke verliebte, die sich nicht nur als Sekretärin ausbilden ließ, sondern dabei auch noch den Klassenkampf und die antikoloniale Solidarität der Völker entdeckte.

Von den wenigen Malen, an denen ich während meiner Kindheit eine meiner Tanten von Vaterseite besuchte, ist mir nur ein misstrauischer oder mitleidiger Blick in Erinnerung geblieben, den diese Verwandten auf mich warfen: auf die Tochter der »Anderen«.

Damit möchte ich Dir sagen, Olivia, dass es in meinem Fall nur die Tante mütterlicherseits gibt, die der Mutter am nächsten kommt, die den Platz der abwesenden, der verlorenen Mutter einnimmt. Die andere, die Schwester des Vaters, gibt manchmal Liebe vor, aber als Zurschaustellung ihres Familienstolzes.

»Verlorene Mutter«, ja, ich habe Maman mit zehn Jahren verloren. Und wenn in einigen Monaten möglicherweise meine *khalti* stirbt (wenn es sein muss, bleibe ich länger in Oran), dann werde ich wirklich meine Mutter verlieren.

Indem ich Dir trotz meiner Angst täglich schreibe, bereite ich mich auf dieses Ende vor.

Olivia, wenn meine Mutter jetzt bald stirbt, werde ich ihr bei ihrem letzten Atemzug zur Seite stehen, ich werde bis an den Rand ihres offenen Grabes gehen, auch wenn ich nicht beten kann. Am dritten Tage werde ich unter all den Frauen sein, mit verhülltem Kopf die Segnungen entgegennehmen und Almosen verteilen. Aber wenn ich am nächsten Tag abreise, werde ich auf Deiner Insel Zuflucht suchen. Endgültig als Waise.

»Du brauchst sie nicht ins Krankenhaus zu bringen!«, riet mir am nächsten Morgen der Arzt, ein Cousin, der sich schon seit Jahren um die Gesundheit meiner Adoptivmutter kümmert.

Ich habe sie in die *skifa* zurückgebracht, das Vestibül mit blauen und gelben Kacheln in unserem maurischen Familiensitz. Ich habe nicht gewagt, etwas einzuwenden, als sie sagte: »Ich will niemals und unter keinen Umständen in das Krankenhaus dieser Stadt!«

Ich sehe sie wieder, die Flure, in denen so viele Menschen kommen und gehen: Arme Leute, ganze Familien warten, offenbar eingeschüchtert, während Krankenschwestern in Uniform, meist gleichgültig wirkende Europäerinnen, ihre Arbeit verrichten.

Heute ist der 2. Februar. Wir sind benachrichtigt worden, Mma und ich. Mma hat geschluchzt: »Dein Vater ist gestorben, meine arme Kleine! Komm, wir gehen ins Hospital. Deine Mutter ist nur verletzt, dass Gott sie uns erhalten möge!«

Sind wir zu zweit hingerannt? Sind wir mit großen Schritten gegangen? Haben wir uns durch die Menge gedrängt? Sind wir durch die »Neustadt« geeilt oder, wie die Franzosen sagten, »das Negerdorf«? Vielleicht haben wir auch ein Taxi angehalten. Ich erinnere mich an nichts, nur an meine starren Augen, die die Bilder aufsaugen, die langsam oder beschleunigt vorbeiziehen: die Wohnhäuser mit schmiedeeisernen Balkonen, die schräg weglaufen, die Straßenlokale, voll besetzt mit Leuten in Sonntagskleidern, ich sehe sogar, eine Sekunde lang, die Terrasse des Cafés, das damals in Mode war, das »Continental«.

Bin ich durch die Innenstadt gelaufen, Hand in Hand mit der *khalti*? Bin ich gehastet, habe ich die Rinnsteine übersprungen, bin ich Treppenfluchten hinaufgerannt, oder aber kauerte ich im Gegenteil im Taxi, auf den Knien der Mutter, und fing die bewegten Bilder von draußen auf wie aus einer anderen Welt, einer Traumlandschaft?

Und vor allem, in welchem Zustand der Benommenheit sind wir schließlich im Hospital eingetroffen? … Ich werde es niemals wissen.

Im großen Französischen Hospital! Mma zeigt an der Pforte ihre Papiere. Sie erklärt auf Arabisch: »Meine Schwester, meine verletzte Schwester sehen!«

Ich wiederhole nach ihr, auf Französisch: »Ihre Schwester … Sie möchte ihre verletzte Schwester besuchen!«

Die Krankenschwester, die Oberin, gibt hochnäsig zurück:

»Kleine, wenn du Französisch sprichst, kannst du sicher auch ›Madame‹ sagen! Haben sie dir das in der Schule nicht beigebracht?«

Ich sehe der Oberschwester starr in die Augen. »Ihre Schwester … Sie möchte ihre verletzte Schwester besuchen, Madame!«

Dieses »Madame« gleich nach der Nennung von Mamans Verletzung schmerzt mich am ganzen Körper. Jetzt gehe ich den langen Flur entlang. Sie haben uns hineingelassen. »Madame«, das Wort bebt noch in mir nach, es wird zum Anfang einer Beweinung.

Wir gehen vorwärts, *khalti* und ich. Sie ist mit ihrem wollenen Haik verschleiert. Ich halte mich am Zipfel ihres Schleiers fest, klammere mich vielmehr daran. Dieser Flur, breit und hell, auf der rechten Seite hohe Fenster, die auf einen Park hinausgehen – ein Park mit Palmen, wie ein kleines Paradies –, dieser Flur scheint unendlich.

An seinem Ende ein Tisch; eine Kontrolle. Eine andere »Madame« sitzt da, auch sie in Weiß gekleidet.

Khalti drückt meine Hand, als wollte sie sagen: »Red du französisch, damit sie uns möglichst schnell zu ihr lassen!«

Ich beginne wie in der Schule: »Madame …«

Die Dame wartet, mit kaltem Blick. Ich stammele, ich erkläre, und ich habe schon Angst, wegen dieses kalten Blicks.

»Deine Mutter? Du möchtest deine Mutter besuchen? Der Name?«

Ich nenne den Namen. Vor- und Zunamen. Ich wiederhole, mit versagender Stimme.

Die Dame starrt mich an. Schaut in einer Liste nach. Hebt den Kopf und ruft aufbrausend:

»Deine Mutter? … Aber deine Mutter ist doch tot!«

»Tot, deine Mutter ist tot.« Ich öffne den Mund. Ich schaue die Dame an, ihre Liste, die Fenster rechts, die sich zum Park und zu den Palmen öffnen.

Ich lasse den rauen Schleier der *khalti* los. Erst dann habe ich, ein kleines Mädchen in Oran, losgebrüllt. Ich bin gerannt und habe gebrüllt: »Mörder! Ihr habt sie umgebracht! Mörder, ihr seid alle Mörder!«

Ich habe gebrüllt. Ich brülle noch jetzt in diesem Krankenhausflur in Oran.

Noch Jahre später in Paris verfolgt mich eine Szene in Zeitlupe, nachts, beim Mittagsschlaf und beim grauen Erwachen im Winter. Sie wiederholt sich dann Tag für Tag, mit einem Mal verschwindet sie wieder, um ein paar Monate später erneut aufzutauchen.

Diese Szene in Zeitlupe kenne ich auswendig. Ich habe nicht herausgefunden, wer sie mir erzählt hat, ob in Arabisch oder Französisch. Vielleicht habe ich sie auch gelesen, in der Zeitung. Vielleicht unter den Augenzeugenberichten über »Die OAS in Oran« … Eines Tages habe ich einen großformatigen Bildband aufgeschlagen und plötzlich mitten auf einem Foto meine Eltern entdeckt: jung und schön, auf der Straße – einer Straße von Oran. Sie lächelten, sie schienen glücklich. Vielleicht kurz nach der Heirat, vielleicht schon ein wenig später, nach meiner Geburt.

Ich starrte auf dieses Foto in dem Buch. Ein Buch über Erinnerungen an den Krieg … an »unseren« Krieg, wie es hieß. Wie kann man ein solch hässliches Wort mit einem Possessivpronomen versehen!

Ich habe das Foto angestarrt, ohne meinen Finger auszustrecken, um es zu berühren. Alles Blut wich aus meinem Herzen. Ich habe mich gezwungen, die Legende zu lesen: »Ein junges Paar von Kämpfern, die ihr Leben opferten.« Darunter ihre Vor- und Zunamen. Maman lächelte.

Ich habe das Buch zugeschlagen und weggestellt. Ich habe es nie wieder geöffnet. Ein Freund hatte es meiner Tante geschenkt, er meinte, ihr eine Freude zu machen. Ich sah, wie ihr Gesicht langsam in sich zusammenfiel. Sie kehrte mir den Rücken zu und verschwand wieder in ihrer Küche.

Aber die Todesszene im Krankenzimmer hat mich erst in Paris verfolgt. Jahre später. So sehr, dass ich sie sehe, dass ich sie selbst erlebe. Ich sehe mich als unsichtbaren, allgegenwärtigen Zeugen, obwohl es Madame Darmon war, Mamans engste Freundin der letzten Zeit, die der Tragödie beiwohnte und sie später erzählte: der Polizei, der Familie, wem noch? Im Juli 1962, zur Zeit des schrecklichen Exodus der »Petits Blancs«, ist Madame Darmon ebenfalls fortgezogen. Weil sie es ihr versprochen hat, kümmert sich jetzt *khalti* um ihre toten Angehörigen auf dem Israelitischen Friedhof: Die Gräber des Ehemanns, des Vaters und der Mutter der Freundin müssen gepflegt werden, da diese das Land verlassen hat.

Anstelle von Madame Darmon lasse ich selbst die Szene wiederaufleben. Ich schreibe sie nieder, um sie endlich ein für alle Mal loszuwerden.

V

In der Nacht vor der Tragödie hatte mein Vater in der neuen Wohnung, die sie eben bezogen hatten, eine schwere Blutung. Maman klopft entsetzt bei dem Nachbarn, einem »linksgerichteten« Lehrer, auf ihn war ebenfalls ein Anschlag verübt worden.

»Bringen Sie uns mit Ihrem Auto in die Klinik des Professors, der ihn früher behandelt hat … Ich bitte Sie!«

»Kommt nicht in Frage, Madame! Sie standen schon immer auf der Liste dieser Handlanger, die zurzeit den Ton angeben. Das ist viel zu gefährlich!«

»Ich bitte Sie! Ich habe Angst, dass mein Mann die Nacht nicht überlebt! Morgen früh wird der Professor, der ihn behandelt, nach ihm sehen. Wenn es nichts ernstes ist, nehme ich ihn wieder mit nach Hause …«

Der Nachbar mochte lange argumentieren, »dass sie sich in die Höhle des Löwen begab«. In jener Nacht sah meine Mutter ihren Mann in noch größerer Gefahr.

Der Nachbar fuhr sie in seinem Wagen ins Krankenhaus. Mein Vater wurde aufgenommen. Maman verbrachte die Nacht bei ihm.

»Damit ich am Morgen da bin, wenn er aufwacht, und beim Besuch des Professors!« Sie wollte unbedingt bleiben.

Am Morgen kam ihre Freundin Madame Darmon zu uns, um Bescheid zu sagen. Ich lebte damals wieder bei meiner Adoptivmutter. Im Gehen (wegen uns hatte sie die arabische Altstadt durchqueren müssen, zu jener Zeit sanken diese Viertel zu Gettos herab) versuchte Madame Darmon unsere Besorgnis zu zerstreuen:

»Wir sehen uns heute Nachmittag, wenn ihr zu Besuch in die Klinik kommt!«

Es geschah eine Stunde später, wie man uns berichtete. Um dreizehn Uhr oder kurz danach.

Mein Vater war wieder bei Bewusstsein und fühlte sich nach der Visite des Professors in seinem Krankenzimmer allmählich sicherer. Maman stand lächelnd am Fenster. Sie redete mit Madame Darmon, die auf der anderen Seite saß. Maman war erleichtert, dass sie uns hatte benachrichtigen können. »Wir«, ihre Schwester und ihre kleine Tochter, würden bald kommen … in ein oder zwei Stunden wären wir alle vereint.

Mein Vater nimmt am Gespräch teil, auch wenn er sehr bleich ist und den Eingriff fürchtet, der ihm in den nächsten Tagen bevorsteht.

In diesem Moment treten sie ins Zimmer: eine Gruppe von Ärzten, sind das neue Ärzte? Jedenfalls Unbekannte, drei Männer, drei Männer in weißen Kitteln.

Einer steht bei der Tür. Der zweite fährt den Kranken grob an: »Sind Sie ein gewisser ...?«

Meine Mutter greift ein: »Ich bin seine Frau! Was wollen Sie?«

Maman hat keine Zeit, weiterzusprechen.

Der dritte, der am weitesten ins Zimmer eingedrungen ist, zieht ein Gewehr unter seinem Kittel hervor. In aller Ruhe, während die beiden anderen den Ausgang versperren, entleert er das Magazin der Waffe auf den Kranken. Derweil zielt der zweite mit einem Revolver auf den stehenden Körper von Maman, der zusammensackt.

Madame Darmon schreit mit weit aufgerissenen Augen, sie springt auf. Der erste zögert, möchte auf sie schießen, aber das Magazin ist leer. Er tritt einen Schritt zurück.

»Keine Bewegung!«

Sie gehen alle drei rückwärts aus der Tür, die falschen Ärzte, die Mörder.

Tumult und Schweigen draußen, im Flur, während die Bewaffneten losrennen.

Diese Szene spielt sich in Zeitlupe ab, von dem Moment, kurz bevor Maman erschossen wird ...

Die arme Madame Darmon erzählte dann weiter: »Deine Mutter war nicht tot! Sie haben sie sofort auf einer Bahre rausgetragen und ins größte Hospital gebracht. Mit Abbas war das einfacher, leider. Die Tücher seines Bettes wurden sein Totenhemd.«

Und Madame Darmon fuhr mit Tränen in den Augen fort: »Die arme Habiba! Weniger als eine Stunde später starb auch sie, da die Leber getroffen war! Ich fuhr im Krankenwagen mit.«

Diese Szene in Zeitlupe. Immer wieder. Ohne Ton.

Seltsam, während ich sie niederschreibe, um endlich von ihr erlöst zu sein, liebe Olivia, kommen die Geräusche wieder, die Dialoge, der Lärm und manchmal das Weinen, wie auch die dann einsetzende, nicht endende, unhörbare Klage der Überlebenden.

Meine Tante mütterlicherseits ist vorgestern verstorben, es war am Vorabend eines Freitags. Sie wurde gestern beerdigt. Sie hatte das Glück, zur Moschee ganz in der Nähe gebracht zu werden, kurz vor dem Freitagsgebet um ein Uhr. Alle einfachen Leute aus dem Viertel, die sie kannte, haben sich bei diesem Gottesdienst im Gedenken an sie zu Boden geneigt. So ist sie gestorben, eines natürlichen Todes, unter den Ihren.

Morgen ist der dritte Tag. Ich werde an ihrem Grab stehen, zusammen mit den Freundinnen und den Kindern der Freundinnen. Ich werde die Stadt übermorgen verlassen, Olivia.

Am Tag des Begräbnisses von *khalti* (ich spreche das Wort mit Tränen in der Stimme), so wird mir berichtet, haben nicht weit von unserem Viertel zwei oder drei Jugendliche aus nächster Nähe auf einen älteren Uniprofessor geschossen, der gerade mit einem Enkel an seiner Hand aus seiner Haustür trat. Die Angreifer kamen in einem alten Auto, das hinterher zum Viertel von »Petit Lac« davonbrauste. Er war ein Lehrer, der andere Lehrer in Soziologie ausgebildet hat: in arabischer und französischer Sprache.

Er wusste, dass er bedroht war. Eine französische Universität hatte ihm angeboten, als Gastprofessor zu lehren.

Der Lehrer brauchte Zeit, denn der Abschied fiel ihm nicht leicht (er hatte seit den Sechzigerjahren seine Stadt nicht mehr verlassen), aber er hatte seine Vorbereitungen schon getroffen. Er wartete nur noch auf sein französisches Visum.

Die Mörder haben es gerade noch geschafft, den Professor abzuknallen! Ich erfuhr auf dem Friedhof von der Tragödie: Man schilderte mir die Welle der Trauer unter den Studenten und seinen jüngeren Kollegen …

Die Leiche des Lehrers wurde ins Hospital gebracht und dann ins Leichenschauhaus.

Was folgt, ich weiß, was folgt. Man soll mir nichts mehr über das Leben in dieser Stadt erzählen. Man schweige mir über den Hass, den Wahnsinn, die Opfer!

Im Flur des Krankenhauses sehe ich ein Kind, Mädchen oder Junge, das von dem Tod des Lehrers erfährt, er ist sein Vater oder Großvater. Es brüllt: »Mörder! Ihr habt ihn umgebracht!«

Man soll mir nichts erzählen, »Mma« – *khalti* – ist ruhig entschlafen. In einer Straße gleich nebenan hat der Tod die Zähne gefletscht.

Und das Kind im Flur brüllt, es hört nicht auf zu brüllen! Ich gehe morgen oder übermorgen fort. Ich höre schon die Youyous und die Klagegesänge nicht mehr. Mein Gedächtnis strömt und sprüht nicht mehr.

Ich reise ab, weil ich nichts mehr sehen will, Olivia. Nichts mehr sagen, nur schreiben. Oran schreiben, das in einer stummen Sprache verborgen liegt, die endlich zum Schweigen gebracht wurde.

Oran schreiben, meine erstorbene Sprache.

Paris, August 1996

Zurück – nicht zurück

Erzählung

Fortgehen und Zurückkommen, hin und her, Abreise und Rückkehr, immer längere Zeiten dazwischen. Dies nüchtern abzählen, in einem Atemzug, oder beschreiben als ein melancholisches Kreisen. Rückkehr in die Heimat, ins Land, ins Haus meines Vaters.

Kaum bin ich wieder eingerichtet, wieder eingetaucht, wieder verwurzelt, entsteht in mir nagend der Wunsch fortzugehen. Früher quälte mich im Alltag, jedes Mal wenn die Sonne schien, die Lust, die Schwelle zu überschreiten, aus der Tür hinauszutreten, mich durch den kleinsten Ausgang hinauszustehlen. Mein Körper war vom Schatten verschluckt, auf einer Matratze am Boden ausgestreckt, in einer kleinen Kammer, oder wartete in einem dunklen Flur – da ruft das Licht, ein Strahl dringt nach innen, vielleicht auch ein Raunen: hinaus, hinaus, hinaus!

Barfuß oder schon in Schuhen und Kleidern, manchmal mit nassen Haaren und einer Frucht in der Hand, hinaus, denn die Gefahr des Erstickens, des Halbdunkels, des Eingesperrtseins lauerte im Hinterhalt. Nur ein Wunsch, hinaus, hinaus.

In den letzten drei, vier Jahren nehmen mich die Straßen nicht mehr so leicht auf. Sie stoßen mich zurück, wenn die Dämmerung beginnt, schicken mich weg. Ich würde gerne noch ein, zwei Stunden bleiben, auf Treppenstufen sitzen, um die Farbenpracht des

Himmels zu beobachten, wenn die Sonne sinkt und die Nacht sich im Handstreich der gesamten Stadt bemächtigt.

Ich werde das Zurückfließen betrachten, werde mich an ihm satt trinken, bevor ich mich dazu entschließe, mit kleinen Schritten zu weichen, zurückzukehren in das leere Haus.

Was soll ich tun, die weißen Gestalten der verschleierten Städterinnen schütteln sich, verschwinden, traurige Tauben. Scharen von Kindern spielen an den Treppenbrüstungen neben den schmalen Passagen, die Mädchen, die älter als zehn Jahre sind, bringen jetzt die Kleinkinder nach Hause, die sie so lange auf ihren Hüften getragen haben. Was soll ich tun, draußen wächst nun das Reich der müßigen Männer, der alten, die etwas brummeln, oder der ganz jungen, die ihre Witze reißen. Nur noch ein paar letzte Passantinnen eilen ängstlich vorüber: auseinander gehen, bevor die Nacht anbricht.

Von nun an dröhnt die Nacht der Männer. Hinter den Kulissen sind noch die letzten Schimpftiraden der Mütter zu hören, ihre Stimmen werden noch schriller, wenn sie durch angelehnte Türen dringen oder sich hoch droben über die Brüstungen der Terrassen ergießen.

Die Straßen vertreiben mich also, und wenn ich mich widersetze, wenn ich bleibe, sehe ich nicht die Schatten in ihrem Wandel, sondern nur das Glühen stechender Blicke, die ich eigentlich vergessen will. »Ihre« Blicke.

Als Folge dieses Zwangs und meines Rückzugs wird bereits am nächsten Morgen in mir voll Wut, oder im Gegenteil, voll Heiterkeit, der Drang erwachen fortzugehen. Alles verlassen, abreisen, vielleicht ohne Rückkehr. Zwar ein Rückflugticket kaufen, für alle Fälle und aus Sparsamkeit.

Anderswo wäre ich mir selbst zurückgegeben, weit von hier, endlich eine Fremde – Fremdheit als Ziel und Genuss –, eine Fremde sogar für meine eigenen Erinnerungen, für die Zukunft; leer, neu entstehen – das heißt Fortgehen.

In diesem Land des Staubs und der Abgründe – Abgründe hinter jedem Blick – weinen die Mütter, unsere Demeter, nicht mehr um eine Tochter, die entführt oder gefangen ist, sie nehmen nicht einmal Anteil. Sie klammern sich nicht an die Tochter, drängen sie auch nicht vorwärts, wenn sie in früher Jugend zögert, sich hinauszuwagen – die Mütter ermuntern mit ihren traditionellen Youyous (schriller Ton und lang gezogener Schmerz) vor allem ihre Söhne, zum Krieg, manchmal auch zur Eheschließung.

Zumindest auf diesem südlichen Rand des Mittelmeers, das nicht azur-, sondern schwarzblau oder schmutzigweiß ist, sucht jede Mutter nach Möglichkeiten, um ihre Erstgeborene zurückzuhalten, sie zu beschützen, oder ihre Jüngste, die vor Ungeduld zappelt. Nur selten lässt die Mutter sich von diesen Anfängen einer Bewegung mitreißen! Meistens schweigt sie, verschanzt sich gegen die Bedrohung des jugendlichen Körpers, der nicht ruhig bleiben kann, hinter den herabgelassenen Jalousien. Häufig, sehr häufig wird die Mutter darüber verbittert … Manchmal ist sie vierzig, gebärt noch, wie immer in Unterwerfung, in Stummheit, innerlich ausgebrannt, während ihr Liebling – ihre dritte oder vierte Tochter – herumflattert, vielleicht verliebt, noch zögert, ob sie es gestehen, ihm zulächeln soll; oder bereits bei jedem Tagesanbruch, noch völlig zerzaust von den Umarmungen der Nacht, das Ehegemach verlässt … Die Mutter wird bitter, ja, unter doppelter Last.

Ein kleiner Windstoß mag die Tochter ergreifen, schon wird die Mutter von Angst gepackt. Erstarrt richtet sie sich auf, mit ausgestreckten Armen, das Gesicht schmerzverzerrt, sie öffnet den Mund, ganz rund, der schreit tonlos, sie geht, die Handflächen nach vorn gereckt, mit dem Rund der geöffneten Lippen, die jedoch gebannt, gefroren sind … Angst? Nein, das pure Entsetzen.

Sagte ich »wieder verwurzelt«? Ich sehe meine Beine, wie sie in die unverwüstliche Jeanshose gleiten oder ganz nackt sind unter meinem afrikanischen Gewand, wenn ich alleine bin. Sind das meine Wurzeln? Meine Füße halten nicht still, gehen hin und her, ein paar Tanzschritte vor dem Spiegel, ihr Rhythmus wird schneller, schon werden sie wild darauf, die Schwelle zu überschreiten, alle Schwellen. Ich muss hinaus. Ich laufe in die Stadt am Hang, in diese Straßen, die schlingern. In die nahende Katastrophe, ganz am Ende, ganz hinten, so nah, so fern.

Ich gehe den Hang hinunter, ich schlendere, die Nase in die Luft gereckt, den reinen, harten Himmel als Krone. Ich bin allein in der Menge. Ohne Schleier und unsichtbar, so glaube ich. Je länger ich laufe, desto sicherer werde ich. Die jungen und die gestandenen Männer, die kleinen Alten, sie alle haben Augen, aber sie sind blind. Ich werde zu einem Schatten. Ich lasse meinen Körper treiben, gleiten, stoße ihn kaum merklich an, er könnte fliegen, er hebt beinahe ab. Ich bewege mich auf der Straße, es ist der reine Rausch, immer wieder, draußen zu sein. Die Sonne hat sich geneigt, ich fühle mich schlagartig erschöpft, ich frage mich plötzlich, wie ich nach Hause zurückkommen soll, dort hinauf auf den Hügel.

Eine Stunde früher wäre noch ein Taxi frei gewesen, an der Bushaltestelle hätte sich die Menge der Arbeiter noch nicht so dicht gedrängt …

Ich rufe meine Mutter an. Was hilft es, emanzipiert zu erscheinen, das ist eher sie, nur die Mutter hat nämlich Auto fahren gelernt.

Ich fange so an: »Völlig unmöglich, ein Taxi zu finden. Könntest du mich abholen?«

»Ich bin gleich da!«

Sie wird den Wagen aus der Garage manövrieren, sie wird die beiden Ausfallstraßen entlangfahren, sie wird in zwanzig Minuten hier sein und vor dem Straßencafé bei der Strandpromenade halten. Sie hupt, ich habe meinen Kaffee schon getrunken und bezahlt, ich springe hin und setze mich neben sie in den Wagen.

Die Rückfahrt hinauf wird länger dauern, denn alle Beamten verlassen ihre Büros um die gleiche Zeit, die voll gepfropften Busse versperren die Kreuzungen. Die Mutter lacht, dass sie sich nützlich machen kann: »Du hast Glück, dass du mich zum Chauffeur hast!«

»Sollen wir nicht einen Umweg machen, nach Westen, bis zum ersten Fischerdorf? Am Kai dort gibt es frische Barben im Fangkorb!«

Zwei Frauen in Freiheit. Keiner würde sagen: »Mutter und Tochter.« Die Mutter ist um die fünfzig, blonde Haare, Sonnenbrille – seit sie vor zehn Jahren »offiziell« den Schleier abgelegt hat, kann sie alles, die blonde Dame, Auto fahren, einkaufen, Behördengänge erledigen, auf die Post gehen, Rechnungen begleichen. Die Tochter, dreißig, Professorin, bereitet an einem Tag der Woche ihre Vorlesungen vor und hält sie, manchmal aus dem Stegreif (aber nicht immer), am zweiten Tag in einem überfüllten Hörsaal – den Rest der Woche heißt es, die Studenten und die Konferenzen mit den Kollegen vergessen, stattdessen die Treppen erklimmen, über die Märkte irren, sich aus der Laune heraus für einen Rundgang entscheiden.

»Willst du nicht noch mal heiraten?«

Die Tochter lacht schallend über die fröhliche Mutter, die gerade von einem Lastwagenfahrer beschimpft wird.

»Du weißt doch, dass ich wieder wegwill. Das heißt, ich möchte es gerne, ich habe den Plan …«

»Weggehen, um später wiederzukommen«, verbessert sie.

Die Mutter zuckt die Schultern. Sie sind vor der Einfahrt des Hauses angelangt.

»Ich steige hier aus«, sagt die Tochter. »Ich plaudere noch eine Stunde mit Vater in der Bibliothek. Aber ich bleibe nicht zum Abendessen, ich gehe zu mir nach Hause.«

Algier nachts: Zehn kurze Jahre sind seit der Unabhängigkeit vergangen.

Mutter und Tochter 2

Sie heißt Yacouth, und dieser arabische Vorname, der »Edelstein« bedeutet, führt dazu, dass sie ihre kabylische Tracht in Purpur und Gold nicht ablegt, ebenso wenig wie ihre berberische Sprache, in der sie bei ihrer ersten Schiffsreise von Algier nach Marseille im Jahr 1946 seufzte.

»O Gott«, rief sie aus tiefstem Herzen, als die weiße Stadt sich unwiederbringlich entfernte, »dass ich meine Heimat nie wiedersehen möge, niemals!«

Am Rock der Reisenden hing ein sechsjähriges Mädchen, Tounsia. Im nächsten Morgengrauen nimmt das Kind die Namenszüge am Bug der Schiffe im Hafen von Marseille begierig in sich auf. Nach dem Vorbild der Mutter spricht es nun seinen Wunsch bedächtig aus: »O Gott, mach, dass ich eines Tages diese Zeichen entziffern kann. Ich will lesen.«

Sie wird lesen. Zunächst gehen Yacouth und die kleine Tounsia den Bootssteg hinab, hinter Rosa, einer Französin, die schuld ist an ihrem Aufbruch. Sie hat einen Kabylen geheiratet, der in die französischen Cevennen nach La Grand-Combe ausgewandert war. Sie hatte darauf gedrängt, mit ihrem ersten Sohn nach Algerien, in die Nähe von Akbou zu reisen, damit er im Kreise der väterlichen Sippe beschnitten werden konnte. Bei der Gelegenheit hatte sie Yacouth zu dem Wagnis überredet, zu ihrem Mann zu ziehen, der ebenfalls Bergarbeiter war, dort in den Cevennen …

Mit mir zusammen erlebt Yacouth diesen Aufbruch nach dreißig Jahren noch einmal.

»Ja, meine Heimat nie mehr wiederzusehen, das war damals, als ich auswanderte, mein einziger Wunsch! Ich fühlte mich zu unglücklich in meinem Dorf, als meine Eltern gestorben waren und meine Brüder mich zweimal in schlechte Ehen weggaben. Mein dritter Mann war anständig, aber er wurde 1940 ausgebürgert. Rosa ist es zu danken, dass ich mit meiner Tochter an der Hand zunächst im Pferdewagen nach Algier gereist bin und dann auf diesem Schiff … Ich war sechsunddreißig Jahre alt.«

Sie kreuzt ihre tätowierten Hände über den Knien; ihr Kleid gleicht dem vom Tag ihrer Abreise, in Purpur und Gold. Ganz starr sitzt sie auf dem Familienfoto in Camp Fougères, einem Ort in der Nähe der Minen von Grand-Combe, die gerade geschlossen werden. In der Region werden die Erinnerungen an die italienischen, spanischen und maghrebinischen Bergleute nun unrettbar verloren gehen.

Es war Tounsia – unbeschwert und in meinem Alter –, die das Gespräch suchte, nachdem sie mich abgeholt hatte: »Habe ich dir erzählt, warum ich diesen seltsamen Namen trage, Tounsia, der mich zu einer Tunesierin macht?«

Ich schweige, frage sie nur mit Blicken, einem Lächeln oder einer angedeuteten Geste.

»Mein Vater arbeitete also im Bergwerk. Er erfuhr von meiner Geburt, drüben im Dorf, durch ein Telegramm, als er gerade aus der Grube heraufkam. Er wollte das Ereignis mit seinen Kumpels feiern. (Sie hebt die Schultern, ich lächle.) Er hat mit allen seinen Freunden angestoßen, und dann hat er laut in die Kneipe gerufen: Es ist ein Mädchen! Es ist ein Mädchen! Ich glaube, er war mächtig stolz. Und dann verkündete er: Der Tunesier Amar hat mir neulich erzählt: Ich habe zu Hause eine Tochter, eine *tounsia*. Ja, dann nenne ich meine Tochter in der Kabylei auch Tounsia! Sie ist zwar keine Tunesierin, aber sie soll so heißen!

Alle haben meinen Vater zur Post begleitet, damit er per Telegramm seinen Befehl abschicken konnte: Nennt meine Tochter Tounsia!«

Eine Pause. Yacouth sitzt uns beiden gegenüber, vor der Hecke und dem Blumenbeet. Während ihre Tochter auf Französisch erzählt, blickt sie unverwandt auf das Gesicht, die Lippen oder die Hände der Sprechenden – Tounsia ist selbst Mutter, sie hat einen Sohn, der beschlossen hat, in diesem Sommer seinen Militärdienst in Algerien abzuleisten.

»Prompt wollte ich dieses Jahr nicht den Sommer in der Heimat verbringen! Seit ich arbeite, ließ ich die Kinder in den Ferien bei meiner Mutter, und fünfzehn Sommer nacheinander, ja, wirklich fünfzehn Mal, fuhr ich im August oder Juli schnell nach Hause ins Dorf, ich hatte es eilig! Aber jetzt wird hier in Camp Fougères alles anders. Viele Gruben werden stillgelegt, der Bahnhof wird geschlossen, die jungen Leute ziehen fort nach Alès. Diesmal habe ich mir gesagt: ›Ich möchte hier an dem Ort bleiben, wo ich aufgewachsen bin, und mich noch einmal umsehen.‹«

Sie hält inne, Yacouth übernimmt das Erzählen mit einem langen Satz, der in Mäandern fließt, gegen Ende atemlos, unstet und leiser wird.

»Übersetze mir, was sie auf Berberisch sagt«, bitte ich leise.

»Warum ruft sie das alles wach?«, murmelt die Tochter zögernd.

Tounsia schweigt. Das zerfurchte Gesicht von Yacouth wird im Halbdunkel undurchdringlich; das Grün ihrer Augen glitzert.

Tounsia schweigt. Als hätte die Frage der alten Frau angefangen, in ihrem Innersten zu bohren, an ihren Kräften zu zehren … Sie reißt sich aus den Gedanken. »Natürlich will sie, dass ich dir von unserem Unglück erzähle! Am Anfang haben sie uns alle drei in den Baracken untergebracht, aus denen kurz zuvor die deutschen Kriegsgefangenen ausgezogen waren. Wenn Unwetter kamen, flog das Dach manchmal weg. Neben uns wohnte eine sizilianische Familie. Siehst du, da hinten, dieser große Hof, darauf standen mehr als zehn dieser Holzbaracken!«

Nach einer wegwerfenden Handbewegung spricht sie mit neuem Schwung weiter: »Wie gern ging ich zur Schule! Schon nach dem ersten Schuljahr konnte ich Französisch! (Sie stockt, schüttelt den Kopf.) Aber du bist ja noch länger da, ich erzähle dir ein anderes Mal davon! Ich hatte Erfolg in der Schule, aber mein Vater schwor eines Tages bei Gott und seinem Propheten. Aufgrund dieses Schwurs musste ich mit vierzehn aufhören zu lernen! Sechs Monate später wurde ich verheiratet!«

Tounsia verstummt. Immer noch beobachten Yacouths Augen mich, wie ich warte.

»Meine Mutter hat bei meiner Hochzeit geweint. Nur sie, ich nicht! Zum Glück habe ich ein Jahr danach meinen Sohn bekommen, später dann meine beiden Töchter.« Tounsia steht auf und geht hinüber zu dem kleinen Haus, sie war, glaube ich, gerufen worden.

In der Stille des Abends stimmt Yacouth ein wenig dünn ein Klagelied an, gegen Ende zittert ihre Stimme und lässt mich frösteln.

Ich blieb eine Woche in Camp Fougères. Allmählich fand ich Zugang zu der Chronik, wie acht Berberfamilien aus der Großen Kabylei in wenigen Jahren in diesem Cevennendorf Fuß fassten. Die meisten der Anekdoten, die mir Tounsia erzählte, wurden lebendig und farbig, wenn ihre Freunde an diesen langen Sommernachmittagen zu Besuch kamen: Ihre Erinnerungen der letzten zwanzig Jahre waren in Nostalgie gehüllt.

»Möchtest du die allerschönste Geschichte hören?«, rief sie einmal aus.

»Du bist meine Scheherezade der Cevennen!«, erwiderte ich.

Yacouth ist herbeigeeilt und setzt sich auf die Bank. Jemand bringt das Teetablett. Kinder scharen sich darum herum. Es ist vier Uhr an einem Sommertag. Es könnte auch mitten in einer dunklen Nacht sein.

»Hör dir die Geschichte von Khadidscha an!« Und Tounsia fügt auf Arabisch die Bannformel gegen alles Unglück hinzu, da die Genannte nicht anwesend ist.

»Ihr Mann war ein, zwei Jahre nach uns hergezogen. Er arbeitete nur kurz im Bergwerk, es gelang ihm, einen kleinen Lebensmittelladen zu eröffnen. Er hatte im Dorf zu Hause seine Mutter, seine Frau Khadidscha und ihre drei Töchter zurückgelassen. Er blieb zehn, zwölf Jahre hier und fuhr nie nach Hause. Er schickte seiner Familie, was sie brauchte; selbst machte er nie Urlaub. Außerdem war er schweigsam und ernst.«

Yacouth unterbricht, um etwas zu ergänzen. Tounsia fährt fort, mit strahlendem Gesicht, sie geht völlig auf in der Lust am Erzählen. »Aber Khadidscha drüben machte sich Sorgen: falls ihr Mann im Exil eine andere Frau nahm? Sie bat und bettelte bei ihrer Schwiegermutter, sie möge die Töchter betreuen, damit in einer ersten Zeit wenigstens sie zu ihrem Mann ziehen konnte! Die alte Frau ließ sich nicht erweichen: Sie brauchte wahrscheinlich die kräftige Schwiegertochter bei der Feldarbeit! Khadidscha wartete ab, bis ihrer ältesten, halbwüchsigen Tochter die Ehe angetragen wurde.

Sie verheiratete sie. Die beiden anderen wuchsen auch heran. Sie versuchte es noch einmal bei der Schwiegermutter. ›Gib mir zwei Jahre, nur zwei Jahre‹, sagte sie, ›dann bringe ich dir deinen Sohn zurück! Ich bringe ihn oder komme allein!‹ Sie schwor einen Eid darauf. Die alte Frau gab klein bei. Khadidscha konnte reisen: Sie kam, glaube ich, 1961 nach Camp Fougères.«

Es folgt ein Austausch zwischen Mutter und Tochter zur Überprüfung des Datums.

»Ja«, bestätigt Tounsia, »meine Mutter erinnert sich, dass es im letzten Jahr des Algerienkriegs war. Die neu angekommene Khadidscha wurde im Lauf des ersten Jahres bereits schwanger. Sie bekam eine vierte Tochter, aber, welch ein Wunder!«

Tounsia brach in schallendes Gelächter aus, das den Abenddunst, der sich langsam gesenkt hatte, aufwirbelte.

»Ein Wunder, ja, man sagt, dass Gott manchmal Leute im Exil wie wir liebt: Khadidscha, die mit fast vierzig Jahren noch einen

Säugling nährte, gelang es, ihren Mann zu überreden … Na, in die Heimat zurückzukehren! Algerien war schließlich unabhängig geworden, es gab also Hoffnung. Viele kehrten damals zurück!«

Yacouth warf mal ein Wort, mal einen Zwischenruf in die Lücken der Erzählung ein, die Worte waren rau und kurz oder aber fließend.

»Ja, ja«, beruhigte Tounsia sie lachend. »Ich sage es ihr, ich vergesse nichts!« Und sie musste wieder lachen.

»Sie kehrten also zu dritt zurück: das Paar mit dem Säugling. Und wir Frauen von hier dachten bei den Umarmungen zum Abschied schon daran, wie die Alte in der Kabylei als Willkommensgruß ihre Youyous rufen würde! Bestimmt! Das Seltsame an der Geschichte war aber, dass Khadidscha mit dem Baby auf dem Arm zunächst bei ihrer verheirateten Tochter abstieg, die jetzt in einem Vorort von Algier wohnte. Die war ganz verzweifelt darüber, dass sie noch nicht schwanger war. Daher bat sie ihre Mutter: ›Mutter, gib mir das Kind! Es ist meine Schwester, ich werde sie aufziehen wie eine Tochter! Und ich bin sicher, sie wird mir Glück bringen für meine künftigen Schwangerschaften! Ich flehe dich an, Mutter!‹

Sie rief den Propheten und mehrere Heilige zu Hilfe. Khadidscha willigte ein. Sie ließ das Kind in Algier und kehrte mit ihrem Mann ins Dorf zurück!«

»Die Geschichte geht gut aus!«, sagte ich.

»Halt«, lachte Tounsia, »sie ist noch nicht zu Ende! Sechzehn Jahre vergingen, und was geschah? Meinem Sohn haben wir natürlich die Adresse unserer Freunde gegeben, da sich seine Kaserne in Algier befand. Als er das erste Mal freihatte, ging er hin, sie wohnen in einem Viertel mit großen Wohnbauten auf einem Hügel. Ein hübsches Mädchen von sechzehn öffnete ihm die Tür, dieselbe, die in Camp Fougères geboren und um derentwillen ihr Vater in die Heimat zurückgekehrt war: das Mädchen, das von seiner Schwester aufgezogen wurde!«

Nach einer Pause erzählte Tounsia in zärtlichem Ton weiter:

»Mein Junge hat sich in sie verliebt! Jetzt ist sie die Verlobte von meinem Großen!«

In die eintretende Stille fügte sie hinzu: »Morgen bei deiner Abreise gebe ich dir ihre Adresse … Grüße sie von uns! Nein, diesen Sommer bleibe ich hier, zu Hause. Ich fahre nicht in die Heimat!«

Mutter und Tochter 3

An der Universität beginnen die Vorlesungen wieder. Es wird mein letztes Jahr als Hochschullehrerin sein. Aber das weiß ich noch nicht.

Ein regnerischer Herbst. Schwarzer Lackmantel, ziegelrote Mütze. Der Regen hört Mitte November auf, aber der Wind bleibt und die starken Böen ebenfalls. Die Tage werden kürzer: Ich erinnere mich, ich hatte diesmal die Dörfer im Sahel bereist, im Bus oder mit einem befreundeten Paar in ihrem kleinen Auto … Ich erinnere mich auch an zwei oder drei Studentinnen, die ich ins so genannte Café des Facultés einlud. Die jüngste von ihnen schaute sich um – mit den Augen einer wachsamen Katze. Sie war ganz überrascht, dass eine Professorin sich mit ihren Studenten über etwas anderes unterhielt als über die Veranstaltung oder die Belange der Universität. Von der einen ließ ich mir ihre Kindheit in einem kleinen Dorf im Aurès-Gebirge erzählen, von der anderen ihre Zukunftspläne.

Ourdia hingegen sprach nicht über sich. Sie stand auf und ging. »Sie hat Angst vor ihrer Familie«, sagte eine ihrer Mitstudentinnen. »Im letzten Jahr hat ihr Vater, ein Rentner, der aus der Großen Kabylei stammt, sie bis zum Eingang des Hörsaals gebracht und sie danach wieder abgeholt.«

Der Winter errichtete seine durchscheinende Helligkeit, der Himmel war jeden Abend mit Schwärmen von Zugvögeln bedeckt. Die Luft belegte alles mit einem klaren Glanz. Ich zog wieder durch die scharf konturierte, im Mittagslicht glitzernde Stadt.

Kurz vor Ende des Semesters spricht mich eine Studentin auf einem Boulevard an und berichtet mir mit belegter Stimme: »Erinnern Sie sich noch an Ourdia?«

»Natürlich.«

»Sie ist vorgestern gestorben. Ein Unfall. Sie ist von der Dachterrasse ihres Hauses in der Kasbah hinuntergefallen.« Sie schluckt schwer. »Heute wird sie in ihrem Dorf in den Bergen begraben.«

Wieder schluckt sie, es ist eher ein Schluchzen. Das junge Mädchen kehrt mir den Rücken. Etwas weiter rennt sie dann über die Straße.

Ein Monat danach die Wahrheit. Sie fließt unterirdisch von einem tuschelnden Grüppchen zum nächsten. Es gibt keinen Beweis, zunächst sind sich nur die alten Frauen sicher, aber sie sagen nichts, dann ihre Töchter, schließlich die dazugehörigen Nichten, und die reden darüber: Sie suchen nach Möglichkeiten, etwas zu unternehmen, Gerechtigkeit walten zu lassen. Aber welche?

Ein Monat danach die Wahrheit.

Ourdia ging nicht mehr ins Café des Facultés, weder mit mir noch mit den anderen Studentinnen. Ein einziges Mal hat sie sich offenbar zu einem Studenten gesetzt, der sie einlud. Er verschlang sie bestimmt schon lange bei jeder Vorlesung mit Blicken. Sie sprach kein Wort; sie hörte ihm nur zu. Sagte dann schnell, nachdem sie das Coca-Cola hinuntergestürzt hatte: »Nein, ich muss gehen … Ich kann nicht!«

Ein Cousin oder Nachbar erkannte sie an diesem öffentlichen Ort. Das Gerücht erreichte auch ihren Vater. »Ich bin entehrt! Ich bin entehrt!«, schimpfte er Tage hindurch. Dann fällte er das Urteil: Ende mit dem Studium für Ourdia! Er sperrte sie ein. Verschanzte sich hinter völlig übertriebenen Verdächtigungen. Jeden Abend redete er seiner Frau von »Todesbefehl«. Sie war ohnehin eine schweigsame, verängstigte, verhärtete Frau. Er erinnerte sie an ihre eigenen Verfehlungen: Sie hatte ihm keine Söhne geschenkt, keinen einzigen männlichen Nachkommen, der jetzt die Ehre des Vaters hätte rächen können. Des alten, betrogenen Vaters ...

»Ich bin entehrt!« Die ewige Leier des Vaters umgab die Mutter jede Nacht, schwirrte um sie herum, sie konnte nicht mehr schlafen, sie war nun zur Hüterin der Gefangenen geworden ...

Sie musste die Ehre des Vaters und den Namen der Familie retten!

Daraufhin erhielt Ourdia die Erlaubnis, jeden Abend auf die Dachterrasse zu steigen. Die Mauern des alten Hauses hatten unter dem letzten Erdbeben im Herbst gelitten; gleich nebenan war ein etwas tiefer gelegenes Haus eingestürzt. Die Bewohner konnten anderswo untergebracht werden, aber die Trümmer waren noch nicht weggeschafft worden.

Kaum hatte sich der Tag verflüchtigt, betrachtete Ourdia, im Dunkel stehend, das Hafenbecken, das schwarz gewordene Meer, den Lichtschein der Schiffe, die am Horizont warteten: eine bebende, halb fließende Landschaft. Das junge Mädchen träumte gewiss, wider besseres Wissen, vom Fortgehen, aber wohin?

Am achten Tag steht Ourdia bei Sonnenuntergang hoch aufgerichtet wie eine Galionsfigur an der Ecke der Terrasse.

Die Mutter ist schweigsam, verängstigt, verhärtet. Und findig. Sie kommt dicht heran. Mit einem Schwung, einem Ächzen, stößt sie ihre Tochter, stürzt sie hinunter in den Abgrund – das heißt in die Trümmer des bereits zerstörten Nachbarhauses.

»Die kleine Mauer am äußersten Rand der Terrasse war leider schon zu baufällig«, schloss der Untersuchungsbericht.

Die Geschichte, die von Mund zu Mund geflochten wurde, umschlingt mich, quält mich, gibt mir einen Stoß.

Ich verbringe die Ferien des Wintersemesters noch in der Stadt, »die Stadt der Stürme« hieß sie einst, heute die Stadt der Morde.

Morgen nehme ich ein Rückflugticket. Rückkehr?

Zurück – nicht zurück.

Venedig, 26.–27. Januar 1996

Das Fieber in der Stadt

Erzählung

I

Damals brachte mir jeder Tag eine pechschwarze Nachricht (über das Radio, die Zeitung, zumeist aber durch eine vertraute Stimme am Telefon, die mich manchmal im Morgengrauen aufrüttelte, manchmal abends, kurz vor der Nacht). Eine Todesnachricht: von der Ermordung eines Freundes, einer Frau, die ich schätzte oder bewunderte, eines alten Professors, den ich aus den Augen verloren hatte … Zuweilen auch die Meldung vom Tod eines Namenlosen – einer Studentin, eines Gewerkschafters oder eines Widerstandskämpfers aus dem vorigen Krieg – der Tod hatte sie an einem Platz überrascht, den ich am Tag zuvor noch überquert hatte, auf einem Markt, den ich jeden Tag besuchte, es war ein Tod, der im Grunde aus nächster Nähe, mit einem Schlag seine grässlichen Einzelheiten verspritzte, seine unfassliche Gewalt. Damals …

Doch warum soll ich das wachrufen, warum zur Feder greifen? Weil ich die Hoffnung aufgegeben habe, zu überleben, weil ich mich davor scheue, das Wort zu ergreifen, laut zu sprechen? … Was bedeutet es, zu schreiben? Im Verborgenen, insgeheim, in einem Winkel, fast wie das Selbstgespräch eines Verrückten oder Einsiedlers? Aufschreiben für eine Zeit, wenn alles an diesem Ort zerstört sein wird, von mir jedenfalls wird dann nur noch dieses

Geschreibsel in einem weggeworfenen, vergessenen Heft übrig sein …

Befällt mich jetzt ebenfalls die Angst? Werden sie herausfinden, dass auch ich – wie hundert andere in dieser verpesteten Stadt – in ein anderes Viertel gezogen bin, dass ich meine äußere Erscheinung, die Art, mich zu kleiden, wechsle und meinen Namen, dass ich eine Brille trage, mit gebrochener Stimme spreche, sogar meinen Akzent, den Sprechrhythmus meines arabischen Dialekts ändere? Manchmal mache ich mich älter (ich bin fast vierzig, noch im vorigen Jahr sah ich zehn Jahre jünger aus, besonders seit ich recht fröhlich alleine lebte). Bevor ich das Haus verlasse, prüfe ich mein Aussehen noch vor dem Garderobenspiegel: »Ach ja«, seufze ich, »wie einfach ist es für eine Frau mit vierzig, wie fünfzig auszusehen oder alterslos. Unsichtbar, weil sie so gewöhnlich ist, schlecht frisiert, mit schlechten Schuhen, die Kleidung in gedeckten Farben, ein formloser Rock, einen Einkaufskorb am Arm, wie eine beflissene Hausfrau.«

Ich gehe langsam, fast mechanisch durch die Straßen, ich, die früher immer schnell lief oder plötzlich an einer Esplanade stehen blieb, um das Panorama, die Fassaden, die unermessliche Bucht zu betrachten, und dabei den Kopf zurücklegte, um mich am Blau des Himmels zu weiden, ich konnte nicht genug davon bekommen, zu spüren, wie das Licht mich einhüllte, ich schwamm im Azurblau, gestern noch! … Nein, es ist nicht meine Angst, ich fühle mich ganz einfach klein. Sechs Monate mit Attentaten in der Stadt haben genügt. Wenn ich jetzt hinausgehen will, verwandle ich mich in eine namenlose Passantin, die Haare hinten zum Zopf geflochten, mit trippelndem Schritt und fest zu Boden gerichtetem Blick: Wer würde mich da erkennen, wer würde an mir die Kühnheit wieder finden, mit der ich mich früher draußen bewegte? … Ich gehe weiter, ich bin lebendig, meine Freude liegt nur in meinem Inneren geknebelt. Wem trotze ich da draußen, welchem Mörder?

Kurz darauf sitze ich an einem kleinen Platz (ich hole Stricknadeln hervor, ich lege mir sogar einen alten Großmutterschal um die Schultern, ich stricke und wirke niedergeschlagen, müde wie eine arbeitsame Ameise) und, während meine Finger fast mechanisch hin und her wandern (ich habe meine Technik aus den Jahren meiner Jugend im Internat aufgefrischt), fange ich sehr bald an, mit traurigem Herzen vor mich hin zu träumen …

Es ist erst drei Jahre her, da waren die Freunde und Kollegen um mich herum ganz aufgeregt wegen der neuen Liberalisierung in der Politik – sie waren Lehrer, Journalisten, einige auch Wissenschaftler, Ärzte. Ich hörte ihnen nachsichtig zu, in meinen Gedanken war ich woanders: Ich befand mich in den ersten Anfängen einer unsinnigen Liebe.

Ich sage mir (während ich weiterstricke), dass alles in mir wankte, trotzte, in Aufruhr geriet: Noch heute auf dem kleinen Platz lächle ich darüber. Obwohl mir ein bärtiger Beobachter auf der anderen Bank gegenübersitzt und zwei Passantinnen in schwarzem Tschador einen misstrauischen Blick auf meinen sauberen Wollschal werfen, tauche ich in die Verwirrung, die mich damals erfüllte, genau vor drei Jahren. Es war ein Oktobertag wie heute.

Ich hatte mir an jenem Herbstmorgen gesagt: »Also gut, ich bin gerade sechsunddreißig geworden, und doch fängt mein Herz ohne Grund an, wie wild zu schlagen, denn ich bin dabei, mich gründlich zu verlieben, wie damals mit achtzehn. Gründlich, nein, mit fliegenden Fahnen!« Und ich musste über mich lachen.

Ich lächle, während ich auf der Bank sitze und stricke. Die Frauen im Tschador sind weitergegangen, der feiste bärtige Beobachter mustert mich noch immer, es ist mir egal, keiner wird mich in dieser Verkleidung erkennen. Ich durchlebe an diesem Tag Ende 1993 noch einmal das Fieber von vor zwei Jahren … Sind es zwei Jahre?

Ich stehe mit einem Ruck auf, stecke meine Stricknadeln in die Einkaufstasche, lege den Schal zusammen und setze meine Brille wieder auf. Ich gehe mit dem gleichen bedächtigen Schritt zur Avenue auf den Höhen, auf denen mein Mietshaus liegt. Mein Unterschlupf.

Innerlich trübt mich Eile, eine Art freudiges Prickeln. Ich habe mir eben überlegt:

Und wenn ich das alles aufschreibe, was ich damals im Herbst gefühlt habe? Es aufschreibe, um es noch mal zu durchleben, um ganz allein mit Herzenslust darüber nachzudenken. Meine beste Freundin Nawal wird da sein, ich werde ihr zurufen: »Hör mal, ich muss dir etwas berichten. Damals konnte ich es nicht. Nicht, weil ich es verstecken, nicht, weil ich es geheim halten wollte: Ich meinte, wenn ich es im selben Moment sagte, wie ich es erlebte, würde es an Intensität verlieren, sich verändern, was weiß ich. Im Augenblick hingegen … Hör zu, ich muss es dir bis ins kleinste Detail schildern!«

Sie würde geduldig sein, lächeln, sie würde warten, wenn ich plötzlich stocke … Ich spreche von ihr schon in der Möglichkeitsform: Vor sechs Monaten wurde ihr Körper von einer Bombe in ihrem Auto zerfetzt. Damals war ich bereits untergetaucht. Als ich es erfuhr, konnte ich nicht zu ihrer Beerdigung gehen. »Sei froh«, sagte mir ein Freund am Telefon, »keiner durfte ihre Leiche sehen, nicht einmal das Gesicht … Man hat sie in vielen Stücken zusammengetragen!«

Ich gehe mit kleinen Schritten. Ich erschrecke, bleibe stehen und schaue mich um: Wenn der Bärtige mich verfolgt, sich merkt, wo ich wohne, und gleich seine Leute verständigt? Ging auch Nawal so in die Falle?

Doch niemand folgt mir. Es kann mir auch keiner die Sicherheit geben, dass es wirklich Nawal war, die zerfetzt wurde. Mehrmals bin ich danach frühmorgens aufgeschreckt, da mich ihr zerstückelter Körper heimsuchte. Dann hat sich der Zweifel bei mir eingeschlichen, bis mich einmal im Morgengrauen ein Gedanke anfiel, eine harte, schonungslose Frage, wie mit wilden Augen: »Da ihr Körper in kleinen Stücken gefunden wurde, wer kann da sicher sagen, dass die Tote Nawal ist? Nein … Es ist wohl eine ihrer Freundinnen gewesen, der sie an diesem Tag das Auto geliehen hat! Nawal ist nur untergetaucht!«

Seither bin ich immer mehr davon überzeugt. Wenn sie sich nicht gemeldet hat, um die Nachricht ihres Todes zu dementieren, dann, weil sie ihr doch völlige Sicherheit verschafft! Die folgenden Nächte habe ich besser geschlafen.

Nawal wird wiederkommen. Sie wird mir zuhören: Sie wird meine letzte »Verknalltheit« belächeln. Sie wird es »Leidenschaft« nennen (sie ist romantisch), oder vielleicht wird sie den Ausdruck »deine kleine Liebschaft« gebrauchen, da sie mich gerne neckt. Ich höre ihr schelmisches Lachen. Wenn ich in mein Zimmer zurückkomme, wird sie bestimmt da sein – oder eine Erscheinung von ihr. Ich werde ihr alles erzählen …

Aber ich bin allein, Nawal wird nicht kommen. Ach, sie war so lebhaft und neugierig, sie würde mit mir fühlen!

Kaum habe ich die Tür hinter mir geschlossen, ziehe ich die alten Sachen aus. Nur schnell mit dem Nötigsten bekleidet, hole ich mein Schreibzeug, gieße mir Eistee ein und setze mich an meinen Tisch.

Ich schreibe, ich möchte für Nawal und für mich »meine Leidenschaft« aufschreiben oder, sagen wir, meine Verwirrung der Gefühle vor zwei Jahren.

Ich werde in dieser erstarrten Stadt mein Fieber noch einmal erleben. Leise läuft eine Platte von Archie Shepp, bald drängt sich das Tenorsaxofon laut und tief in mein Bewusstsein. Wozu schreibe ich, welchen Sinn soll das haben – eines Tages werden sie mich erkennen, auf dem kleinen Platz oder in einem Supermarkt, am nächsten Morgen werden sie mich umbringen, vor der Eingangshalle meines Mietshauses, beim Hinausgehen (denn es vergeht kein Tag, an dem ich zu Hause bleibe, wegen der Sonne, wegen des Frühlings, wegen des Wunsches, beim Gehen Selbstgespräche zu führen, zwar sehe ich aus wie eine namenlose ältere Frau, aber immerhin bin ich draußen!). Ja, ich schreibe, und wenigstens diese Spur von Geschichte wird bleiben, in diesem Heft, das irgendwo herumliegen wird … Ich werde es gut verwahren.

In zehn Jahren, das ist sicher, werde ich nicht mehr hier sein: Der Tumult und das tödliche Brodeln dieser Stadt wird sich beruhigen, sie wird ihre Ungeheuer endlich besiegen und sich von ihnen befreien, manche werden sagen: »Die Stadt hat sich erneuert …« Sollen sie so denken: die Sonne, der Frühling wird in gleichem, unwandelbarem Glanz erstrahlen.

Ich werde nicht mehr hier sein – sondern auf der Flucht, im Exil oder endgültig besiegt: verflogen wie ein Traum! Doch diese paar Seiten über eine Liebesgeschichte werden wieder auftauchen, vielleicht vor dem Blick eines Freundes, eines Nachbarn, einer unbekannten jungen Frau, die meine Wohnung aufräumen soll und zufällig eine Schublade oder eine lange verschlossene Kiste öffnet … Meine letzten Zeilen, meine Geschichte.

Ich, die Freundin von Nawal – die in die Luft gesprengt, zerrissen, ausgelöscht wurde –, heiße Isma. Isma, was für ein Name, ich suche eher nach einem Namen oder nach dem Namen des anderen … Isma soll also genügen, ich nenne auch mein Alter, schon bei der ersten Begegnung.

»Sechsunddreißig!«

»Sind Sie wirklich so alt, das ist nicht zu glauben«, sagt er. »Sie sehen aus wie eine Studentin!«

Ich schneide ihm eine Grimasse. »Klein und zierlich, ich weiß, manchmal ist das ein Vorteil.«

Mit zwanzig, so erinnere ich mich, hatte ich dagegen etwas Abweisendes – es war ein Schutzpanzer aus Schüchternheit, ich kam nämlich aus meiner Festungsstadt im Osten, ohne zuvor viel »mit Jungs gesprochen zu haben«, wie es damals hieß. Ich unterhielt mich mit ihnen, aber ich verbarg dabei hinter meinem spröden Benehmen eine Unfähigkeit, manchmal eine Panik, vor jedem Ansatz zum Du. Mit zwanzig schien ich, obwohl gerade erst in der Hauptstadt angekommen, eher fünf oder sechs Jahre älter zu sein!

Das alles erzähle ich diesem Mann, ohne Einzelheiten zu verraten.

Der Mann? Ich hätte ihn »den Musiker« nennen sollen. Ich hatte eine Woche zuvor von ihm gehört. Irgendjemand hatte mir diesen Gelegenheitsjob angeboten, ein Kollege hatte mich empfohlen und mich dann überredet: »Du kennst dich bei den Dialekten im Süden am besten aus! Das ist genau, was dieser Ethnologe sucht!«

»Ist er denn Ethnologe oder Musiker?«, hatte ich erwidert.

»Geh hin ins Hörfunkstudio, beruf dich auf mich«, sagte mein Freund. »Er erwartet dich um fünf Uhr nachmittags! Aber komm bitte nicht zu spät! Ich kenne dich, du gehst spazieren, du trödelst ... Er scheint es eilig zu haben. Er ist nur kurze Zeit hier. Ich glaube, er fährt in zehn Tagen wieder weg. Vielleicht kommt er noch mal zurück, du wirst es sehen. Er hat einen Förderer im Ausland, die Bezahlung ist sicher gut.« Ich trödelte nicht, kam pünktlich zur Verabredung und sagte mir dabei im Spaß »um fünf Uhr nachmittags« auf Spanisch vor.

Er stellte sich vor, gab mir die Hand: schon bei seinen ersten Sätzen war ich hinter meiner unbeteiligten Miene völlig fasziniert. Wie soll ich es dir sagen, Nawal? (Aber ich schreibe es dir auf, und du kannst mich nicht auslachen.) Eine gebannte Aufmerksamkeit befiel mich und dann der Drang der Augen, meiner Augen: Ich konnte sie nicht von seinem Gesicht abwenden, von seinen Zügen, seinen Händen, von seiner Nervosität, seinem stockenden Sprechen. Ich blieb kühl, neutral, meine Augen – ich bot heldenhaft alles auf, um ihren Glanz zu mildern – hingen an jeder Einzelheit seiner Erscheinung, um sie genau aufzunehmen und zu analysieren ... Hauptsache, die Begierde meiner Augen war nach innen gekehrt, dass dieser Fremde nichts von diesem hungrigen Blick bemerkte! Als hätten meine Augen stillschweigend angefangen, ihn zu trinken, als dehnte sich jede Sekunde unendlich, als verginge diese Gegenwart nie …

Meine Stimme sprach langsam und eher kühl. Sie sprach französisch, das fügte sich gut. In dieser Sprache konnte sie alles verbergen, verkleiden, bezähmen, auch mich selbst: in einem neutralen Ton plaudern. In meinem Dialekt hingegen hätte sich meine Stimme, die gleiche Stimme, hinreißen lassen.

Und Nawal wird lächeln, wird mich anlächeln, wenn sie eines Tages hier ist, in einem Jahr oder in zehn Jahren, sie, die Freundin aus meiner Kindheit, wird lesen, was ich schreibe …

Ich höre sie lachen. Aber was stelle ich mir vor: in zwei Jahren, wenn dieses Heft herumliegt mit diesen Worten – meinen Worten auf Französisch (wenn ich französisch schreibe, verschleiert, verkleidet sich meine Sprache glücklicherweise nicht mehr, sie lässt sich hinreißen, geht mit mir durch, wie mein arabischer Dialekt), ja, wenn die Stadt wieder zu ihrem unbekümmerten, oberflächlichen Frieden zurückgefunden hat und Nawal dies mit Auflachen und unterdrückten Schreien liest? Bedeutet das dann, dass drüben, im Reich der Schatten, die langjährigen Freundinnen einander lesen, einander beichten, miteinander flüstern? Reden und sich gegenseitig das Herz ausschütten? Bleibt der Wunsch, sich mitzuteilen? Aber was stelle ich mir denn vor? Wenn es stimmt, dass dort drüben, jenseits des Lethe-Flusses, meine Geschichte umläuft, dann wäre das, wie wenn ich sie jetzt öffnete und sie beben spürte, es hieße, auf den Funken zu hoffen, das Glück …?

II

Ein Mann mittlerer Größe, schmal, mit hagerem Gesicht und fast schwarzer Haut. Ein Somalier oder Mauretanier, vielleicht ein halber Peul. Schmale Augen, scharfer, leuchtender Jadeblick, krauses Haar und lange, zerbrechliche Hände.

Wenn er sprach, war sein Akzent im Französischen jedoch nicht afrikanisch. Ich war erstaunt, ich versuchte zu ergründen, woher diese ungewöhnliche Sprechweise kam, vergebens. Ich wollte ihn später danach fragen. Er schien in dieser Sprache jedenfalls zögerlich zu sprechen, sie noch nicht sehr lange zu kennen … Als er mit einer Redewendung in meine Muttersprache verfiel, wurde ich ganz starr vor freudigem Schrecken; auch hier hatte er einen Akzent, aber sein Sprechen war nicht gedehnt, es schwankte eher unmerklich oder neigte sich ein klein wenig, es war ein arabischer Dialekt aus einem nicht allzu fernen Land – fern, aber nicht fremd! Er fuhr mit seinen Erläuterungen auf Französisch fort. (Sein Französisch klang weder englisch noch deutsch, sagte ich mir. Warum suchte ich in Europa nach diesem Akzent?) Dann unterlief ihm ein ziemlich grober Fehler, doch er verbesserte sich schnell, und bei dieser Gelegenheit fügte er hinzu, dass er sein Französisch … in Österreich gelernt habe. Aber in mir hallte noch das Echo jener anderen Sprache wider und brachte ihn mir nahe. Seine Sprache war die meine, nur verschlungen, raunend, als drängte sie zu Ausschweifungen, vielleicht auch Freizügigkeiten, zu einem Streicheln mit Worten (sodass einen nach mehr verlangte), als berührte sie Echos, als verspräche sie Geständnisse … in aller Unschuld, natürlich. »Offenbar bin ich in meine Kindheit zurückversetzt«, stellte ich erschrocken fest, und mit dieser Erkenntnis war mein Herz verloren.

Nawal, ich bitte dich, hab Geduld, hör mir zu, versuche zu verstehen, woher dieses seltsame Gefühl kommt, während ich die Umstände erzählen muss, welche Worte gewechselt und wie die Arbeit besprochen wurde … Nawal, warte, wir haben so viel Zeit! Wenn man es aufschreibt, spielt sich alles noch einmal ab, alles fängt von vorne an oder scheint ins Wanken zu geraten. Was wird zwischen der jungen Frau von sechsunddreißig geschehen, die aussieht wie eine Studentin (hat der Mann gesagt), und dem Fremden – der nicht ganz fremd ist, mit diesen beiden Sprachen, die sich abwechseln. Er hat Französisch eben erst gelernt, in Österreich. Warum gerade dort? Was will er bei uns? Warum forscht er nach »Ton-Archiven« aus dem Mzab von Laghouat oder Biskra – er zählte die Städte schnell auf. »Es sind fremde Welten, außerdem sprechen sie im Mzab eine andere Sprache«, ergänzte ich, »die älteste Nordafrikas!« Ich hatte den nüchternen Ton einer Lehrerin angenommen, die von Anfang an die Grenzen ihres Wissens aufzeigt: »Das Berberisch, das im Mzab gesprochen wird, würde ich verstehen, aber ich könnte es nicht selbst sprechen.«

Er hat mich mit einem leisen Lächeln angeschaut: »Ich bin nicht ganz unwissend!«, brachte er vor. Die Ironie war kaum merklich und wegen seines schwarzen, so beweglichen Gesichts wusste ich nicht, ob er sie bereits in Zärtlichkeit verwandelt hatte. Ja, Nawal, ich las ganz schnell in seinen Zügen, ich begriff augenblicklich seine flüchtigen Gedanken, ich machte sofort Bekanntschaft mit seinem hintergründigen Charme!

Nawal, wenn ich nicht direkt aufs Ziel zusteuere, dann, weil ich dir, die du meine Worte lesen wirst (vielleicht bereitet das, was ich jetzt voll Nervosität schreibe, fast im Galopp, die Unterhaltung mit dir vor), weil ich dich vor allem teilnehmen lassen möchte an meinem Zustand.

Wir haben Zeit, betrachte von über den Wolken die Stadt unter uns: Von einem anderen Ort aus würde sie hässlicher erscheinen, eine düstere Stadt. Doch wir schweben zusammen als Zuschauerinnen über ihr, sie wirft uns die Illusion ihrer früheren Schönheit zurück. Auf der Bucht die Lichter der liegenden Schiffe, der Kräne, die doppelte Reihe mit Lampen am Strandboulevard formen für sie den Gürtel einer Sultanin oder einer Hure.

Wir sprachen von der Arbeit, lernten uns kennen, er und ich, gewannen allmählich den gleichen Horizont. Ich hörte diesem Mann zu, wie er mir kurz erklärte, warum er im Maghreb umherreiste – er hatte sein Land schon vor vielen Jahren verlassen, es schmerzte ihn, dass er nicht einmal mit seiner Mutter am Telefon sprechen konnte (wie er sagte, war sie eine Dichterin von großer Bildung, sie beherrschte das klassische Arabisch des Koran, sie konnte ganze Abende zu einer somalischen Musik improvisieren, die archaisch und schmucklos war und die er nun wieder zu finden hoffte).

Ich spürte, wie wir allmählich in einen gemeinsamen Takt übergingen. In ihrer Art seien sie einfach und arm gewesen – das sagte er über seine Familie, die vom autoritären Regime seines Landes ruiniert worden war. Seine schmerzliche Empörung aber bildete einen Gegensatz zu seinen feinsinnigen Worten, die sich in vergangenen Farben ergingen …

Wie lange haben wir uns unterhalten bei diesem ersten Treffen, Nawal? Ich weiß es nicht mehr. Wir sprachen vom Leben hier, von den Warnzeichen: Seinem Blick eines Reisenden fiel auf den Straßen dieser Stadt in den verschlossenen und so traurigen Gesichtern sofort eine ständige Hektik auf, und manchmal, so bemerkte er, eine Art Grobheit, eine Heftigkeit oder Übertreibung etwa in den streitenden Stimmen bei einem Zusammenstoß oder … (er suchte nach dem richtigen Wort) »ja, ein Aufbrausen, das fällt mir auf: nicht Zorn, sondern Aufbrausen«. Er bemerkte es, war überrascht, wir überprüften gemeinsam, ob diese Eindrücke zutrafen. Ich lächelte, ich konnte ihm nur zustimmen.

Wenn er mich ausfragte, antwortete ich meist recht überrascht. Er war offenbar mit feinem Gehör und Adleraugen unterwegs: Mit seinen Sinneseindrücken versuchte er sich einer vertrauten Welt anzunähern, die er verloren hatte – »mit Bildern Assoziationen schaffen, die Klänge von früher wieder zu finden, aber in der Fremde … Und dabei ganz nah!«, verbesserte er sich. Es entstand rasch eine Verbundenheit zwischen uns, eine Übereinstimmung, die für mich unschuldig war, ohne jeden Hintergedanken … Wäre da nicht jenes Wiegen in seiner Sprache gewesen, diese leichte Berührung der arabischen Sprache in manchen Momenten und in manchen Ausdrücken … Ich hörte aufmerksam zu, etwas in mir riss sich los; meine Aufmerksamkeit der ersten Minuten wurde noch gespannter, eine Art Fieber stieg in mir auf, verschleiert von einem unbändigen Drang zur Flucht …

Ich bemerkte das Blitzen in seinen schwarzen Augen, die Feinheit seiner von den Zigaretten versengten Finger, unvermittelt legte sich Schweigen zwischen uns.

Ich komme zu dir zurück, Nawal. Ich brauche dich nun als mein Gedächtnis, trotz aller Bedrohung wünsche ich mir, dass du da bist, während ich hier schreibe, verborgen, heimlich. Gewiss, du rufst nicht mehr an, du lachst nicht mehr, aber du bist doch immer da, nah und lebendig! Du ahnst, wie mein Herz klopft, noch zwei Jahre nach jener beginnenden Leidenschaft, die in mir aufkam und mich heute wieder belebt, trotz meines Lebens einer Gefangenen oder Verfolgten!

Während ich mit diesem Fremden zusammen war (wir unterhielten uns vielleicht ein, zwei Stunden, ich weiß es nicht mehr. Wir waren vom Rundfunkgebäude zu einer Cafeteria gegangen, wo es etwas laut zuging), dachte ich nicht eine Sekunde: Welches Bild macht er sich wohl von mir? Wie wenn er mich gar nicht sehen könnte. Ich war ganz auf Zuhören und Schauen konzentriert …

Als wir uns trennten, fiel mir das Datum auf – der 11. Oktober. Ich merkte mir abergläubisch die Zahl. Danach spazierte ich lange ziellos umher, vom hellen Nachmittag bis zum Einbruch der Nacht. Ich war glücklich, diesen Beginn zu erleben. Glücklich, am Leben und frei zu sein an diesem Tag. Glücklich, während meines langen Gangs sein Gesicht, seine Züge, seine leichten Falten, seine Lippen, seine Finger mit mir zu tragen. Hatte ich dieses Gesicht während unseres Gesprächs denn wirklich mit Augen verschlungen? Ich konnte mich schon nicht mehr daran erinnern, vielleicht hatte ich seine Erscheinung erfasst, rasch, eine Sekunde lang, bevor er es bemerkte … Die Existenz dieses Antlitzes festhalten, um mich später seiner Gegenwart zu vergewissern!

Und vor allem laufen, Nawal, laufen, um seine Stimme festzuhalten, die mir folgte, mich verfolgte, die mir meinen Weg vorzeichnete – seine Stimme in der einen Sprache, dann in der anderen, dieses Wiegen, dieses schwebende Ungleichgewicht … Wie all das für später aufbewahren, wie nichts davon vergessen? Als wir uns trennten, hatten wir vereinbart, uns vier Tage später wieder zu treffen.

Ja, ich bin gelaufen, hinein in diesen beginnenden blauen Abend, dessen Milde ich spürte. Durch das Dröhnen der Boulevards schwebte der vom nahen Meer aufsteigende Dunst um mich her und begleitete mich – ein Schatten, nein, damals war ich lebendig.

III

In der Sammlung, die ich zusammenstellte und dem Somalier vier Tage später vorlegte, wählte ich unter den »Frauenstücken« einen Gesang der ibaditischen Frauen aus. Offenbar kannte er den Mzab, denn er hatte mir von ihm gesprochen. Dieser alte Gesang ist recht bekannt, da er zu Beginn des 20. Jahrhunderts von einem französischen Ethnologen gesammelt und übersetzt wurde, der damals die fünf Städte des Mzab bereiste.

»Viele der Männer«, so erklärte ich, »arbeiten das ganze Jahr im Norden des Landes oder noch weiter weg, im Ausland … Aber sie kommen mindestens für die drei oder vier wichtigsten Festtage des Jahres nach Ghardaia, Beni-Isguen und Ouargla zurück: etwa zum großen Fest des Opfers von Abraham, auch zur Ashura oder zu Beschneidungen und Hochzeiten … (Ich träumte) … Am Tag der Rückkehr, wenn der Gemahl oder der Geliebte naht, dürfen die Frauen, die bis dahin während der langen Monate der Trennung in die einfachen Behausungen und die Arbeit zurückgezogen gelebt hatten, sich endlich freuen! Kaum hören sie die ersten Hufgeräusche des Reiters und in der Ferne die Freudenschüsse, stimmen sie von allen Seiten das ›Lied der Rückkehr‹ an!«

»Geben Sie mir eine Übersetzung! Ich werde es danach im berberischen Original lesen«, sagte der Musiker, der sich mir genähert hatte.

Ich begann:

In Azouil hat man Pulverknall vernommen
Es heißt: »Die Karawane ist angekommen!«
O mein Gebieter
Mein Gebieter besitzt viele Pferde
Fünfzig Ladungen mit Weizen
Sechzig Ladungen mit Gerste
Und sechshundert bewaffnete Reiter.

Ich hielt inne, holte Luft und lächelte ihm zu.

»Sprich weiter«, sagte er, »deine Stimme singt, dabei ist es nur eine Übersetzung!«

»Wenn Sie dieses Gedicht auswählen, wird Djamila es sprechen, nicht ich!«

»O mein Gebieter …« Ich zögerte, schaute ihn an und fuhr dann fort:

Mein Gebieter ist angekommen
Ich habe die Karawane vernommen.

Ich rezitierte leiser, als entdeckte ich plötzlich diese Freude:

Mein Herz wird eng wie ein Granatapfel
Mein Herz bebt wie ein Schilfrohr
Mein Herz wird grün wie junges Gras.

Ich holte eine Sekunde Luft.

Gestern sprach ich nicht über meinen Schmerz
Gestern vertraute ich meine Sorgen nur den Allernächsten an
Gestern hat mich der Allerhöchste Geduld gelehrt!
O mein Gebieter
Mein Gebieter ist angekommen
Ich habe die Karawane vernommen!

»Das wird eine schöne Arbeit mit dir, Isma!«, sagte der Musiker leise, dicht an meinem Gesicht. Ich reichte ihm die Blätter mit dem berberischen Original.

Mein Herz wird eng wie ein Granatapfel

fing ich ganz nah bei ihm wieder an. Ich hielt inne und fuhr dann noch leiser fort:

Mein Herz wird grün wie junges Gras.

Dann fügte ich, meine Augen in den seinen, noch die drei Worte dieses letzten Verses in Berberisch hinzu, wie ich sie am Tag zuvor auswendig gelernt hatte:

»Izizu uliok chekçil!«, seufzte ich.

»Sie werden natürlich dabei sein, um die Aussprache der Sängerin zu überprüfen, wenn sie das Lied einübt«, warf er ein.

»Seltsam«, dachte ich damals, liebe Nawal (nur dir vertraue ich mich an, indem ich dieses Gedicht wiederhole), »ich sagte ihm eben meine ersten Liebesworte, doch weder in meiner eigenen Muttersprache noch in der Sprache der Dichtungen seiner Mutter, die ihn in einem fernen Land erwartet und der ich mich so nah fühle!«

Ich hatte viele Gedichte aus allen algerischen Regionen gesammelt. Er beschloss aber, dass dieser »Gesang zur Rückkehr des Geliebten«, den ich ihm zuerst vorgesprochen hatte – die anderen las er rasch und schweigend durch –, in seiner altertümlichen Einfachheit von der Altstimme gesprochen werden sollte, vor dem Hintergrund einer Musik mit Querflöte, die er selbst komponiert hatte.

Djamila traf ein. Ich war ihr schon einmal begegnet: Sie war zurückhaltend und streng, ihr üppiges Haar war zu einem Knoten im Nacken zusammengebunden. Ihr Ernst schien mit ihrer tiefen Stimme übereinzustimmen.

Wir beide sprachen zunächst über die Frauen im Mzab. Sie wusste nur wenig über diese Region.

»Ich träume davon, regelmäßig einen Teil des Jahres dort zu verbringen, wenigstens den Winter!«, sagte ich. »Dort mit den anderen Frauen zu leben, mit ihnen arabisch zu sprechen (denn sie kennen alle den Koran) und dann nach und nach ihren Berber-Dialekt zu lernen!«

Der Musiker, der sich wieder zu uns gesellte, hörte, wie ich die strenge Organisation beschrieb, die seit Generationen in dieser weiblich geführten Gesellschaft herrschte. »Sie haben fünf Priesterinnen, sie werden so genannt, aber in Wirklichkeit sind es Totenwäscherinnen, so genannte *ghassalines.* Eine von ihnen, die bedeutendste, die auch die gelehrteste in der Auslegung des Koran ist, übt eine gefürchtete religiöse Autorität über die anderen aus, die *tebria.*«

»*Tebria?*«, fragte Djamila.

»Ja, das Recht, sie auszuschließen, die bei weitem schlimmste Strafe, die früher Mamma Sliman erlassen konnte – wegen ihres Wissens, ihrer Gerechtigkeit und ihrer Mäßigung war sie die am höchsten geachtete Totenwäscherin. Eine Strafe gegen die Frau, die sich auflehnte und danach keine Reue zeigte!«

»Ist die *tebria* so schlimm?«, überlegte Djamila laut nach einer Schweigepause.

»Ja«, bekräftigte ich, »im Sterben zu wissen, dass man nach dem

Tod nicht gemäß den Regeln des Korans gewaschen wird, dass man allein begraben wird, ohne die Gebete und die Liebe der Angehörigen: Was könnte es auf Erden Schlimmeres geben?«

»Das Exil«, warf der Musiker ein. Nach einem Zögern verbesserte er sich:

»Zumindest das Exil ohne Hoffnung auf Rückkehr! Und das, so müssen Sie bedenken, liebe Isma, ist eine *tebria* bei lebendigem Leib und nicht für einen, der im Sterben liegt!«

Sein dunkles Gesicht zeigte Erschütterung. Er wandte sich Djamila zu: »Wir wollen zu Anfang vom Blatt üben!«

Er nahm mich am Arm, jetzt hatte er wieder sein betörendes Lächeln. »Isma wird auf die Worte achten, sie wird bei dieser ersten Probe die Autorität über uns ausüben!«

Er schien plötzlich fast zärtlich gestimmt. Während wir zusammen das Studio betraten, fügte er neckend hinzu: »Hätten Sie als ibaditische Frau gelebt, Lalla Isma, ich wette, Sie wären entweder die oberste Totenwäscherin gewesen, mit allen Befugnissen, oder die Ausgeschlossene!«

»Ich stamme nicht aus einer Oase des Mzab«, widersprach ich und setzte mich neben sie. »Ich bin in der hohen Stadt Cirta geboren!«

IV

Während der zwei Wochen, in denen er seine Musik mit dem von mir übersetzten Text aufnahm, ging ich jedes Mal am späten Nachmittag nach meiner Arbeit am Lycée ins Studio.

Ich betrat den Probenraum, begrüßte alle und wartete. Wenn er gegen Ende auf mich zukam, gaben wir uns die Hand (manchmal behielt er zerstreut meine Finger in den seinen), dann sagte er mir einige Zärtlichkeiten in »unserer« Sprache – ein Spiel.

»Sie müssen wissen«, fügte er auf Französisch hinzu, »ich habe früher einmal eine ganze Gedichtsammlung von meiner Mutter auswendig gelernt. Ich hatte sie vergessen. Jetzt weiß ich, diese Gedichte waren nur dazu da, damit ich sie Ihnen sage!«

»Sie Lügner!« Ich lächelte ihn an. »So machen Sie das wohl bei allen Frauen!«

»Aber nein!«, beharrte er auf Arabisch. »Du bist (das Arabische kommt schnell zum Du) die erste, die ich in der Sprache meiner Mutter anspreche!«

»Ich glaube kein Wort!«, widersprach ich, ebenfalls auf Arabisch.

»Bi Allah!«, schwor er, plötzlich ernst. Ich entzog ihm meine Hand.

In Französisch ging ich wieder auf Distanz: »Als wenn Sie zu allem noch Muslim wären!«

»Von Geburt«, erwiderte er. »Sie wissen sehr gut, Lalla Isma, dass das leider ein unumkehrbarer Zustand ist in den Augen der Inquisitoren, von denen es derzeit in unseren Ländern wimmelt!«

»Sie sind ohne Zweifel rückfällig geworden«, schloss ich leichthin, »aber ich nicht!«

Wir gingen auseinander. Ich eilte davon. Ich hatte ihm nicht sagen wollen, dass ich an jedem dieser Abende allein zu Hause saß, das heißt in der ehelichen Wohnung.

Denn drei Tage nach der Ankunft des Somaliers war Ali verreist. Er war in sein Dorf in den Beni-Ourtilane-Bergen gerufen worden: Seine Großmutter lag im Sterben. Eine Frau von fünfundsiebzig, die bis dahin rüstig gewesen war. Sie hatte ihn allein aufgezogen, nachdem er während des Krieges Vater und Mutter verloren hatte.

Ich sah Lalla Salma einmal im Jahr, wenn ich mit Ali in die Heimat hinauffuhr, zumeist während des Sommers und in der Badesaison. Ich fürchtete diese kräftige Bäuerin mit gelben Augen, mit leuchtend roten Haaren, rundem, pausbäckigem, faltenlosem

Gesicht und vor allem mit ihrer vorbildlichen Frömmigkeit. Ihr ganzes Leben lang hatte sie gearbeitet, fünf Stunden jeden Tag an ihrem Webstuhl, fast bis zum Schluss, im vorigen Monat …

Als sie es nicht mehr zum Überleben brauchte (ihre Kriegsrente und die Unterstützung von Ali reichten aus), hatte sie vor zehn Jahren »für Gott« weitergearbeitet, wie sie sagte. Sie wählte vier oder fünf junge Mädchen aus den umliegenden Dörfern aus, um sie an ihrem Wissen teilhaben zu lassen, um die Webkunst an sie weiterzugeben. Ihre Werkstatt war also noch bis vor kurzem in Betrieb gewesen.

»Sie hat sich ins Bett gelegt«, erzählte mir Ali am Telefon. »Um ihre Gebete zu sprechen, kann sie sich noch aufsetzen. Ab und zu redet sie mit mir. Ich bleibe ständig an ihrer Seite. Sie hat Schmerzen, sagt es aber nicht.«

Ich rief Ali jeden Morgen an. Ich wollte nicht hinfahren … Aber wenn sie im Sterben lag? Auch dann nicht. Lalla Salma brauchte einzig und allein ihren Sohn, ihren Enkel. Ich glaube, sie mochte mich nicht. Sie schien es mir übel zu nehmen, dass ich Ali keinen Nachkommen geschenkt hatte. Sie sprach aber nie mit mir darüber.

Vielleicht hatte sie auf den ersten Blick gespürt, dass ich »ihren« Ali einmal verlassen würde … Eines Morgens beobachtete sie mich, von ihrem Webstuhl aus (tatsächlich zählten in diesem Dorf für mich nur die uralten Thermen, sie waren so alt, noch aus der Römerzeit, und die Kinder, die ich dort antraf), sie hatte gesehen, wie ich aus dem ländlichen Hammam herauskam; mein Lachen, mein nasses Haar im Nacken, die »nicht sehr muslimische« Art, mich hinzukauern, Männerhosen zu tragen, zwar manchmal einen *seroual,* aber einen zu kurzen aus der Stadt. Einmal sagte sie mir schließlich, ohne Vorwurf, wie eine Feststellung:

»Du hältst nicht still, meine Kleine!« Sie stockte, dann fuhr sie fort: »Du wirst nicht stillhalten, Isma!«

Verurteilte sie mich? Ich sagte Ali nichts davon. In den letzten beiden Jahren war ich nicht mehr ins Dorf gefahren, was nutzte es?

Wenn wir zusammen dort waren, schien ich die Zweisamkeit zwischen der gealterten Salma und Ali zu stören.

Die Distanz zwischen ihm und mir, die Kluft, die ich fortan zwischen uns spürte, hatte vielleicht einen anderen Grund. Etwa den Tod seiner Eltern? Er sprach nie darüber. Ich hatte von ihrem schrecklichen Ende nur zufällig erfahren: Die Leichen wurden im Morgengrauen zu Lalla Salma gebracht, die beiden waren erschossen worden und wiesen deutliche Spuren von Folter auf, alle beide. Außerdem (das hat mir eine entfernte Verwandte auf Durchreise im Dorf einmal zu erzählen gewagt) gab es Beweise für eine Vergewaltigung an der jungen Frau. Das Kind, der Sohn (Ali mit sechs Jahren), stand schweigend vor den sterblichen Überresten seiner Eltern.

»Beide waren in eine schwarze Decke gewickelt, schwarz mit breiten roten Streifen, nur die Köpfe schauten aus dem Paket heraus, bei meiner Mutter waren die roten Haare lehmverschmiert, die kabylische Haube war heruntergefallen ... Der Kopf meines Vaters, eine wächserne Maske mit geschlossenen Augen.«

Ein einziges Mal hatte er mir die beiden Toten beschrieben. Er lag in meinen Armen, ich glaube, es war im ersten Jahr unserer Beziehung. Damals liebte er mich jeden Abend mit ungeschickter Heftigkeit.

Eines Nachts fragte ich ihn vorsichtig: »Warum dieses Fieber in einem so zärtlichen Moment?«

Darauf schwieg er. Etwa eine Stunde später schilderte er mir – wir lagen noch im Bett, ich wie gewöhnlich nackt in seinen Armen – was er als kleiner Junge von sechs Jahren (in jenem Sommer 1960) schweigend angestarrt, nie mehr vergessen hatte.

In der Folge wurde er allmählich ein zärtlicherer Liebhaber. Mehrere Jahre lang hatten wir sehr schöne Nächte.

Ich glaube, zu jener Zeit haben wir beide uns wiedergetroffen, Nawal. Ich habe dir meinen Mann vorgestellt, der kaum fünf oder sechs Jahre älter war als ich. »Er kam mir viel älter vor als du«, bemerktest du.

Ich glaube, er schüchterte dich ein. »Er hat auch mehr durchgemacht«, habe ich dir geantwortet.

Ich erzählte dir danach nicht mehr von uns. Bis zu jener Zeit, als ich den Somalier kennen lernte. Du trafst mich mit ihm im Rundfunkgebäude an. Dir entging weder meine aufgekratzte Stimmung noch mein vielleicht ein wenig zu strahlender Blick. Als wir einmal allein auf der Straße gingen, hast du mich geradeheraus gefragt: »Und wo bleibt Ali und die Liebe zu deinem Mann?«

»Was für eine Frage«, stammelte ich, »bist du ein Richter oder ein Zensor?«

»Nein, nur deine Herzensschwester! Das weißt du. Und, was ist mit Ali?«

Nach einer Pause begann ich: »Was könnte ich Ali seit einem, seit zwei Jahren vorwerfen? Nichts ... Er entfernt sich von mir. Er arbeitet wie ein Verrückter. Er ist immer im Krankenhaus, immer bei seinen kranken Kindern!«

»Das weiß ich schon.«

»Nawal, jeden Sommer fahren wir hinauf in sein Dorf in den Bergen! Ich gebe zu, sie haben mich da oben nicht gerade ins Herz geschlossen, doch was kann ich dafür?«

»Es sind nicht die anderen, die mich interessieren, die mir Sorgen bereiten, es ist Ali, Ali und du ... Er liebt dich, das weißt du, da bin ich sicher!« Du schienst nicht lockerzulassen, Nawal, und zeigtest dabei so viel Wärme!

Schließlich sagte ich, vielleicht vor allem zu mir selbst: »Im Sommer, wenn wir endlich wieder zueinander finden könnten, etwa in den Bergen, schlafen wir wegen seiner alten Mutter nicht mehr miteinander! Wenn Lalla Salma im Haus ist, wird er mir gegenüber keusch! Das finde ich seltsam ... Seitdem entwöhnt sich mein Körper von ihm.«

Wir gingen, du erinnerst dich, durch eine der verlassenen Alleen in einem Viertel der Reichen. Als wir zu mir kamen (ein stattliches Haus, doch kein Licht, Ali war noch nicht zu Hause), meintest du: »Ich bleibe noch ein bisschen bei dir!«

In der Küche kochte ich dir einen Tee. »Stell mir keine Fragen zu dem anderen Mann!«, sagte ich lebhaft. »Er gefällt mir, das ist nur allzu sichtbar, und das weiß ich. Aber es ist nichts zwischen uns. Und es wird nichts sein.«

Ich hatte es fast geschrien. Du standst ohne ein Wort auf und umarmtest mich. »Wenn du wie ich spüren würdest, was über diese Stadt, dieses Land hereinbrechen wird, das so viel schlimmer, so viel trauriger ist! Ich bitte dich, komm wieder zu den Versammlungen unseres Frauenverbands! Für nächste Woche ist ein Koordinationstreffen geplant.«

Dann erklärtest du mir: »In Ouargla wurde eine Frau vergewaltigt. Ihr Exmann hatte das ausgeheckt, dahinter steckten auch Islamisten. Also wurde ihr Haus angezündet. Ihr kleiner Junge starb.«

Ich versprach, plötzlich beschämt, wieder regelmäßiger zur Frauengruppe zu kommen und mich besser über die neuen politischen Gefahren zu informieren. Ich ging in der nächsten Woche hin. Auf der großen Demonstration demokratischer Frauen, die dort beschlossen wurde, marschierte ich bei den Ersten mit. Du, Nawal, und zwei oder drei andere Anführerinnen haben Brandreden gehalten, du hast Beifall von uns allen empfangen und Pfiffe von breitschultrigen Jugendlichen in engen Blousons, die uns anpöbelten.

Einer von ihnen spuckte großtuerisch neben mir aus, als wir vorüberzogen. Er starrte mir in die Augen und murmelte poetisch klingende Verwünschungen.

»Wir werden gewinnen«, erklärte Ali am gleichen Abend bei seiner Rückkehr vom Krankenhaus, als ich ihm von der Szene mit dem spuckenden Jugendlichen berichtete, aber auch von dem eindrucksvollen Umzug der Frauen.

Dann fuhr er hinauf in sein Bergdorf. Acht Tage später starb

Lalla Salma. Ich erfuhr es nicht von Ali, sondern von einer Verwandten.

»Sie wird heute beerdigt. Ali lässt dir ausrichten, dass du nicht rechtzeitig hier sein kannst. Wenn der dritte Trauertag vorbei ist, kommt er zurück.«

»Ich möchte mit ihm sprechen …«

»Er ist in der Moschee. Er muss sich um alles kümmern! Er wird dich heute Nacht anrufen.«

Er rief mich nicht an in jener Nacht. Für den nächsten Tag war wieder eine Versammlung der Frauen angekündigt. Im Morgengrauen, als ich gerade meine Koffer packte (»Ich nehme ein Taxi bis zum Dorf, wenn es sein muss für die ganze Fahrt von fünf bis sechs Stunden!«), rief Ali mich an.

»Nein, fahr nicht! Es ist in jedem Fall zu spät! Wir haben sie gestern beerdigt … Ich komme übermorgen nach Hause!«

Wovon, von wem wurde ich plötzlich ausgeschlossen? Von ihr, der Toten, war es schon länger der Fall, aber ich war auch ausgeschlossen von Alis Liebe zu ihr, das begriff ich jetzt endlich. Sie hatten zu zweit eine leidenschaftliche Beziehung gelebt, und Ali wollte, dass ich fernblieb – fern von Lalla Salma, fern von ihrem Tod. Er ganz allein wollte von ihr Abschied nehmen, er, der als Kind von sechs Jahren jenen anderen Schrecken erlebt hatte (die beiden erschossenen, verstümmelten Toten). Er hatte immer allein bleiben wollen in seiner Einöde mit ihr – deshalb hatte er Lalla Salma allein begraben. Hatte er in der kleinen Dorfmoschee gebetet? Ich würde es ihn nicht fragen können.

»Du kannst am vierzigsten Trauertag herkommen, wenn es dir wichtig ist«, fügte er kurz hinzu, bevor er auflegte.

Ich ging auch zur zweiten Demonstration der Frauen, sie war wie ein sonniges Jahrmarktsfest. Den Himmel bevölkerten Schwärme von Mauerseglern, die sich auf ihren Flug in den Süden vorbereiteten. Wir sangen in der Novembersonne. Diesmal zogen nicht nur die Frauen, sondern auch Intellektuelle, Studenten, Familien mit Kindern, einige Oppositionsführer, die vor kurzem ins Land zurückgekehrt waren, in einem fast gutmütigen Durcheinander durch die Straßen. Es ging sowohl um die Berbersprache, die wieder bedroht war, wie auch um den Schutz der berufstätigen Frauen, die von Vorstadtgangstern, angeblich im Namen der Religion, angegriffen wurden, vor allem in den Kleinstädten des Nordens und des Südens …

Bevor Ali auflegte, hatte er behauptet, wenn auch ein wenig traurig: »Wenn du auf die Demonstration gehst, dann sag dir, dass das mindestens ebenso wichtig ist, wie wenn du hier heraufgekommen wärst … Ich verspreche es dir, wir werden später wieder zusammen herfahren!«

»Ich denke an dich, ich wäre jetzt gerne bei dir!«, erklärte ich fest. Ich war erfüllt vom Mitgefühl einer (es fiel mir sofort auf) Freundin oder Schwester, einer Cousine. Nicht von dem einer Ehefrau. Sonst hätte ich mich schon am Abend zuvor auf den Weg gemacht oder mitten in der Nacht!

Als ich von der Demonstration zurückkehrte, war es der Musiker, der mich zu Hause anrief. »Ich stand auf dem Gehweg, nicht weit vom Studio, als Sie mit der Menge vorüberzogen! Kommen Sie doch bitte in mein Hotel, Isma! Wir können in dem riesigen Garten in aller Ruhe zu Abend essen, während Sie mir berichten.«

»Morgen früh, versprochen! Montags unterrichte ich nicht. Gleich am Morgen komme ich hinauf in Ihr schönes Hotel.«

»Wie Sie wollen«, lenkte er melancholisch ein.

Offenbar langweilte er sich. Reisende finden in dieser Stadt keine Abwechslung, wenn es Abend wird. Eine Hauptstadt, in der abends kein Theater geöffnet hat, kein ansprechender Film läuft, eine Hauptstadt ohne Konzertsäle. In den Straßen ist alles geschlossen, die Bewohner verbarrikadieren sich zu Hause wie Verbrecher!

Am nächsten Morgen empfing mich der Somalier mit sichtbarer Bewegung in seinem Hotel. Wir setzten uns eine Weile in den Park, dann beschloss ich, mit ihm ins Studio zu gehen.

»Ich werde den ganzen Tag mit Ihnen verbringen! Ich werde Ihnen bei der Arbeit zusehen!«

»Es sind die letzten Tage«, bemerkte er, »ich werde bald abreisen.«

»Sie werden abreisen!«, sagte ich leise im Taxi. Ich weiß nicht, wie es kam, aber unsere Hände waren während der ganzen Fahrt ineinander verschlungen.

V

Am übernächsten Tag kehrte dann Ali zurück, Nawal. (Du stehst mir so nahe, hilf mir mit deiner Freundschaft, mit deinem Atem dicht neben mir, hilf mir, diesen bewegten Tagen gerecht zu werden!)

Er betrat das Haus. Ich umarmte ihn schweigend. Ein leichter Schleier schien sich über alle Züge seines Gesichts gelegt zu haben. Er ging in unser Zimmer. Er nahm mich an der Hand. Er führte mich zum Bett (unsere breite, harte Matratze lag auf einem dicken Teppich).

Ich folgte ihm. Ich sagte nichts. Ich fühlte mich innerlich verhärtet, aber ich achtete genau auf seine sparsamen, wie zwangsläufigen Gesten. Seine Hand war heiß. Ich streckte mich auf dem Bett unter der weißen Decke aus. Ich sah zu, wie er sich langsam auszog, als wäre es Abend und er spät nach Hause gekommen oder wir hätten lange gearbeitet, jeder in einem anderen Zimmer. Als wäre es Mitternacht, dabei war es gerade drei Uhr nachmittags.

In meinem leichten Kleid daliegend, betrachtete ich ihn: »Er kommt wirklich von den Grenzen des Todes«, sagte ich mir, noch immer verhärtet, »er denkt nicht an mich.« Ich würde ihn empfangen, er schien nur aus Schweigen zu bestehen. Er schlüpfte unter die Decke, zwischen das Bettzeug, ohne ein Lächeln, nur mit einer Bewegung des Arms hin zu seiner nackten Hüfte – plötzlich musste ich an »unser erstes Mal« denken und an die Natürlichkeit dieser Bewegung seines Arms hin zu seiner Hüfte: es war sogar das gleiche Bett gewesen, glaube ich …

Seine Hände befühlten mein Gesicht, meinen Hals, meine Kehle. Ohne mich aufzurichten, öffnete ich meinen Büstenhalter. Seine fast brennenden Handflächen suchten meine Brüste. Was bin ich in diesem Moment in seinen Händen? Eine Geisha? Nein, er brauchte mich, das spürte ich, auf diese Weise ließ er die Tote hinter sich, die dort in die frische schwarze Erde gesenkt worden war. Er rief nach mir; er kam zu mir, ohne Worte, und seine Liebkosungen forderten etwas, doch was?

Ich ließ mein Kleid allmählich hinabgleiten, ohne mich aufzurichten. Ich ließ ihn mich umfangen, mich suchen, meine Haut wieder entdecken, meinen Bauch, meine Scham, dann …

Ich möchte diesen Moment nicht noch einmal durchleben, Nawal.

Ich frage mich: Was für ein lächerlicher Reiz liegt darin, einen gewöhnlichen Geschlechtsakt zu beschreiben? Seine Besonderheit, seine Geheimnisse gehören natürlich zu »der anderen Geschichte«. Du weißt es, du hättest mich als Erste gewarnt: Die »wahre« Geschichte Alis spielte sich mit der anderen ab, der soeben Verstorbenen – die sich seit Tagen in ihrem Bett aufsetzen musste, um ihre Gebete zu sprechen, die Mutter.

Ich habe ihm dennoch erlaubt, sich mir zu nähern, mich zu erregen, um mich zu nehmen. Mir war nicht danach, mich zu verweigern, aber auch nicht danach, mich hinzugeben. Als erfasste ich von oben, hoch über unseren beiden Körpern schwebend, sein Begehren, ohne selbst zu begehren, seinen Hilferuf – das stumme Rufen des sechsjährigen Kindes, während sein muskulöser, knorriger Körper eines vierzigjährigen Mannes zum ersten Mal die Tote aus Beni-Ourtilane verleugnete.

Mir war weder nach Verweigerung noch nach Hingabe zumute, Nawal. Er drang in mich ein, pflügte mich. Würde mein Körper erschauern? … Am Ende, in einem Augenblick, den ich nicht beleuchten möchte, den ich nicht wieder erleben kann, hörte Ali, offenbar noch kaum aus seiner Lust aufgetaucht oder noch in ihrer Höhle, oder besser, auf ihrem Gipfel, ich weiß nur, dass er eine Stimme hörte, meine Stimme, die mich verriet: Sie ließ recht laut und deutlich ein einziges Wort entschlüpfen, eine ausgehauchte Klage. Ist sie wirklich meinen Lippen entsprungen?

»Omar!«

Erschrak Ali? Ich weiß es nicht. Verwirrt stellte ich ebenfalls fest, dass ich abwesend war, dass ich es ihm, ja mir selbst offenbart hatte. Mein Geist hatte sich verirrt, war auf Abwege geraten, und das bei meinem Wunsch, ihm, Ali, zu helfen …

Ich hatte gerufen, geschrien: »Omar!« Doch sogleich stellte sich eine hilfreiche Illusion ein, um dem Wind des Unheils etwas entgegenzusetzen, um das durch ein einziges Wort aufgeschlagene Leck wieder zu schließen. Ja, glücklicherweise erinnerte ich mich – und Alis Verstand, der während einer langen Minute wohl in alle Richtungen gesucht hatte, um den Grund für diesen Namen aufzuspüren, ich fühlte, dass Ali sich ebenfalls erinnerte: an die Anekdote, über die wir in der ersten Zeit unserer Liebe so oft gelacht hatten.

Ich hatte meine »erste Liebe im Lycée« beschrieben – er glich einem »Strolch«, sagten meine Kameradinnen, er war der Draufgänger der Abschlussklassen, ein Frauenaufreißer und Charmeur dazu: Er hieß Omar.

»Es wird dir komisch vorkommen«, sagte ich damals zu Ali. »Ich galt zu der Zeit als die Bravste, auf jeden Fall als unbezähmbar und sogar stolz. Ich stellte als Erste aus der Klasse plötzlich fest, dass ich in Omar verliebt war. Meine Mitschülerinnen neckten mich: Er kam und redete mit mir, wenn wir einmal in der Woche ausgehen durften (ich besuchte ein Internat). Ich erlaubte ihm einmal, das war ein echtes Wagnis, mich zu begleiten, mitten durch die Stadt, bis zum Busbahnhof. Sie hatten gesehen, dass ich bei seinen Reden lächelte, allein diese Vertraulichkeit hatte genügt. Im Übrigen gab ich es zu: Ich fand diesen Jungen, dem ich ein einziges Mal erlaubt hatte, sich mir zu nähern, anziehend.

»Omar? Wie sah er denn aus, dieser Omar?«, hatte Ali lachend gefragt.

»Er war nicht wie du … Ich habe es tatsächlich vergessen.«

Und jetzt tauchte dieser Name wieder auf, unter höchst seltsamen Umständen, nach fast zwanzig Jahren. Mein Mann hatte noch eben die Zeremonien des Todes durchleben müssen – hatte dort oben vor dem offenen Grab gestanden, mit einem verschlossenen Gesicht, das ich mir vorzustellen suchte. Die tote Lalla Salma, nur bekleidet mit dem Schleier zum Ausgehen, den sie ihr ganzes Leben getragen hatte, würde auf dem Grund dieses Grabes die Überreste seiner erschossenen Eltern wieder finden, die man zusammen beerdigt hatte. Ali, der mich berührt, gepflügt hatte und in mich eingedrungen war, musste nun mit diesem Namen zurechtkommen, der flüchtigen Erinnerung an eine Jugendliebschaft. Als würden plötzlich Jasminblüten auf unser Lager gestreut, ein Bett der Lust, das aber von Trauer gezeichnet war.

Nawal, jetzt kann ich es dir schreiben: Der Fremde, der mir kurz zuvor von seiner Kindheit in einem fernen Land erzählt hatte, in das er seit zehn Jahren nicht zurückkehren konnte, dieser Mann, der mich so sehr verwirrte und der, so schwor ich mir, nie vom Ausmaß dieser Verwirrung erfahren würde, ihm gegenüber stellte ich sie hin als ein einfaches Spiel meiner Koketterie, ja, dieser Fremde, der mir nie fremd sein würde, hieß Omar mit Vornamen.

Dabei war mir während des Beginns der Leidenschaft zu ihm nicht einmal, nicht ein einziges Mal in den Sinn gekommen – wahrschein-

lich weil er so verbreitet war, dieser Name des zweiten, unnachgiebigen und lauteren Kalifen –, dass man mir schon mit siebzehn Jahren die Aura dieses ruhmreichen Namens gewissermaßen auf die Stirn geheftet hatte: »Omars Liebchen«, neckten sie mich, ohne dass ich beleidigt war, mit jener spöttischen Schwatzhaftigkeit während des Unterrichts im Internat – jetzt erschien es mir plötzlich als ein ahnungsvoller Entwurf meines Schicksals.

Ich sage es dir, Nawal, als wollte ich plötzlich diese Grenze überschreiten, die im Himmel über Algier schwebt und uns wirklich trennt, uns womöglich auch verbindet – vielleicht werde ich mich sinken lassen und wie durch ein Wunder den Spalt finden, meinen schmalen Leib zwischen zwei Glasscheiben zwängen und dir die Hand hinstrecken, mich von dir hinüberziehen lassen, ganz nah zu dir, damit ich mit dir sprechen kann, damit wir unsere Vertraulichkeiten austauschen können, meine, die von Begehren erfüllt sind, und deine, voll von Nächstenliebe. Dann werde ich wieder gehen, dich nicht etwa verlassen, nein, nur zu dir hinübergleiten und dann wieder zurückkehren … Zurück zu Omar oder zu dem Lager, auf dem ich noch neben Ali liege, der zunächst verwirrt war, sich dann aber beruhigte, trotz der Störung durch den Namen, den er am Gipfel der Lust gehört hatte.

Nawal, ich bin auf dem Weg zu dir, ich schreibe für dich, aber ich kehre zurück, ich schwanke, da Omar mich wieder anzieht, welcher Omar? – Ich würde fast sagen: »Der zweite Omar in meinem Leben!« Ich wende mich wieder Ali zu, als helfende Schwester … O Nawal, Gefährtin meines heutigen, zurückgezogenen Lebens, zwei Jahre nach diesem Feuer in meinem Herzen rufe ich mir alles in meinem Unterschlupf wieder ins Gedächtnis!

Kaum war dieser Name damals gefallen (wie über einem lange zugefrorenen See plötzlich eine weiße Wolke schwebt und sich auflöst), fiel mir, noch in jenem Moment, der von der Lust zwischen Ehegatten bewegt worden war, zum Glück als Ausrede der Name jenes Jungen aus dem Lycée wieder ein, in den ich einmal verliebt war. Das konnte den Mann in meinen Armen beruhigen, der gegen den Todesschatten seiner Mutter zu kämpfen hatte, all das dauerte lange Minuten, vielleicht fünf, vielleicht zehn! Ja, nachdem der Name sich auf meinen Lippen aufgelöst hatte wie eine giftige Blume, befiel mich ein tiefer Schlaf – oder vielmehr breitete er sich über meinen Leib, eine Betäubung, in der ich sofort versank.

Eine Stunde später erwachte ich wieder. Ali war aufgestanden. Wie gewöhnlich hatte er sich an seinen Tisch gesetzt, vor dem sonnigen Fenster, das auf die Rosenstöcke in dem kleinen Garten blickte.

Ich ging zu ihm hin, strich ihm über die Schulter, streichelte sein Haar, lauter Zärtlichkeiten einer nahen Verwandten … Ich warte bis zum vierzigsten Tag nach ihrem Tod, beschloss ich. Dann fahre ich mit ihm ins Dorf, ans Grab von Lalla Salma und seinen ermordeten Eltern. Aber wenn wir zusammen zurückkommen, sage ich es ihm vorsichtig, überrede ich ihn: »Ich wünsche mir, ich wünsche mir so sehr, allein zu leben!«

Am gleichen Tag überfiel mich eine seltsame Hast: Ich wollte noch am Nachmittag zum Hammam gehen … So wie meine Mutter in unserer Stadt im Osten, mit meinen Gefäßen aus antikem Kupfer, meinen getrockneten Hennablättern, meinem Töpfchen Sandelholz und meinem Silberkästchen voll Moschusextrakt. Ja, ins türkische Bad gehen und diesmal mit keiner der Besucherinnen im Kaltbad sprechen, ich wollte lieber in der Nähe des Ofens bleiben, mich von der Masseuse behandeln lassen und mich dann lange mit eiskaltem Wasser abspritzen. Im Grunde wollte ich mich läutern.

Am Morgen nach diesem Bad betrachtete ich meine Handflächen mit dem scharlachroten, fast schwarzen Kreis vom Henna des Vortags. Ich roch lange an meinen gefärbten Händen. »Ich atme den Geruch des Paradieses!«, seufzte ich, wieder durchzuckte mich das Begehren nach Omar. Als hätte ich meine offenen Hände für ihn vorbereitet, für Umarmungen, die sich nicht darin abzeichnen sollten.

An diesem Freitag habe ich mir die Hände mehrfach an die Nase gehalten, habe fieberhaft an ihnen gerochen, mit bebenden Lidern. Fast als wären sie die Hände einer anderen. Würde ich es aber bei unserer nächsten Begegnung im Studio wagen – »heute Abend oder morgen«, sagte ich mir, glühend vor Ungeduld –, würde ich es wagen, sie ihm so hinzuhalten, mit geröteten Innenflächen, und zu sagen: »Omar, riechen Sie einmal daran, aber ich bitte Sie nicht etwa um den Handkuss eines Mannes von Welt!«

Er würde überrascht lachen. Würde mit seinen langen braunen Händen nach ihnen greifen.

»Riechen Sie daran«, würde ich beharren und sie wie Granatäpfel unter seiner Nase öffnen. »Was finden Sie darin, Omar?«

»Den Geruch … von Henna!«, würde er sagen und meine Hände noch eine Minute länger halten.

»Nein, den Geruch des Paradieses!«

Als wollte ich ihm gestehen, dass ich am Vortag im Hammam nur daran gedacht hatte, wie er an meinen Fingern riechen würde, dass ich mich nur auf Auflösung meines Seins in ihm vorbereitet hatte.

Omar rief mich noch gegen Mittag an, nachdem das türkische Bad am Vortag mein Begehren neu geweckt hatte. Ich hörte mich mit fast unbeteiligter Stimme sagen, dass ich ihn noch am Nachmittag treffen wollte. Mir kam es so vor, als bebte seine Stimme plötzlich vor Lebhaftigkeit. Er scherzte, wie immer, nannte mich wieder Lalla, Prinzessin, und variierte meinen Vornamen in Reimen eines gestelzten Arabisch.

Ich lachte in den Hörer. Ich gestand ihm, dass er jedes Mal, wenn er so mit mir in unserer Muttersprache scherzte, für mich unwiderstehlich wurde.

Nawal, an diesem Abend zwei Jahre nach jenem glitzernden Tag, erscheinst du mir so nah, nicht nur als ein schwesterlicher Schatten oder ein Zwilling im Geheimen. Durch deine Augen möchte ich noch einmal durchleben, was ich für unsere letzte Begegnung hielt.

Ein langer, sonniger Nachmittag. Omar hatte angekündigt, dass er am nächsten Morgen in aller Frühe abreisen würde. Zunächst nach Paris und dann nach Amsterdam.

»Wenn ich Sie in etwa einem Monat von Amsterdam oder Rotterdam aus anrufen lasse, wenn die Organisation, die mich bezahlt, Ihnen ein Ticket und eine Einladung schickt, um mit mir eine Woche zusammenzuarbeiten, würden Sie zusagen?«

»Das werde ich Ihnen dann beantworten! Ich weiß es noch nicht.«

Wir haben nicht darüber gesprochen, Nawal. Ich wusste, es war vielleicht unser letzter Tag … Es hatte angefangen zu regnen: Ein heftiger Guss ließ uns in einem einfachen Café Zuflucht suchen, das nur mit Männern gefüllt war. Ich spürte den Blick von Gästen an den Nachbartischen. Dennoch genoss ich mein Glück, das durch ein Gefühl der Vergänglichkeit noch gesteigert wurde (»Vielleicht war es wirklich unser letzter Tag, der letzte …«), dabei immer das geballte Schweigen an den Nebentischen. Ich senkte die Augen, hob sie nur kurz, um mir wieder das Bild von Omars Gesichtszügen, seinen Händen einzuprägen … Ich hörte ihm zu, trotz der anderen, die uns beobachteten.

Wir waren wieder dazu übergegangen, uns an einige Begebenheiten unserer gemeinsamen Arbeit zu erinnern. Omar äußerte seine Verwunderung über einige Mängel, die ihm bei seinem Besuch aufgefallen waren: das völlige Fehlen des Unterrichts, Gleichgültigkeit bei der Überlieferung traditioneller Musik – »leider ein unwiederbringlicher Verlust«, denn die ehemaligen Meister der musikalischen Folklore waren im Staatsrundfunk zu Beamten geworden. Dort waren viele routinierte Musiker beschäftigt, aber es gab keinen kulturellen Auftrag …

Er redete in seiner Enttäuschung weiter, es war fast wie eine Abrechnung. Ich schwieg; nicht aus Traurigkeit, denn ich blieb mit dieser Gegenwart verschmolzen, die verfliegen würde, es gelang mir sogar, die gaffende Neugier an den Nebentischen zu übersehen! Dann …

»Es regnet nicht mehr!«, bemerkte ich.

Er entschuldigte sich, lächelte mich an. Er streckte seine Finger aus, um die feuchten Strähnen an meinem Hals zu berühren. Ich bemerkte sofort die Aufmerksamkeit um uns. Mein Herz setzte aus bei diesem Gefühl: Er hatte meinen Hals berührt.

»Wir sollten gehen!«, bat ich.

Er zahlte. Wir standen auf. Erst in diesem Moment ließ Omar einen zerstreuten Blick durch den Raum schweifen und verstand wohl meine Verlegenheit: ich als einzige Frau unter ihnen allen und du, mit dem ich hier bin, der einzige Fremde.

Er fasste mich um die Schultern.

»Gehen wir ein Stück«, sagte ich draußen. »Die Sonne ist sanfter geworden, schauen Sie!«

Nawal, ich nähere mich dem Augenblick, der mir geblieben ist … Der noch zwei Jahre danach mein Herz schneller schlagen lässt …

Wir überquerten den lauten Boulevard. »Lass uns am Meer laufen!«, schlug Omar vor. Ich hatte seinen Arm nicht abgestreift. Während ich an einer ungeschützten Stelle über die Straße ging, fasste ich seine Hand, um einem Radfahrer oder einem Handwagen auszuweichen. Schließlich waren wir auf der anderen Seite, lachend, ich kehrte meinen Rücken einem voll besetzten Bus zu, aus dem sicher erstaunte Augen dem Pärchen folgten, das wir bildeten – er, elegant, das Gesicht gebräunt (aber das machte hier keinen Eindruck), dagegen würde die Freizügigkeit seines Benehmens mir gegenüber wohl auffallen, ich, so klein, trotz meiner hohen Absätze, und meine Haare in einem zerzausten Schopf …

Endlich vergaß ich alle anderen. Wir standen an der Balustrade, wir schwiegen. Das Meer, das Getriebe des Hafens lagen vor uns, die Sonne schien wieder über der unermesslichen Bucht. Zu unseren Füßen schmutzige Pfützen.

»Kommen Sie … nach Holland?«, fragte er und nahm meine beiden Hände. So dem Panorama zugewandt, war alles andere wie ausgelöscht, wir glaubten uns allein.

Ich weiß nicht warum (Nawal, ich glaube, weil ich mich nicht in seine Arme schmiegen konnte, damit er mich küsste, brauchte ich etwas anderes, das ich ihm sagen konnte, um … um mich innerlich nackt zu zeigen, meine Haut für ihn von innen nach außen zu kehren … Nawal, hör mir zu, mein Fieber flammte auf, stark und triebhaft), plötzlich hatte ich einen unüberwindlichen Drang, das Bedürfnis, ihm alles zu sagen.

»Ich möchte dir etwas erzählen, Omar …«

Ich hatte ihn geduzt, sogar auf Französisch. Ich senkte den Kopf, sammelte mich, zögerte. Er ahnte ein Geständnis …

»Ja«, sagte er leise, »was ist es?«

»Ich möchte dir erzählen, was mir gestern passiert ist. Du erinnerst dich, ich hatte es dir gesagt, mein Mann war in seinem Dorf. Seine Großmutter ist gestorben. Er hing sehr an ihr … Ich werfe mir übrigens vor, dass ich nicht hingefahren bin!«

Wir standen immer noch an der Balustrade. Ein oder zwei Passanten rempelten uns an. Omar senkte den Kopf, nahm eine meiner Hände, um mich zu ermuntern, und hörte trotz des Lärms ringsum dem Fluss meiner Worte zu.

»Er ist gestern zurückgekommen.«

Ich erzählte alles, Nawal, und mit einer ruhigen, aber schonungslosen Offenheit. Ich erzählte vom Begehren des Gatten, als Flucht vor dem Tod, der ihn umfing. Von der Unmöglichkeit, ihn zurückzuweisen, aufgrund eines fast abstrakten Mitgefühls …

»Was ich dir erzählen möchte, geschah danach oder währenddessen. Ich war entrückt, ohne es selbst zu wissen … Im schönsten, im entscheidenden Moment«, setzte ich wieder an, »war ich für ihn, für mich vielleicht verloren … Da ist in die Stille hinein, ohne dass ich es wollte, dein Name gefallen, ganz laut, aus meinem Mund!«

Schweigen ringsum. Um uns die Menge. Omars Blick ist verblüfft, seine tiefdunklen Augen versenken sich in die meinen. Seine Hände drücken meine Finger. Das Schweigen um uns erstarrt. Die Menge schwankt.

Ich vergaß die Bucht dort unten, den Hafen und seinen Trubel, nur das flüssige Blau des Himmels war mir gewärtig.

Er hielt mich wieder beschützend um die Schulter.

»Gehen wir ein Stück!«

Und wir liefen weiter.

Der Schauer hatte an manchen Stellen so große Schmutzpfützen auf dem Gehweg hinterlassen, dass wir auf die Straße hinunterstiegen, anstatt sie zu überspringen, immer im Gleichschritt. Kurz darauf traten wir wieder auf den Gehweg. So drängten wir uns durch eine immer dichter werdende Menge.

»Isma, wirst du kommen?«, begann er wieder. »Wir könnten dann arbeiten, in einer anderen Stadt! Weit von hier! Und wir hätten endlich Zeit füreinander.«

Wir kamen auf einen riesigen Platz unterhalb der Kasbah, hinter der schmucklosen, schneeweißen Paschamoschee. Früher hieß er der »Platz mit dem Pferd«, denn es stand ein Bronzepferd in der Mitte, mit einem französischen Königssohn als Reiter, doch die Statue wurde am ersten Tag der Unabhängigkeit entfernt. Wir schlossen uns auf der stark belebten Esplanade einem Kreis mit Schaulustigen um einen Straßensänger an, einen Beduinen, der zu den Schlägen auf seiner Trommel eine feurige Klage über seine Geliebte improvisierte. »Sie ist verschwunden, die Gazelle, als sie sich den reichsten Freier wählte, die Verräterin.«

Seine raue Stimme klang heiß. Ich konnte das Ende des Verses, das er den still Lauschenden zuwarf, nicht verstehen. Er untermalte sein Gedicht mit einem dumpfen, recht langsamen, gleichmäßigen Taktschlag.

Omar drückte mich fester an sich. Ich nahm seine Hand. Wenige Schritte weiter würden wir auseinander gehen müssen, ohne eine Umarmung, ohne Kuss.

Im aufflammenden Leuchten der sinkenden Sonne rief ich ein Taxi und dachte: »Es ist vorbei, wir müssen uns trennen!« Da fragte Omar, immer noch auf den Straßensänger schauend und mich dann lange anblickend: »Und wir, Prinzessin (*ya Lalla,* nicht mehr im Scherz), ja, wann wird für uns die Nacht kommen, die uns bestimmt ist?« Es war ein bekannter Liedvers: Er hatte ihn halb gesungen, ein Lächeln auf den Lippen, mit strahlenden Augen. Sein Blick blieb ernst.

Ich habe mich auf die Zehenspitzen gestellt. Als die Menge sich ein wenig lichtete, als wären wir allein, streckte ich ihm meinen Mund entgegen. Ich küsste ihn auf die Lippen. Schnell, ein fiebriger Kuss, eine zu kurze, brennende Berührung. Seine Augen, die ich nicht mehr sah, schlossen sich für einen Augenblick.

»Leb wohl«, seufzte ich und löste mich von ihm. Ich rannte. Auf der anderen Straßenseite, genau gegenüber, hielt ein Taxi, dem ich gewinkt hatte.

Als es anfuhr, drehte ich mich um: Omar blieb allein auf dem Gehweg zurück. Ich weiß nicht, ob er mir zulächelte, doch er winkte mir mit erhobenem Arm zum Abschied.

Im Taxi holte ich wieder Luft. Endlich konnte ich mich dem Schmerz der Trennung überlassen, der mich durchbohrte wie eine lange Stahlklinge!

VI

Folgender Brief wurde unter Ismas Papieren gefunden:

Ich beginne im Flugzeug nach Rotterdam diesen Brief an Dich. Du wirst ihn erst lesen, wenn wir ganz eins geworden sind, dann wird er mich verraten, wird Dir, mit Unbehagen und Freude, sagen, dass ich schon lange in Dich verliebt bin.

Ich bemerkte, dass ich auf diesen Tag ruhig warte, während ich dies schreibe, als wäre ich sicher, dass er kommen wird – dabei zweifle ich seit gestern daran.

Nein, ich will mich Dir nicht offenbaren, ich will vermeiden, dass eine Art Ansteckung geschieht, die zwangsläufig vorübergehend wäre …

Bis zu Deiner Abreise lebte ich in einem Aufruhr: Ich spürte, dass mein Begehren nach Dir (wie soll ich es anders ausdrücken als in unverhüllten Worten) wuchs und andauerte, wenn ich nicht mit Dir zusammen war. Bis gestern empfand ich für Dich eine Anziehung, eine »Neigung«, die vielleicht auch mit meiner derzeitigen Freiheit zu erklären wäre.

Alles begann an meinem freien Tag, als ich zu Dir kam, um den Anfang Deiner Musik anzuhören. Ich hatte erwartet, dass ich Euch beide antreffen würde, Dich und Djamila, und da mich Dein offensichtlicher Hang zur »Anmache« schon amüsiert hatte, war ich darauf gefasst, dass zwischen Euch ein Flirt bereits voll im Gange war … Ich für mein Teil kam aus rein beruflichen Gründen …

Du hast mich informiert: »Die Schauspielerin hat das Gedicht schon aufgenommen, ich spiele es Dir nachher vor.«

Wir ließen uns recht lange Zeit beim Essen. Ich staunte, während ich in diesem kleinen Lokal den Geruch von gebratenem Fisch einatmete: »Warum plaudere ich so viel? Und so viel Überflüssiges!«

Ich begriff, dass ich nur vermied, wirklich in Dein Gesicht zu sehen, das war eine Vorsichtsmaßnahme.

Als im Studio das Band anlief, das ich hören wollte, habe ich Dich endlich beobachtet, aber aus der Ferne: Ich betrachtete Deine hagere Gestalt, Deinen Körper, Deine Gestik. Ganz einfach zu sehen, dass es Dich gab, hatte für mich etwas Beruhigendes.

Gewiss, dabei spielte auch die Tatsache eine Rolle, dass dies Dein Ort war, dass Du in den vergangenen zwei Wochen hier etwas geschaffen hattest … Bevor Deine Musik einsetzte, entdeckte ich, dass in Dir ein Feuer war. Ich bemerkte, wie ich zur Zuschauerin wurde.

Du hättest schöner sein können oder jünger, Du hättest hässlich sein können oder alt, das alles zählte in gewissem Sinne nicht mehr: Du warst da, ich war erfüllt von Deiner Gegenwart.

Nachdem Djamilas Altstimme mit dem Lied angesetzt hatte, wurde ihre Bewegung immer flüssiger. Text und Klang wurden eindringlicher. Als die raue Frauenstimme manchmal an den Punkt kam, wo sie fast brach – ich sagte mir benommen, »du solltest besser gehen« – ich fürchtete, Euch zu stören mit meinem Fieber beim Zuhören! Es wurde zu viel, zusammen mit der mächtigen Flut von Djamilas Gesang, und Du warst es, der hinübergeleitete …

Ich dachte: »Ich werde ihn bitten, mir das Lied noch mal vorzuspielen, und dann gehen, während meine Seele noch von dieser Musik erfüllt ist.«

Beim zweiten Mal Hören wurde ich nach und nach völlig überwältigt. Wenn ich Dir am nächsten Tag meine Ergriffenheit geschildert habe, war es, weil ich sie selbst verstehen wollte. Die sechs Minuten, die Du aufgenommen hattest, wurden zu einem bodenlosen Brunnen, in den meine Erinnerungen stürzten …

Zwei Tage später wusste ich immer noch nicht, was da zusammengewirkt hatte: meine Vergangenheit (wenn es das war, konnte ich es beruhigt über Bord werfen) oder etwas von Dir (etwas Gewaltvolles, ein dunkler Punkt in Deinem Leben), das mich erschütterte und, erstaunlicherweise, leer zurückließ.

Aber ich ergehe mich nicht mehr in Gewissensprüfungen, mein Geliebter. Ich versuche mich zu erinnern, aber noch immer sind *meine Sinne wie betäubt! Noch jetzt, im Flugzeug, das mich zu Dir bringt, verwirrt dieses unergründliche Gefühl erneut meine Erinnerung.*

»Wir sollten gehen!«, sagte ich nach dem zweiten Anhören. Da war ein Moment dichter Nebel, während ich den Weg durch die Eingangshalle suchte. Ich sprach mit Dir, obwohl ich nicht sprechen konnte. Mit der Bemühung, mich zu beherrschen, war in mir ein unsinniger Drang erwacht, wegzurennen, blind, oder mich selbst zu verletzen! Ich musste mich wohl auf Deinen Arm oder Deine Schulter stützen. … Du wiederholtest dann, fast seufzend, einen Satz, ich höre ihn jetzt erst wieder, während ich an Dich schreibe, im Flur dort schien er mir eher von einer Stimme aus einem Traum zu stammen! Deine Worte waren: »Isma, du forderst mich heraus!« Ich wusste nicht, wodurch und worin, ich sehe jetzt, dass unsere Aufgewühltheit wenigstens dort zu einer Umarmung hätte führen können. Ich erinnere mich, als wir uns so im Halbdunkel vortasteten, öffneten wir versehentlich eine Tür, die sich auf einen dunklen Raum öffnete (ein Probensaal, sagtest Du). Eine Sekunde lang überkam mich das Bedürfnis, dort auf den Boden hinzukauern und mich in Tränen aufzulösen.

Diese Tränen liefen, sobald Du mir draußen auf dem kleinen Platz den Rücken zukehrtest. Du gingst auf ein Taxi zu, ich hatte den Kopf geschüttelt und dabei mit einem halben Lächeln gesagt: »Ich gehe zu Fuß nach Hause.«

Nachdem Du verschwunden warst (mit fragend auf mich gerichtetem Blick durch die Scheibe, als Erwiderung winkte ich Dir zum Abschied), setzte ich mich auf eine Bank in der Anlage. Alles kam auf einmal hoch, ein Regen nach dem Sturm. Seit Jahren hatte ich nicht mehr so geweint (lange Minuten hielt ich mit einer Hand die dichten schwarzen Fransen eines Schals vor meine Stirn und meine Augen), zugleich spürte ich, wie etwas in mir erwachte, das in Verbindung zu Dir stand – oder zu Deiner Stimme. Wenn Du zurückgekommen wärst, weil Du vergessen hattest, mir weiß Gott was zu sagen, ich hätte Dich umarmt, ich hätte mich nie mehr von Dir getrennt!

Ich erinnere mich, nach etwa einer halben Stunde setzte sich ein alter Mann ans andere Ende der Bank. Er murmelte etwas, während er zu mir herübersah. Ich hörte, wie er mir in seinem Schulfranzösisch sagte (er hielt mich für eine Europäerin): »Madame, ich frage Sie, sind nicht die roten Rosen die schönsten?«

»Aber gewiss!«, antwortete ich ihm lächelnd, dann stand ich auf. Ich hatte so geweint, ich wusste nicht warum, aber dieser Satz eines offensichtlich verwirrten alten Mannes hatte mich plötzlich glücklich gemacht.

»Dieser Unbekannte ist nur ein Passant, genau wie ich«, sagte ich mir.

Im Flugzeug sitzend, verfolge ich diese Spur in meinem Innenleben zurück. Später, im nächsten Jahrhundert, wird man mich als eine Wachsfigur beschreiben, eine kleine Statue, die sich unaufhaltsam neigt und schließlich in sich zusammenschmilzt, bis sie verschwunden ist, immer auf der gleichen Stelle!

Seit diesem Ashura-Fest (ein Fest für die Kinder, hieß es früher, mit Gebäck, harten Eiern und Mandeln) bis gestern (die letzte Nacht vor dem Abflug habe ich fest durchgeschlafen vor lauter Erschöpfung) wachte ich regelmäßig mitten in der Nacht auf, meist um die gleiche Zeit. Ein einziger Gedanke drang kalt wie eine Stahlklinge in die Tiefen meines Schlafes und rüttelte mich auf, er glitzerte vor meinen geöffneten, starren Augen: »Wie kann ich Dein Bild wiederfinden, es deutlich machen?« Zuerst Dein Gesicht. Ich versuchte, jeden einzelnen seiner Züge in die Leere zu zeichnen, bis es dann unversehrt auftauchte, beweglich. Aber auch, vor allem, Deine Stimme hören – ihre Tiefe, ihren Klang, ihren Samt, ihr Vibrato, ihre Modulierungen, o ja, Deine Sprechweise und Deine Musik!

Im kalten Herzen der Nacht lag ich still unter den Laken, ohne die Lampe anzuzünden, nachdem ich wie eine Ertrunkene aus dem Vergessen des gierigen Schlafs aufgetaucht war, hellwach geworden, suchte ich: Ich suche Dich, unermüdlich möchte ich Dich neu erschaffen.

Ich bleibe lange wach, durch die Spannung der nächtlichen Anstrengung, als hätten meine Beine und meine Arme, alle meine Nerven und Muskeln mich genau in dem Augenblick ertappt, in dem Dein Bild nicht mehr in mir eingerollt lag – genau in der Sekunde, in der ich Dich vergessen hätte, schreckte mein Körper, der Deinem Reich angehört, auf.

Was tun, dass nichts von dieser beginnenden Geschichte verloren geht? »Die schönste Erzählung«, so beginnt eine Sure des Koran, die Sure 12 »Joseph«, ihre Zeilen habe ich auswendig gelernt, als ich ein kleines Kind war … Aber unsere Geschichte wird wohl an ihrem Anfang stehen bleiben, in der Schwebe zwischen uns.

Werde ich Dir diese Botschaft übergeben, wenn ich aus dem Flugzeug steige, oder erst am nächsten Morgen? Ich weiß nicht, wie ich das Schreiben abschließen soll, ohne etwas zu verraten, nachdem ich schon alles gesagt habe! Ich werde es nicht zerreißen, ich werde nichts ausliefern. Ich werde warten.

Isma

Alis Finger fuhren mehrmals über Ismas Unterschrift in arabischen Lettern, dann ließen sie von der zarten Arabeske ab.

Während er sich schwerfällig aus dem Stuhl erhob und bevor er die leeren Räume verließ (er war am Vorabend kurz vor der Ausgangssperre gekommen und hatte hier voll angekleidet auf dem Sofa geschlafen), beschloss er, dass er diesen Brief nach Amsterdam abschicken würde.

Auf eine weiße Karte schrieb er zwei kurze Zeilen:

»Isma wurde vorgestern, am 28. Februar, getötet. Dieser Brief, den sie an Sie geschrieben hat, soll Ihnen gehören – Ali.«

Er unterschrieb seinerseits in arabischer Schrift.

VII

Am Vorabend hatte Ali die beiden leeren Koffer abgestellt, die er getragen hatte, und Ismas Sachen rasch hineingeräumt. Außer ihren Kleidern nahm er noch zwei, drei Bücher, ein paar Hefte, einen Block mit Canson-Bögen und eine angebrochene Schachtel Filzstifte mit, schließlich etwa zehn Zeichnungen, alle von der Landschaft draußen, als hätte Isma sich damit beschäftigt, am Fenster das Spiel des Lichts auf den Fassaden gegenüber festzuhalten. Sie hatte mehrfach eine Zypresse gezeichnet, die im Hof zu sehen war.

Die Schublade des kleinen Schreibtischs war abgeschlossen. Ali hatte nicht lange versucht, ihn zu öffnen. Er schien in Gedanken zu versinken, beschloss, die Nacht hier zu verbringen. In seinen Kleidern ließ er sich fallen, die Lampe brannte schwach weiter, unerwarteterweise fiel er sofort in tiefen Schlaf. Seit zwei Tagen war er immer auf dem Sprung gewesen: Formalitäten erledigen, Fragebögen ausfüllen, Entscheidungen treffen, einige in Absprache mit Ismas Bruder, dem einzigen Verwandten, der in der Hauptstadt lebte.

Er schlief also ein, wie man in die Meerestiefen taucht. Mitten in der Nacht wachte er auf, ging eine Weile suchend umher, erleuchtete dann den ganzen Raum. Ihm fiel ein, dass er im Tiefschlaf überlegt hatte: »Der Schlüssel … der Schlüssel, ich muss ihn in der Manteltasche einer Jacke finden, die sie anzog, um hinauszugehen!«

Dieser innere Befehl hatte ihn geweckt. Tatsächlich fand er in einem Regenmantel, der immer noch an der Garderobe am Eingang hing, einen kleinen Schlüssel. Ohne Hast ging er zu dem Schreibtisch, öffnete die Schublade, holte ein großes kariertes Schulheft heraus. Das Tagebuch von Isma? Ali kam es vor, als sei er am Ziel angekommen. In aller Ruhe wusch er sich das Gesicht, trocknete es ab und rauchte eine Zigarette.

Seitdem er am Vorabend die Wohnung betrat, hatte sich ihm die Gegenwart seiner Frau allmählich fast körperlich aufgedrängt – er hatte sie nicht mehr gesehen, seit sie in den Untergrund gegangen war. Jetzt würde er lesen, was sie geschrieben hatte, würde ihr wieder begegnen. Er setzte sich in gehobener Stimmung hin.

Fünfzig Seiten waren mit ihrer engen, regelmäßigen Schrift bedeckt, die sich leicht nach rechts neigte. Eine melancholische Erinnerung – es war fast wie in ihrer Verlobungszeit, als Isma im Ausland ihr Diplom abschloss und ihm pflichtschuldig regelmäßig lange Briefe schrieb, in einem natürlichen Ton wie eine ununterbrochene Plauderei. Ihre nach rechts geneigte Schrift hatte sich nicht geändert in diesen zehn Jahren.

Während des Lesens vergaß Ali alles in der Stille der Nacht. Er hob nicht ein einziges Mal den Kopf. Er fand Ismas Stimme wieder, ihre Ausbrüche, ihre Liebe zu Vertraulichkeiten. Sie richtete sich an Nawal, die sie beharrlich am Leben glaubte!

Er beendete seine Lektüre, fand dann, an die letzte Seite des Umschlags geheftet, einen nicht zugeklebten Brief. Er zögerte, überdachte lieber noch einmal, was er eben gelesen hatte. Er träumte vor sich hin, während er noch eine Zigarette rauchte, dann begann er, wie man sich auf eine Flasche Wein stürzt, um sich zu betrinken, ein zweites Mal zu lesen. Er schien alles schon wieder vergessen zu haben, hörte nur den Klang und die Phrasierung der Stimme. Er wollte sie hören, wie man ein Gespräch hinter der Tür mithört: War sie jetzt nicht dort, bei Nawal?

Er las alles wieder, als sei es das erste Mal. Er hatte den Eindruck, sich in ein Zwiegespräch zu mischen: Isma sprach nur für Nawal, schien für diese »Leidenschaft« (der Ausdruck war typisch für sie) nur Nawals Ansicht oder Urteil einzuholen. Ali litt nicht darunter. Er wollte nur eins, sie so nahe fühlen, und tatsächlich hörte er sie, bis in die Schwankungen ihrer Stimme, ihren Rhythmus, ja sogar ihre kurzen Pausen. Er übersprang einige aufeinander folgende Seiten mit Streichungen, die sie mit einem dicken Balken überzogen hatte – so als wollte sie nun den Adressaten ändern, vielleicht sich an ihn, Ali, richten oder vielleicht an diesen »anderen«?

Ali übersprang also diese fast unlesbaren Seiten, auch wenn er sie hätte entziffern können, er nahm ein wenig weiter unten den Faden ihrer zärtlichen Vertraulichkeiten wieder auf, die manchmal an Verzweiflung rührten oder an einen plötzlich bohrenden Zweifel (war Nawal wirklich tot?). Ali hörte auf die geliebte, schwebende Stimme, wie sie fast lachend eine gespenstische Chronik von Wallungen des Gefühls erzählte … Er las weiter bis zu dem Brief, er wollte dieses an den Umschlag geheftete Schreiben nicht öffnen. Er hielt inne, beflügelt und verstört zugleich. Er fühlte den Wunsch, mit ihr zu sprechen, Nawals Platz einzunehmen. Isma hatte viele Stunden an diesem Tisch geschrieben, in diesem engen Zimmer, das doch so hell war, mit der Bucht, die den Gebäuden gegenüberlag, und dieser Zypresse im Hof, die sie so häufig gezeichnet hatte …

Isma und Nawal, in einem Heft in Alis Händen.

Er war zu Nawals Beerdigung gegangen, er hatte gehofft, Isma dort wenigstens flüchtig zu sehen (seit ihrem Abtauchen war nicht ganz ein Monat vergangen). Er hätte ihr gern gesagt: »Ja, ich habe im Leichenschauhaus in Nawals offenes Auge geblickt, ihr Kopf neigte sich halb zu dem, was von einem Arm, einer Schulter und einem Teil des Brustkorbs noch übrig war. Die Haare waren verklebt, aber sie waren kurz, lockig, hennagefärbt und darunter dieses weit geöffnete Auge! Da ich Arzt bin, haben sie mich als Ersten hineingelassen, es war unmöglich, den Körper wieder ganz zusammenzusetzen, nein, aber diese Hälfte des Gesichts, dieses Auge und die hennagefärbten Haare! … Ein blickloses Auge, eine wirklich abwesende Nawal oder eine vom Tod gemarterte … Im Flur wartete Nawals Mutter, eine erfahrene Hebamme, aber sie durfte dennoch nicht hinein, sie brüllte, brüllte im Flur und schlug um sich. Ich hatte nicht den Mut, Isma, hinzugehen und ihnen zu sagen, sie sollten die Mutter das offene Auge ihrer einzigen

Tochter wieder erkennen lassen … Feige flüchtete ich durch eine andere Tür!«

Ali zögerte noch vor dem Brief, den Isma im Flugzeug geschrieben hatte, das sie im Jahr zuvor nach Holland gebracht hatte. »Für acht Tage«, hatte sie angekündigt, »um die Arbeit mit dem fremden Musiker abzuschließen.« Nach ihrer Rückkehr hatte sie um die Trennung gebeten. Ali hatte ihr vorgeschlagen, sie solle fürs Erste ein Stockwerk ihres großen Hauses alleine bewohnen. Sie sprach dann nicht mehr davon, auszuziehen, aber als sie die erste Drohung erhielt, tauchte sie in der Stadt unter. Sie rief ihn nur ab und zu an, um ihn zu beruhigen.

Ali las den Brief von Isma erst im Morgengrauen. Dann warf er hastig zwei Zeilen auf die Karte, worin er dem Empfänger Ismas Tod mitteilte, klebte den Brief zu und steckte ihn in die Tasche.

Er leerte die Schublade: Kugelschreiber, natürlich das Heft und Canson-Bögen. Ein kleines Fässchen Tusche, »für Schönschrift« stand darauf, ließ er zurück. Dann schloss er den zweiten Koffer.

Ali ging mit den beiden Koffern hinaus. Er trug sie zu seinem in der Nähe geparkten Wagen. Während er ihn mechanisch lenkte, dachte er, es bliebe ja noch genügend Zeit, um alles in die gemeinsame Wohnung zu bringen.

Denn für elf Uhr war im Hospital die Aufbahrung der Toten angesetzt, einige Freunde würden da sein … Die Totenwache würde bei Ismas Bruder stattfinden, er war Beamter und wohnte auf den Höhen der Stadt.

Am nächsten Morgen würden Ali und sein Schwager den Sarg nach Cirta begleiten (Ali nannte die Stadt Constantine jetzt, wie Isma sie stets genannt hatte, mit ihrem antiken Namen).

Als er nach Hause kam, ging Ali, noch bevor er sich umzog, ins Badezimmer. Als er nackt war, hatte er das unvermittelte Gefühl, zu verschwinden, als würde er sich selbst auflösen. Er stellte die

Dusche so heiß wie möglich, dass sie ihn fast verbrühte. Während der heftige Strahl auf ihn prasselte, ihm wehtat, hämmerte ständig ein Gedanke in seinem Kopf, und dieses Hämmern der Worte würde er in den folgenden Tagen nicht loswerden, es waren immer dieselben:

»Wenn ich als Erster hinunterkomme, werde ich als Erster ihr Gesicht in dem offenen Sarg sehen. Ich hoffe, es ist wie gestern. Ein ruhiges Gesicht, fast noch ein junges Mädchen. Wie früher ringelten sich gestern ihre Haare an ihrem Hals entlang … Ich hoffe, es ist wie gestern. Ich werde sie sehen, ich werde sie behalten …«

Er trat aus der Dusche, trocknete sich ab, zog sich eilig an, ständig klangen in ihm diese heimlichen Sätze:

»Drei Kugeln ins Herz. Zum Glück nicht ins Gesicht! Sie geht in unverletzter Schönheit. Ich werde als Erster ihr Gesicht sehen, in dem noch offenen Sarg! Ich hoffe, es ist wie gestern. Ich werde sie sehen. Ich werde sie behalten!«

Mai 1996

Das Attentat

Erzählung

Für Zohra

I

In der Nacht vor Murads Tod wurde ich um zwei Uhr geweckt; es war die Nacht direkt davor …

Murad kam ins Zimmer, knipste das Licht an, rüttelte mich an den Schultern und sagte mir dringlich mit seiner warmen Stimme: »Naïma, ich bitte dich, wach auf! Ich brauche dich.«

Er strich mir über die Haare, die Stirn. Ich öffnete meine Augen, blinzelte. Ich erkannte sein schmales Gesicht, das über mich gebeugt war.

»Was willst du von mir?«, fragte ich mit Mühe. Seit zwei Wochen, seitdem mein Mann wieder zu Hause wohnte und mein Sohn allmählich wieder mit seinen Krücken zu gehen begann, schlief ich so gut. Endlich konnte ich jede Nacht friedlich ausruhen.

Ich wiederholte: »Was willst du von mir?«

Er setzte sich ans Fußende des Betts, einige Blätter in den Händen haltend. »Naïma, lies meinen Artikel, ich bitte dich darum! Ich habe ihn endlich fertig geschrieben. Lies ihn! Morgen bringe ich ihn ganz früh zur Zeitung! Lies ihn, es geht uns beide an. Ich konnte nicht mehr warten!«

Ich setzte mich auf und war nun hellwach. Meine Hand tastete über den Nachttisch nach der Brille.

Murad wurde ungeduldig, er schlug vor: »Warte, ich lese ihn selbst, und zwar laut! Du sagst mir dann, was du davon hältst.«

Ich hatte meine Brille gefunden und aufgesetzt. Ich schaute zu ihm hinüber: »Ich höre zu. Fang an!«

Doch plötzlich unterbrach ich ihn mit einer heftigen Armbewegung: »Diesmal wirst du aber nicht deinen Namen darunter setzen, hoffe ich, oder? Du nimmst dir ein Pseudonym!«

»Hör erst mal zu, Naïma. Natürlich unterschreibe ich mit meinem Namen!«

Seit zwei oder drei Monaten legte Murad Wert darauf, selbst zu unterzeichnen, was er jede Woche in seinem (langen, heftigen, polemischen) Artikel analysierte, anprangerte, was er dem ganzen Land zuschrie.

»Ich bin dagegen, alle Welt weiß, dass ich dagegen bin, gegen die Machthaber, gegen die Fanatiker, gegen das Schweigen und Stillhalten! Ich hätte zu gern nur über die Schulen geschrieben, darüber, wie bei uns die Schulen sein sollten!«

So redete er immer mit mir, meist fanden erregte Gespräche statt, bevor wir zusammen unser Schlafzimmer aufsuchten. Zumindest in diesen zwei Wochen, seitdem er sich nicht mehr versteckte. Denn er hatte nach einer Flut von Drohungen ein ganzes Jahr lang praktisch im Untergrund gelebt: Briefe und Warnungen am Telefon ohne Unterlass, um ihm mitzuteilen, dass er ein »toter Mann« sei!

Murad stellte daraufhin seine Tätigkeit als Schulinspektor für Französisch ein – nicht ganz, er arbeitete unregelmäßig. Davor hatte er jede Woche Artikel für zwei unabhängige Zeitungen verfasst. Immerhin verwendete er damals Decknamen. Dann war er abgetaucht – er änderte möglichst oft seine Unterkunft, erkundigte sich nur über einen Dritten telefonisch nach uns, der außerdem häufig wechselte – und hatte keine Pseudonyme mehr verwendet.

Schließlich kamen die zwei Wochen unverhoffter Ruhe. Ich war gerade aus dem Französischen Krankenhaus zurückgekehrt, wo mein Junge an seiner Skoliose operiert werden konnte. Wir waren so glücklich, so erleichtert, wie geblendet, dass der Kleine langsam wieder anfing zu laufen! Dieses Glück hatte uns plötzlich überfallen: Murad zog wieder in unser Haus, obwohl es die Nachbarn natürlich bemerkten, ja, sogar über der Stadt schien vorübergehend eine Ruhe zu schweben. Allmählich nahm Murad, der zunächst möglichst wenig ausging und nur mit seinem Sohn diskutierte, wieder ein fast normales Leben auf. Und ich konnte nachts friedlich schlafen.

Wir waren jetzt endlich entspannt genug, um unseren Sohn zu umsorgen, der Gott sei Dank wieder gesund wurde!

Aber Murad schrieb, bei Tag, bei Nacht. Er schrieb und setzte seinen Namen darunter und hielt vor allen Leuten lange Reden.

»Warum fängst du wieder an, ganz ohne Maske zu schreiben?«, fragte ich besorgt mitten in der Nacht in seinen Armen.

»Ach, lass mich doch!«, gab er zurück.

»Willst du nicht lieber verreisen? Nur für kurze Zeit? Wie zu einem Urlaub! Du könntest von einer anderen Warte aus schreiben, würdest die Dinge vielleicht etwas gelassener sehen. Willst du nicht für ein, zwei Monate weggehen: Wir würden uns hier ruhiger fühlen!«

»Vergiss es! Hast du noch nicht verstanden: Ich werde hier leben, hier sterben, zu Hause, in meinem Land!«

»Du bist ein Dickkopf – und auch noch stolz darauf!«, pflegte ich bei diesen Gelegenheiten zu seufzen, aber ohne Bitterkeit!

Murad schickte sich also an, mir seinen Artikel vorzulesen. Am Vorabend hatte die Presse berichtet, dass der Staatschef, als Gnadenakt und um die Bereitschaft zu einem möglichen Dialog mit »ihnen« (den Fundamentalisten) zu zeigen, die Sheiks aus den Gefängnissen entlassen wollte.

Ein Anführer der Fundamentalisten heißt bei uns Sheik. Mit dieser Bezeichnung (die sich einst die wahren Herren nicht zu geben wagten) schwingt er sich zum Vater der jungen Bandenchefs auf, die sich zuvor den Namen Emir gegeben haben, was »Prinz« bedeutet.

Die Sheiks waren während der Wirren vor zwei Jahren noch Geistliche, die in ihren Moscheen feurig predigten und mit den rednerischen Tricks eines Savonarola die Zentralmacht geißelten, deren Beliebtheit stetig sank. Daraufhin wurde der Präsident abgesetzt, die Armee rückte in die Politik vor und überredete einen Helden von gestern – einen integren Mann, der aber den Jugendlichen aus den heißen Vierteln unbekannt war –, die Leitung der Regierung zu übernehmen. Sechs Monate später ermordete ein Hisbollah, einer dieser »Verrückten Gottes«, den neuen Präsidenten, praktisch live, vor den Fernsehkameras. Seither drehte die wahnwitzige Maschine durch: Tag für Tag Gewalt, Morde und ihre Unterdrückung, ein Teufelskreis!

Im Kreis um Murad sind seither so viele Freunde und Kampfgefährten umgekommen: zwei Kugeln in den Kopf bei den einen, die anderen, noch unglücklicheren, wurden in einem dunklen Winkel von Messern zerfleischt.

Während mein Mann seinen Text langsam vorlas, musste ich an die hektischen, schrecklichen Monate denken. Leidenschaftlich geißelte er darin die jüngsten politischen Ereignisse, mit Ironie bedachte er die angeblich »dargereichte Hand« der Machthaber für die Sheiks, die durch ihre Haft mit einem Heiligenschein umgeben waren. Dann sein Lieblingsthema: Die Verzweiflung der Jugendlichen, die der Demagogie ausgeliefert waren, musste man in der Schule bekämpfen, durch Ausbildung, indem die Älteren mutig das Wort ergriffen.

So las er vier oder fünf Seiten in einem Zug durch. Dann hielt er inne. Er holte Luft. Schaute mich an.

»Was hältst du davon?«, fragte er schwach.

Ich richtete mich im Bett auf. Ich schonte ihn nicht: »Tja, du schwenkst hiermit dein eigenes Todesurteil, nicht wahr? Selbstverständlich setzt du auch deinen Namen unter deinen Artikel, oder? Wie unter die anderen!«

Er nickte schweigend. Er schaute mich plötzlich traurig an.

Ich brauste auf, ich wurde ärgerlich: »Sag mir, warum musst ausgerechnet du es sein, du, ein einfacher Familienvater, nicht einmal ein ›Verantwortlicher‹, wie sie es nennen. Und das, nachdem du dich schon seit einem Jahr versteckt hältst? Du willst wohl das ganze Land auf deinen Schultern tragen. Du allein …«

Ich stellte mich ganz dicht vor ihn, wurde aber ernstlich böse: »Kannst du nicht stillhalten? Bei uns bleiben, bei mir und dem Kleinen? Ganz einfach einen Augenblick das alles vergessen!«

Ich stockte, ich hatte Tränen in der Stimme. »Es fing gerade an, uns so gut zu gehen in den letzten Tagen, der Junge kann vielleicht wieder gehen wie früher! Und du schläfst endlich jede Nacht bei mir!« All das wollte ich sagen, aber ich sagte es nicht.

Murad nahm die Brille ab. Er fuhr sich mit der Hand über die müden Augen. Die Blätter mit dem Artikel lagen zerstreut auf der Bettdecke.

Er antwortete mir mit einem so zärtlichen Lächeln. Er schaute mich an und sagte dann, in jener letzten Nacht um zwei Uhr morgens: »Aber einer muss doch diese Dinge laut aussprechen, klar und deutlich! Diesmal bin ich es, Naïma, nimm's mir nicht übel, danach wird es ein anderer sein und dann wieder ein anderer.«

Wir löschten das Licht nicht sofort. Ich erinnere mich nicht einmal, ob er gleich zu mir ins Bett gekommen ist. Er sammelte seine Blätter auf. Er ist wohl hinausgegangen, um sie abzuschreiben oder wegzuräumen.

Ich legte mich wieder hin. Ich schloss die Augen, ich ließ das Licht brennen. Ich wollte wieder einschlafen, alles vergessen, meine Empörung, sogar den Klang meiner Stimme. Ich war verzweifelt. Schließlich schlummerte ich ein, ohne das Licht zu löschen.

Ich unterrichte Arabisch im nahe gelegenen Lycée. Am Morgen musste ich früh aufstehen.

In der Frühe richtete sich Murad ebenfalls zum Gehen. »Ich habe meinen Artikel noch einmal abgeschrieben! Ich bringe ihn gleich hin. Ich komme sofort danach zurück.«

Er sagte das in der Küche, während er seinen Kaffee schnell im Stehen austrank. Ich gab dem Kleinen einen Kuss und folgte Murad. Wir traten zusammen hinaus in ein strahlendes Licht, und ich setzte mich neben ihn in den Wagen.

II

Danach, zehn Minuten danach. Draußen. Gleich nach der Sackgasse, in der unser Haus liegt, führt die Straße den Hang hinunter zwischen den kleinen Einfamilienhäusern unserer Nachbarn zu den Geschäften, eines neben dem anderen, wo schon viele Leute unterwegs sind. Das ist seit dreißig Jahren unser Viertel, dicht bewohnt, aber mit einer Spur von Wohlstand.

Murad hält an der ersten Kreuzung. »Ich hole eine Zeitung«, sagt er beim Aussteigen.

Ich warte. Er wird mit der Zeitung in der Hand zurückkommen. Ich denke an den Artikel, den er in der Nacht geschrieben hat, er trägt ihn sicher in einem Umschlag in seiner Tasche.

Mein Wagenfenster ist halb geöffnet. Ein junger Mann – fünfzehn, höchstens sechzehn Jahre alt – steht vor mir, direkt am Wagenfenster: Er beugt den Kopf herunter. Was will er? Eine Sekunde lang denke ich, er schneidet eine Grimasse, er spielt den Clown. Warum? Erst dann sehe ich seine Hand, sie hält einen Revolver … Er schießt einmal, zweimal. Die Waffe klingt, als sei sie heiser, der Schuss ist nicht losgegangen.

Ein Spiel, es ist ein Spiel. Mir bleibt keine Zeit, es zu verstehen. Mein Verstand ist betäubt, wie eingeschlafen …

Draußen ein Getöse, eine Woge von Geräuschen, Schreien,

Rufen: Mehrere lange, unwirkliche Sekunden ist die Welt um mich erstarrt. Der unbekannte Jugendliche schaut mich, immer noch mit vorgereckter Hand, an (ich sehe die Waffe nicht mehr), eine bleiche Maske mit geweiteten Augen. Dann verschwindet er. Wegen eines seltsamen Aufruhrs wende ich den Kopf: Schreie und dann Stille. Leute rennen auf unser Auto zu.

»Murad!« Ich suche ihn.

Murad, die Zeitung in der Hand, sinkt gerade langsam zu Boden! Ich steige aus, ich weiß nicht mehr, wie, überquere die Straße. (Später sagen sie, dass ich geschrien, dass mein Schrei sie alle aufgeschreckt hätte: Einige Nachbarinnen erkennen meine Stimme, ihre Köpfe erscheinen an den Fenstern.)

Ich stehe versteinert da, Murad liegt zu meinen Füßen. So viele Leute drängen sich um uns.

»Mich haben sie verfehlt. Sie haben ihn getötet!« Diese Worte klingen in mir: »Sie haben Murad erwischt!« Ich weiß nicht, warum, plötzlich gehe ich hin und her, zum Auto (die Tür steht auf dieser Seite noch offen), dann wieder zu meinem am Boden liegenden Mann. Ich drehe mich kopflos im Kreis. Gleich werde ich aufwachen! »Ein Spiel«, hatte ich gedacht, als ich mich dem Jugendlichen mit der Waffe gegenübersah; sie waren also mindestens zwei, der zweite hatte Murad nicht verfehlt! Ich beuge mich endlich hinunter.

In mir Wut, Verbitterung. Ich greife nach dem Umschlag, der halb aus Murads Tasche hervorschaut. Meine Hände umklammern ihn: der Artikel … Ich richte mich wieder auf.

Jemand hält mich, meine Schultern. Eine Frau, die erste, eine weitere Nachbarin.

»Ich habe Naïma schreien hören … Ich habe gleich gewusst, dass es um Murad ging!«

Die erste Frau, die mich immer noch um die Schultern hält, sagt mir leise auf Arabisch: »Armer Murad! Bitte ihn um Verzeihung, bevor sie ihn wegbringen!«

Ich beuge mich wieder hinunter. Warum sagt sie mir diese religiöse Formel. Ist Murad wirklich tot? Wirklich?

Er liegt auf der Seite, die Zeitung ist auf seinen Kopf gefallen und verdeckt zum Teil sein Profil. Ein dünnes schwarzes Rinnsal fließt von seiner Stirn.

Ich stehe gebückt, meine Hand streckt sich aus, um nur leicht seinen Zügen nachzufahren. Ich kann nicht …

»Bitte ihn um Verzeihung«, hat die Frau gesagt.

»Sprich mich los von meinen möglichen Fehlern, mein Gemahl! Werden sie dich also wegbringen? Einfach so?« Die Zeitung hindert mich daran, seinen Gesichtsausdruck zu sehen. Ich strecke wieder meine Finger aus, um ihn zu streicheln, ihn …

Sie halten mich zurück, ziehen mich weg, umringen mich, es sind die Freundinnen und Nachbarinnen. Während ich in ihrer Mitte mit kleinen Schritten zu unserem nahe gelegenen Haus gehe, schluchze ich.

»Heute Nacht … habe ich es ihm gesagt, als …«

Sie hören mir nicht zu. Sie wollen sich um mich kümmern. Hinter uns in der Ferne und immer ferner werdend, vernehmen wir eine Sirene von der Polizei oder einem Krankenwagen.

»Sie werden ihn zurückbringen. Sie bekommen ihn zurück! Geduld mit den Muslimen, beten Sie zu Gott!« Eine energische, laute Männerstimme hat sich hinter uns Frauen erhoben. Dabei möchte ich gerne über meine Sorge in der letzten Nacht sprechen und über Murad, der so wenig geschlafen hat, nur geschrieben und geschrieben. Heute Morgen hatte ich geglaubt, es bräche für uns wirklich ein Morgen an, wie früher, wie …

Das Haus ist voller Leute. Ich halte immer noch den Umschlag mit dem Artikel in der Hand. Er ist noch nicht zur Zeitung gelangt, aber das wird noch geschehen, ganz bestimmt, er wird veröffentlicht werden. Morgen werden alle lesen, was Murad geschrieben hat. Morgen, selbst wenn er an diesem Tag begraben wird!

Plötzlich durchzuckt mich der Schmerz wie ein Blitz: So war also in dieser Nacht, als er seine gefährlichen Worte schrieb, als ich protestierte und ihm in den Arm fallen wollte, der unabwendbare Tod schon unterwegs!

Die Besucherinnen schildern einander, wie der zweite »Killer« mich verfehlt hat.

»Ihre Stunde war noch nicht gekommen, arme Naïma!«, seufzt die hohe Stimme einer Matrone, die ich nicht wieder erkenne.

»Die Waffe hatte Ladehemmung«, fällt eine andere ein.

Ich höre sie aus der Ferne. Sie haben mich auf ein Sofa gelegt. Ich wollte mich wehren, ich habe nach dem Kleinen verlangt, nach meinem Sohn. In bestimmtem Ton haben meine Verwandten mir mitgeteilt, dass er mit seinen Cousins zusammen ist – auch sie sind inzwischen gekommen, meine drei Schwestern, meine Mutter, meine Schwägerin.

»Es geht ihm gut! Ruh du dich aus!«

Sie beschwichtigen mich, sie sprechen leise, während mitunter eine schrille Stimme ertönt und mir wehtut, mich gegen meinen Willen in die Wirklichkeit zurückholt. Ich lasse mich umhegen.

Einige Stunden vergehen. Dann … Dann bringen sie Murad zurück. Seine Leiche in einem Leichentuch. Von Murad sehe ich nur den Kopf, sein schlafendes Gesicht. Er liegt im Wohnzimmer. Ich möchte mich direkt neben ihn setzen.

Hinter mir eine Woge der Unruhe. Die Stimmen der Verwandten, der Nachbarn, der Freunde sprechen manchmal zu laut, aber zumeist fluten sie in kleinen Wogen an, in Wellen sanfter Töne, die sich überlagern.

Ich betrachte dich, Murad, deine Stirn, die Linie deiner Nase. Ich betrachte die Tönung deiner Haut an den Schläfen, deine geschlossenen Augen, ach, nie wieder werde ich deinen Blick sehen und, als Saum um deine Augenlider, deine Wimpern eines jungen Mannes oder die Falte, die unter deinem Mund eingegraben ist. Ja, ich betrachte dich: Du liegst da wie aus Stein, um dich ein Abgrund der Stille, über dein blindes Gesicht fällt ein feindlicher Schlaf.

III

Vierzig Tage vergingen. Wenn Murad mich hätte sehen können (er sah mich natürlich, er folgte mir, wohin ich auch ging), hätte er sich nicht gewundert. Ich arbeitete, ich begab mich zum Lycée, genau wie Murad es erwartet hätte. Ich sprach mit meinem heranwachsenden Sohn, ich umsorgte ihn, ich wollte ihn aus seiner Stummheit herausholen – manchmal gelang es mir. Meinen Unterricht hielt ich wie gewöhnlich, außer während der vier Tage nach der Beerdigung – da vertrat mich eine junge Kollegin.

Tatsächlich war ich nie allein. Die Familie bot mir einen Schutzschild gegen das Unglück. Meine Mutter und meine Schwestern zogen zu mir, abwechselnd, zu zweit und zu dritt. Meine jüngste Schwester, die so weit weg geheiratet hat, ans andere Ende des Landes, kam und verbrachte über eine Woche bei mir. Mein Sohn wohnte mal bei den einen, mal bei den anderen Verwandten. »Lass ihn doch mit den Jungen seines Alters zusammen sein, zum Glück hat er so viele Cousins!« Es war mir wichtig, jeden Tag einmal mit ihm allein zu sein, um nach seinen Krücken zu sehen: Ich glaube, es gelang mir sogar, ihm zuzulächeln, wenn ich ihm über die Haare strich, so schön und schwarz, wie … Ich wandte mich schnell ab, damit er nicht sah, wenn meine Augen plötzlich nass wurden.

Dann gab es da noch die anderen, nicht nur die Freundinnen. Die Lehrerinnen, die Murad gut kannten und schätzten. Nach den vielen Kundgebungen zu seinen Ehren kamen sie eines Tages zu mir; an einem Donnerstag, ich hatte frei. Es waren etwa fünfzehn Frauen aller Altersgruppen – junge und nicht mehr ganz junge –, Direktorinnen von Gesamtschulen und Lycées. Sie hatten, wie sie sagten, mit Murad zusammengearbeitet, sie zitierten sein Konzept der »Schule von morgen«, sie alle kamen in mein Haus, ruhig, lächelnd, einige von ihnen sehr traurig. Manche umarmten und umsorgten mich. Wirklich alle, stellte ich ein wenig spät fest, liebten Murad, sie sprachen von ihm, als wäre er anwesend … Mein Sohn fühlte sich nicht eingeschüchtert mitten unter ihnen. Es war wie ein Familientreffen.

Dann zogen sie wieder fort, wie Schwalben. Ich flüchtete mich in unser Schlafzimmer und streckte mich auf dem Bett aus. Ich sprach laut mit Murad, auf Französisch und Arabisch. Meine Schwester, die jüngste, kam herein, ohne anzuklopfen. Auf der Schwelle zögerte sie, dann trat sie herzu, nahm meine Hand und zog mich hoch.

»Komm zurück zu uns ins Wohnzimmer!«

Es meldeten sich auch einige Besucherinnen, die ich nicht einmal kannte, »die Ehefrauen der Opfer«, flüsterte man mir zu. Es waren diesmal, nach den Lehrerinnen, Witwen, die zu zweit und zu dritt ihre Aufwartung machten. Sie bezeugten mir ihr Beileid, häufig ohne jede angelegentliche religiöse Formel, tränenlos. Sie blieben die übliche Zeit für einen Besuch; meine Schwestern brachten Kaffee, wir schauten durch das Fenster in den kleinen Garten. Wir tauschten Nebensächlichkeiten aus, allgemeine Bemerkungen über das Haus oder das Viertel. Als wenn alles in Ordnung, als wenn das Land friedlich wäre! Ich betrachtete ihre violetten oder weißen und bestickten Schals über dem Kopf. Die Trauer schien bei ihnen tiefer zu gehen. Sie brachten mir eine sanfte Melancholie, glaube ich …

Vierzig Tage lang war ich nie allein. Ich wurde umhegt.

Da waren auch meine Schüler, jeden Tag, Jungen und Mädchen. Eine unangenehme, zwiespältige Erinnerung fällt mir ein.

Nadja, die mich vertreten hatte, meinte, mit meinen Schülern einen Spruch des Propheten behandeln zu müssen – während mein Unterricht sich lediglich mit arabischer Sprache und Literatur befasste.

Nach Abdallah Ibn Masud hat der Prophet gesagt:
»Das erste Urteil über die Menschen, das am Jüngsten Tag gesprochen wird, betrifft das Vergießen von Blut!«

Sie hatte meine so jungen Schüler der siebten Klasse diesen Spruch des Propheten abschreiben lassen. Zur Auslegung hatte sie Vers 93 der 4. Sure, »Über die Frauen«, herangezogen, der lautet:

»Und wer einen Gläubigen absichtlich tötet, dessen Lohn
ist die Hölle, darin wird er ewig weilen.«

Um mir eine Freude zu bereiten, wiederholte einer der Schüler den Spruch vor mir, er wollte damit wohl ausdrücken: »Wir alle teilen Ihr Leid ...«

Ich mochte meine Antwort jedoch nicht auf religiösem Gebiet geben, sonst hätte ich die Geschichte aus der ersten Zeit des Islam erwähnt: Gewiss, ein Muslim darf einen anderen Muslim nicht töten, aber war der dritte Kalif Othman nicht von einem Muslim umgebracht worden und der vierte, Ali, Mohammeds Schwiegersohn, wurde er nicht ebenfalls von einem Muslim getötet? Fand nicht schon dreißig Jahre nach dem Tod des Propheten der erste unselige Glaubenskrieg statt, der eher politisch als religiös begründet war? Waren wir in unserem Land nicht in einer ähnlichen Situation, kaum dreißig Jahre nach unserer teuer erworbenen Unabhängigkeit?

Aber hätte Murad diese Parallelen gelten lassen, er, der sein ganzes Leben für eine »Schule der Moderne« gekämpft hatte, wie er sie nannte?

Ich unterrichtete also wieder, ich ließ meine Schüler noch mehr arbeiten ... »Kleiner Soldat«, meinte dazu einmal mit einem Lächeln meine beste Freundin, eine Kollegin am Lycée.

Dann kam jener Tag, am Wochenbeginn, eine fast gewöhnliche Stunde. Ich gab die Blätter einer Klassenarbeit von der Vorwoche zurück, ein Aufsatz zu arabischer Literatur, gefolgt von vier Grammatikfragen.

Während ich die Blätter austeilte, riet ich den Schülern wie üblich: »Prüfen Sie Ihre Noten nach! Rechnen Sie alle Angaben am Rand noch einmal zusammen! Ich kann mich mal bei einer Summe geirrt haben.«

Kurz darauf rief ein Junge ziemlich laut von seinem Platz aus: »Madame, Sie haben mir achtzehn Punkte von zwanzig gegeben. Ich habe nachgerechnet, ich glaube, ich habe achtzehneinhalb!«

Die Klasse wurde unruhig. Ich antwortete ihm lebhaft und, ich weiß nicht warum, ganz selbstverständlich auf Französisch: »Sie haben achtzehn Punkte, und das genügt Ihnen noch nicht?«

Tatsächlich sagte ich nur die Zahl Achtzehn auf Französisch, den Rest meiner Bemerkung, die wirklich als Neckerei gemeint war, sprach ich in arabischem Dialekt.

Plötzlich stand der Junge – er war etwa fünfzehn – auf und gab mir, den Kopf halb den anderen zugewandt, in aggressivem Ton zurück: »Haben wir hier eine Französisch- oder eine Arabischlehrerin?«

Seine scharfe Bemerkung – sie kam natürlich in Arabisch – bekam ich voll ins Gesicht, wie eine Beleidigung oder vielmehr wie einen Schuss. Das gesamte Klima im Land – mit seinen ideologischen Konflikten, seinem Misstrauen, seinen Ausschreitungen – klang in dieser Bemerkung des jungen Mannes mit.

Ich ging auf den Schüler zu. Er stand aufrecht da, stolz, mit verschlossenem Gesicht – feindselig: Ein Junge von fünfzehn ertrug es nicht, dass ich »achtzehn« auf Französisch sagte! Ein Jugendlicher, der sich ein einfaches Wort in einer Fremdsprache zur Zielscheibe wählte! Ein Schüler, »mein« Schüler, ein Kind von fünfzehn Jahren!

Ich reagierte, ich widersprach, ich wehrte mich – und alles gleichzeitig. In Wahrheit sah ich vor mir nicht nur den jungen Mann und seine Ablehnung des französischen Worts. Eine Sekunde lang tauchte an seiner Stelle wieder der Killer mit der klemmenden Waffe auf. Auch er war kaum älter als fünfzehn gewesen.

Eine Stimme in mir sagte: »Es war ein Jugendlicher wie er! Er hätte ebenfalls mein Schüler sein können!«

Hätte womöglich die Waffe des Jungen aus meiner Klasse, der die heftige Bemerkung gegen mein Französisch vorgebracht hatte, keine Ladehemmung gehabt?

Ja, ich wehrte mich, ja, ich gab ihm ironisch, bitter zur Antwort: »Ertragen Sie nicht einmal ein fremdes Wort, ein einfaches Wort? In was für einem Land leben Sie? Was wünschen Sie sich für eine Zukunft? Ich bin Arabischlehrerin, gewiss, aber Murad war der beste Französischlehrer im Land, viele haben das bei seinem Tod bezeugt!«

Ich sprach leidenschaftlich weiter. Der Junge nahm meinen Ausbruch, als wüsste er nicht, wie ihm geschah. Er stammelte, er entschuldigte sich. Plötzlich wurde mir klar: Ich musste mich beruhigen, ich hatte schließlich nicht den Killer vor mir.

Ich brach in Tränen aus, ich schämte mich. Ich nahm den Schüler in den Arm. Ich erklärte es allen, all diesen Jugendlichen um mich herum. Sie schwiegen, waren ergriffen, und dann … sprachen Jungen und Mädchen über die Gegenwart, über die Schule, die eine Zuflucht, eine Begegnungsstätte sein sollte. Sie sprachen natürlich auch von den »unschuldigen Opfern« …

An jenem Tag kam ich völlig erschöpft, völlig erschlagen nach Hause. Und danach …

Am nächsten Morgen und an den folgenden Tagen war es mir nicht möglich, in die Schule, auf die Straße zu gehen. Ich spürte Panik, lähmende Angst, hatte plötzliche Tränenausbrüche. Ich konnte nicht mehr Auto fahren. Und vor allem, vom frühen Morgen an fühlte ich diese unendliche Müdigkeit.

Zu Hause riet mir mein Sohn, mit seinen Krücken an die Umrahmung meiner Tür gelehnt, sanft: »Ruh dich aus, Maman! Nimm dir eine Weile frei, du brauchst es!«

Wieder kamen und gingen die Verwandten und Freundinnen. »Ich bin gebrochen!«, stellte ich mitten am Nachmittag fest, als ich endlich im Schlafzimmer allein war. In »unserem« Zimmer.

»Kleiner Soldat«, hatte meine beste Freundin mit einem Lächeln gesagt. Keineswegs! Ich bin eine wankende Witwe, das ist alles, sagte ich mir.

IV

Ja, erst vierzig Tage danach war es, als hätte Murad das Haus für immer verlassen. Bis dahin hatte ich es, wider besseres Wissen, nicht geglaubt.

»Ich möchte fortgehen«, sagte ich eines Morgens zunächst laut zu mir.

»Fortgehen?«, fragte mich später meine jüngste Schwester, die zu ihrem Mann ans andere Ende des Landes zurückkehren sollte. »Warum kommst du nicht mit mir, die Luftveränderung wird dir gut tun!«

»Ich möchte weiter weg, so weit wie möglich!«, antwortete ich ihr nach einigem Nachdenken. Ich dachte: »Murad hat natürlich eine Leere hinterlassen, bei uns im Haus, aber auch in der Schule, überall hier!«

Ach ja, ein oder zwei Jahre fortgehen, mit meinem Sohn, der Gott sei Dank wieder laufen kann. So weit weg wie möglich.

Um diese Leere zu überbrücken, die Murad uns hinterlassen hat.

Paris, Oktober 1996

Die zerstückelte Frau

Märchen

Eine Nacht in Bagdad. Am Grund, am tiefsten Grund des breiten, leicht geneigten Flusslaufs, an einer Stelle zwischen der Stadt und dem Palast des Kalifen, dort, am Grunde des Flusses Tigris, ruht der Körper einer jungen Frau. Ein zerstückelter Körper.

Seine Teile sind sorgfältig in einen Schleier gehüllt. In den weißen Schleier einer Städterin. Ein linnener Schleier fast ohne Flecken, fast ohne Blut.

Der Schleier ist in einen Teppich gewickelt. Einen kurdischen Teppich aus Seide mit Goldfäden. Ein kostbarer Teppich. Der halb aufgerollte Teppich liegt im Schutz eines Korbes, eines großen, aus Palmblättern geflochtenen Korbes, die Blätter wurden erst kürzlich geschnitten, in diesem Herbst. Der Winter hat noch nicht begonnen.

Der Korb aus Palmblättern ist sorgfältig mit Wollfäden zugenäht. Mit roter Wolle von guter Qualität und mit kräftigen Stichen.

Der Korb schließlich ist in einer Kiste aus Olivenholz verwahrt. Die Kiste ist abgeschlossen. Es handelt sich um eine schwere Kiste mit verziertem Schloss. Sie wurde beim besten Kistenmacher des Souks in der Stadt gekauft.

Die Kiste liegt am Grund des Tigris, am Grund seines Betts. Die Strömung hat sie unmerklich ein paar Meter weggetrieben. Vielleicht etwas mehr, denn zwischen der unterhalb liegenden Stadt und dem Palast des Kalifen, der den Durchbruch überragt, ist die Neigung am stärksten.

Vielleicht ist die Kiste, trotz ihres Gewichts, bis zu der Stelle getragen worden, wo der Tigris in die Stadt eintritt …

In der Kiste, in dem Korb aus Palmblättern, in dem aufgerollten Teppich, umhüllt von dem weißen Leinenschleier, ruht der Körper der Unbekannten.

In Bagdad brütet zur gleichen Zeit ein anderes Drama, es reift heran und droht jeden Augenblick in eine Katastrophe umzuschlagen. Das Drama ist noch schwerwiegender als der Zwischenfall mit der zerstückelten Frau. Es geht um die glühende, wechselhafte, grausame, liebevolle und undurchsichtige Freundschaft, die der Befehlshaber der Gläubigen – »Die Gnade und Barmherzigkeit Gottes sei über ihm!« – mit seinem Großwesir pflegt. Der Kalif ist Harun ar-Raschid, und sein Minister – ein Freund seit der Kindheit, sein Gefährte bei Tag und bei Nacht, Ratgeber in Politik und Mußestunden – ist der gerechte, schöne, beliebte Dschafar, der Barmekide.

In einer jener Nächte gehen der Kalif, sein Freund Dschafar und der Schwertträger Masrur aus, um in Verkleidung, wie sie es lieben, durch die Straßen Bagdads zu streifen. Sie begegnen einem Fischer, der mit seinem leeren Netz vom Fluss zurückkehrt, er ruft sein Unglück heraus, um sich zu trösten, da fünf oder sechs Kinder mit ihrer Mutter hungrig warten. Das Lied, das er singt, ist ergreifend.

Gerührt bietet Harun ar-Raschid dem Fischer einhundert Dinar (ein Vermögen) für alles, was er auf der Stelle aus dem Fluss fischen wird, er solle nur sein Netz noch einmal in den Tigris werfen! »Rufe den Namen des Kalifen an«, fügt der Verkleidete hinzu, »er wird dir Glück bringen.«

Der Fischer gehorcht dem Mann, den er für einen angeheiterten

Nachtschwärmer hält. Mit großer Mühe zieht sein Netz eine Kiste aus Olivenholz empor. Sie ist äußerst schwer und fest verschlossen! Er übergibt sie dem Kalifen. Der Fischer geht froh und zufrieden von dannen.

Die verschlossene Kiste wird von dem kräftigen Masrur bis zum Palast geschleppt. Im Licht der Fackeln brechen Dschafar und Masrur das Schloss auf. Sie finden den Korb. Zerschneiden den roten Wollfaden. Rollen den kostbaren Teppich aus. Heben den weißen, kaum befleckten Leinenschleier an. Finden den Körper der Frau. Der zerstückelten jungen Frau.

Die Unbekannte, die sie betrachten, ist, so gibt uns die Erzählung Scheherezades an, »weiß wie jungfräuliches Silber«.

Bei dem Anblick der Schönheit, die gemordet und tot ist, bricht der Kalif in Tränen aus, er hat ein weiches Herz.

Er weint lange Zeit. Dann verwandelt sich, wie so oft, sein tiefer Schmerz in Jähzorn. In einen gefährlichen Zorn gegen seinen Freund.

»Unter meiner Regierung werden also derartige Mordtaten begangen! Solche Verbrechen bleiben ungesühnt, und die Opfer werden im Fluss versenkt, ohne dass jemand davon erfährt! Aber dieses vergossene Blut wird am Tag des Jüngsten Gerichts auf mich kommen! … Dschafar, ich schwöre dir, wenn du mir den Schuldigen nicht findest, werde ich dich an seiner Stelle am Tor des Palastes hängen lassen!« Und er fügt, erzürnt von einem unerfindlichen Groll, hinzu: »Dich und vierzig deiner Anverwandten, der Barmekiden!«

Dschafar erbleicht, er kniet nieder: »Gewähre mir, o Herr, eine Frist von drei Tagen!«

Der Kalif gewährt diese Frist, aber der Wesir verbringt die drei Tage in seinem Haus mit Grübeleien über den nahenden Tod …

Während vor dem Palast die Zimmerleute am dritten Tag beginnen, das Holz für den hohen Galgen zusammenzunageln, wird es

Zeit, zur jungen Frau zurückzukehren (denkt Atyka, die in unseren Tagen durch eine andere arabische Stadt wandert und sich das alles ausmalt); zurück also zu der Unbekannten, als sie noch lebte und glücklich war.

Algier 1994. Atyka ist Lehrerin für Französisch, sie hat diese Sprache selbst gewählt, es bereitet ihr Freude, sie zu unterrichten. Es ist nicht mehr wie früher zur Zeit ihrer Eltern, die auf der Kolonialschule nur in französischer Sprache lernen konnten, während der Vater berberisch sprach und die Mutter arabisch.

Atyka, im Jahr der Unabhängigkeit geboren, beschloss mit zwanzig, ihr Staatsexamen im Fach Französisch abzulegen.

»Das wundert mich«, meinte der Vater zu ihr. »Du bist so gut in Arabisch, ich sah dich schon als arabische Sprachwissenschaftlerin oder als islamische Schriftgelehrte, als Spezialistin für muslimisches Recht, etwa.«

»Lass sie nur«, sagte die Mutter. »In welcher Sprache hört sie uns beide zu Hause denn lachen oder streiten? Na, in Französisch! In dieser Sprache liebt sie uns beide!«

Und Atyka, die der Mutter Vorliebe für Geschichten, für Literatur kannte, erwiderte: »Ich werde Französischlehrerin, aber ihr werdet sehen, den Schülern, die wirklich beide Sprachen beherrschen, wird das Französische helfen, sich auf dieser Welt und in allen Sprachen zu bewegen!«

Atyka eilt an diesem sonnigen Morgen zum Lycée, in Gedanken an die Sekunda, ihre Lieblingsklasse. Sie steht am Anfang eines Experiments: Sie möchte sich Variationen über einige der ersten Nächte von Scheherezade ausdenken … Da sie zufällig die Klasse fünf Tage hintereinander hat, ist ihre Idee, eine der Geschichten, die sich neben mindestens zehn der Nächte aus Tausendundeiner Nacht entlangzieht, in freier Assoziation zu begleiten.

Atyka steigt mit leichtem Schritt von den Höhen ihres nahen Vororts in die Stadt hinab. Zu ihren Füßen bis zum Horizont das unwandelbare Meer. Sie träumt vor sich hin, sie beginnt schon den Dialog mit ihren Schülern, in Gedanken ist sie ganz in Bagdad, am Tigris, zu Zeiten Harun ar-Raschids und seines Wesirs Dschafar, des Barmekiden.

Bagdad, einige Wochen vor dem nächtlichen Ausflug des Kalifen und seiner beiden Begleiter.

Ein glückliches Ehepaar. Beide sind jung, der Gatte ist sehr verliebt in seine Frau. Genau wie sein Schwiegervater ist er wohlhabend, ein angesehener Bürger.

Die junge Gemahlin *(es gibt leider keinen Vornamen für sie, sagt sich Atyka, welchen Namen soll man einer Figur geben, die man zerstückelt antrifft?)* ist seit sechs, vielleicht sieben Jahren verheiratet. Sie hat dreimal geboren, dreimal Jungen, kräftige Säuglinge, die sie stillen und ernähren musste … Drei Schwangerschaften rasch hintereinander. Als das dritte Kind kaum ein halbes Jahr alt ist, wird die junge Mutter, sie ist einundzwanzig Jahre alt, krank. Zuerst spürt sie eine morgendliche Schwäche. Ihr Vater, der nur diese eine Tochter besitzt, kommt sie jeden Nachmittag besuchen.

Er sieht ihre bleichen Wangen, ihre bisher strahlende Schönheit ist plötzlich so durchscheinend geworden, dass es ihm Sorge bereitet. Der alte Herr rät seiner Tochter, um eine zweite Dienerin zu bitten.

Er hätte sie schon aus eigener Tasche bezahlt, aber er möchte seinen Schwiegersohn nicht verletzen. Er weiß, dass dieser nicht geizig ist, und er zweifelt nicht an dessen Liebe zu seiner Gattin.

Die erkrankte junge Frau, die jeden Morgen von plötzlichen Ermattungen befallen wird und manchmal seltsame Gelüste verspürt, fürchtet eine weitere Schwangerschaft. Die vierte! Darüber kann sie mit ihrem Vater nicht sprechen. Sie hat weder eine Mutter, um sich auszutauschen, da sie diese schon als Kind verloren hat, noch eine Tante oder eine ältere Schwester. Ach, wenn sie nur eine weitere Schwangerschaft vermeiden könnte, eine weitere Last, ein viertes Kind, das kommen würde!

Wieder sind ihr alle Kräfte geschwunden, wem soll sie sich anvertrauen, wem kann sie diese Lebensmüdigkeit gestehen und vor allem, wie schwer es ist, zu gebären? Und wie ist es möglich, zu leben, das heißt zu lieben, ohne zu gebären? Ist es schlecht, sich nicht mehr so abmühen zu wollen? Ob sie nun Knaben auf die Welt brächte oder nicht, die Kleinen sind vereinnahmende Wesen, die sie stillen muss, die nach ihr verlangen, ach, wie soll sie nur … Mit welcher Frau kann sie so offen sprechen?

Ein volles, glückliches Haus. Der Vater der drei Jungen geht morgens und abends aus, am Nachmittag kommt der Großvater. Eine Dienerin hütet die Kleinen, sie ist sehr jung, ein Mädchen, das eine fremde Sprache spricht. Keine Mutter, keine Freundin, nicht einmal eine alte Frau: Der Gatte, darin ist er sich einig mit seinem Schwiegervater, ist allen Frauen gegenüber misstrauisch und fürchtet Einmischungen.

Die Beschwerden der jungen Gattin nehmen Tag um Tag zu. Nein, eine zweite Dienerin ist nicht, was sie braucht! Jeden Abend umarmt der verliebte Gatte sie, streichelt und hätschelt sie. Sie liebt es, die ganze Nacht in seinen Armen zu schlafen. Er ist es, der aufsteht, wenn am anderen Ende des Zimmers eines der Kinder im Schlaf geweint hat … Ohne rechten Grund lastet die Ermattung auf der jungen Mutter. Nicht nur am Morgen, wenn der Gemahl zu seinen Geschäften in den Laden gegangen ist. Einmal stöhnt sie abends, an manchen Tagen verlasse sie ihr Lager gar nicht. Nachts bei der Kerze, die nach Zitronengras duftet, wie sie es liebt, rückt sie schweigend unter den Laken von ihrem Mann weg.

Einmal. Ein zweites Mal. Es wird ihm kalt ums Herz. Doch er sagt nichts. Er drängt sie nicht mehr. Tagsüber wird er manchmal mitten in den Männergesprächen schweigsam und bedrückt. »Sie ist krank, das ist wahr!«, sagt er sich auf dem Heimweg, um sich zur Geduld zu ermahnen, zur Zärtlichkeit, die nichts fordert.

Die junge Frau hat beschlossen, die Möglichkeit einer neuen Schwangerschaft nicht einzugestehen. Sie würde in dem geliebten Antlitz Freude erwecken, während sie in ihr nur Bitterkeit auslöste. Gewiss, die Jungen sind wunderbar. Der älteste ist bereits fünfjährig, wild und fröhlich, er spielt draußen mit den Gassenjungen. Sie müsste alle drei in den abgeschlossenen Gärten in ihrer Obhut behalten. Aber das Kind entwischt. Seine Mutter wird der Ermahnungen müde; sie zieht das Schweigen vor, das um sie herum wächst.

Eines Morgens wird sie erfasst von einer unsinnigen Begierde, sodass sie ohne zu überlegen ... (Sie hat vielleicht einfach aufgegeben: sie wird das vierte Kind bekommen, es ist nun mal das Schicksal, vielleicht wird es ja diesmal ein Mädchen bringen.) Im milden Licht des beginnenden Herbstes, nachdem die Bäume so viele Früchte gegeben haben, hört sie also sich selbst laut sagen: »O Herr, ich träume heute davon, einen Apfel zu essen! Einen roten Apfel! Er soll hart, aber mürbe sein, saftig im Innern, wie früher!«

Ihr Mann, der gerade die Eingangshalle durchquert, um auszugehen, bleibt stehen, kehrt um und lächelt sie voll neuer Hoffnung an: »Ich habe auf dem Markt dieser Tage keine gesehen, aber dein Wunsch wird erfüllt, Mutter meiner Söhne!«

Und obwohl es heller Tag ist und die Dienerin wie angewurzelt vor ihnen steht, beugt er sich über seine Frau und küsst sie stürmisch auf die Lippen. Ganz sprachlos über ihren eigenen Wunsch, ebenso wie über diesen Überschwang ihres Gatten außerhalb des ehelichen Gemachs, lacht die Gattin verwirrt.

Er geht hinaus, ihr perlendes Lachen begleitet ihn auf die Straße.

Er überlegt, seinen Laden zu schließen oder wenigstens seine Geschäfte für einige Stunden seinem Partner anzuvertrauen.

Diese Lust auf einen roten Apfel, die sie geäußert hat (als er sie küsste, bemerkte er, dass sie ihren Ausbruch schon bereute), hat ihm Körper und Seele erregt. Er spürt eine Hitze aufsteigen. Die Erinnerung, die in ihm erwacht, ist so lebendig, dass sie ihn den ganzen Morgen nicht mehr loslässt. Was gibt es Quälenderes als ein nicht erfülltes Begehren, außer der Erinnerung an ein anderes?

Eine Szene von vor etwa eineinhalb Jahren taucht wieder auf: Da war seine Frau ebenfalls erkrankt, und zwar noch bedrohlicher, an einem heftigen Fieber. Ein Arzt, ein zweiter wurde hinzugezogen, dann kamen beide zusammen. Der Gatte hatte keine Kosten gescheut. Zehn Tage später stand sie wieder auf und erholte sich rasch. Da er nach der Zeit der Entsagung feurig war – so erinnert er sich –, ließ er ihr eines Morgens sein Begehren durchblicken: »Ich möchte gerne heute Nacht …«

»Ich auch«, rief sie nun ganz jugendlich aus. »Dich wieder in mir spüren, dass du mich durchbohrst!«

Sie dachte: »Als wenn ein Fieber dem anderen folgte.« Auf der Schwelle des Zimmers hatte sie, die Lippen auf den seinen, die ersten Zeilen eines Gedichts über liebendes Zusammensein gesprochen:

»O, der du die Sterne schaust,
Sei mir ein Gefährte!
O, der du den Blitz bewachst,
Sei mein Freund bei Nacht!«

Er wurde hitzig, bereit, sie zu bedrängen, seine Hände entblößten ihre Brüste, und seine wilde Umarmung presste sie gegen den Türrahmen.

»Nicht jetzt«, wehrte sie ihn ab.

Sie wand sich und entkam in ihrem Überwurf aus Moiréseide. Sie ging hinaus auf den Balkon, der erfüllt war vom Duft der Orangenblüten (es war also Frühjahr, erinnert er sich).

Sie fügte hinzu, während er ihr folgte: »Heute gehe ich in den Hammam! Ich werde mich vorbereiten, mich enthaaren, ich werde mich für dich parfümieren, für heute Nacht!«

Sie ging. Er betrachtete ihren geschmeidigen Gang in dem grünen Moiré. Er liebte es, wenn dieses Begehren den ganzen Tag so in der Schwebe blieb.

Kaum hatte sie die Vorbereitungen für den Hammam erwähnt, machte die herbeigerufene Dienerin sich ans Werk. Der Gatte versprach, Salben, seltene Essenzen und allerlei Früchte schicken zu lassen, aber die junge Frau sagte nur, mit einem geheimnisvollen Lächeln auf den Lippen:

»Ich will Äpfel! Goldene und rote Äpfel!«

Als die Dienerin hinausgegangen war, hatte sie ihm leise und kokett, jetzt wieder nah, ja sogar an ihn geschmiegt, gesagt:

»Ich möchte in einen Apfel beißen, bevor ich heute Abend deine Bisse spüre!«

Er würde sich um alles kümmern. Bevor sie morgens den Hammam betrat, würde sie wieder Äpfel bekommen, die er unter den schönsten auswählen würde, er würde Mengen davon auf dem Markt kaufen! Ja, sie würde in ihre Lieblingsfrucht beißen, sie würde in das Heißbad treten und duftend, rosig und erhitzt, heiß auf ihn, auf seine Bisse der Nacht, wieder herauskommen. Sie würde noch an diesem Morgen in goldene und rote Äpfel beißen. Er ging aus, bereit, all ihren Launen zu gehorchen, ihrem Hunger nach ihm, aber auch seinem eigenen, nicht gestillten Hunger nach ihr: das war jetzt eineinhalb Jahre her. Er ist sich inzwischen sicher, dass genau in dieser Nacht ihr letzter Sohn empfangen wurde. Sie hatten diese stürmische Nacht mit Eroberungen und Liebesbezeugungen – Gewalt und Zärtlichkeit – begangen!

»Dass das Glück zurückkehren möge!«, murmelt er, während sein Begehren nach ihr wie damals angestachelt ist.

Er muss wieder Äpfel kaufen. Er lässt den Laden schließen, durchquert eilig mehrere belebte Viertel und gelangt auf den Platz, wo alle Obsthändler versammelt sind. Sie kommen aus den umliegenden Dörfern, vom Morgengrauen an betreiben sie ihren Stand, dann bieten sie ihre Ware im Gehen an und ziehen weiter zu anderen Plätzen.

Er geht von einer Auslage zur nächsten. Er sucht, er fragt nach, bald muss er feststellen: »Kein Apfel, nicht ein einziger! Schon seit mindestens einem Monat ist die Zeit der Äpfel vorbei!«

Karawanen von weit her hätten sie vielleicht liefern können, aber im Augenblick werden Datteln gehandelt, in verschiedenen Sorten, während der Verkauf von Alkohol aus Datteln verschwiegener vor sich geht … Es gibt auch Mangos, Ananas, fremde Früchte aus China oder von noch weiter her! Aber keinen einzigen Apfel!

Er bedrängt den einen oder anderen Händler, er könne jeden Preis zahlen: Er solle ihm einen Apfel auftreiben, er würde ihn in Gold aufwiegen, wenn es sein müsse! Die Händler wenden sich gleichgültig ab, gehen nicht darauf ein, es gibt keine Äpfel, das ist alles!

Als ob der ungestillte Wunsch jetzt auf ihn selbst übergegriffen hätte, ist er besessen von dieser Frucht. Fast könnte er zwischen seinen Zähnen den austretenden Saft schmecken, er sieht schon die geäderte Haut … Sieht auch die Nacht geteilter Lüste entschwinden!

»Vielleicht in den Gärten außerhalb der dreifachen Mauern unserer kreisförmig angelegten Stadt! Wahrscheinlich versprechen sich die Händler nicht genügend Profit davon, auch die letzten hereinzubringen! Wer ist schon daran interessiert, Äpfel nach ihrem Gewicht in Gold zu kaufen!«, lächelt er gerührt. »Wer schon außer mir, gerade heute?«

Er durchquert die ganze Stadt in anderer Richtung. Als er außerhalb der Stadtmauern angekommen ist und mit großen Schritten auf der staubigen Straße einherwandert, entdeckt er in der Ferne die Talungen, in denen sich die Obstgärten befinden.

»Sicher«, denkt er, während er ganz nah vor sich seine Frau sieht, die im gleichen Augenblick im Hof des Hauses liegt, »wird sie mit ihren makellosen Zähnen in sie hineinbeißen …« Sicher wird er an den Zweigen der Bäume die Frucht finden! Er wird sie selbst abpflücken! Wenn es sein muss, wird er den ganzen Baum kaufen!

Es ist heiß. Die Sonne hat fast ihren höchsten Stand erreicht. Die Hitze lässt die Luft flirren. Aber der Morgen ist noch nicht zu Ende.

»Ich werde kein Geld zum Ausgleich bieten, um die Bauern zu locken! Ich werde warten, ich werde mich verstecken, bis ich wenigstens einen Apfel am Baum finde!«

Er war bereit, zum Dieb zu werden, vergebens. Alle Apfelbäume waren kahl, ihre Zweige fast vertrocknet, die Blätter bedeckten den Boden. Er würde nicht stehlen, er würde reisen.

Am Abend kehrte er zurück, mit leeren Händen, aber strahlendem Blick: »Ich fahre morgen nach Basra! Ich werde mit dem zurückkehren, was du dir gewünscht hast, mein Herz!«

Sie sagte nichts, sie schlief in seinen Armen. Sie hatte ihn zuvor ein wenig geküsst, hatte ihm zum ersten Mal ihre unendliche Müdigkeit während des ganzen Tages gestanden, als er quer durch die Stadt gegangen war und alle Obstgärten abgesucht hatte. Sie hatte geseufzt: »O Herr, ich möchte nicht, dass es wieder eine Schwangerschaft ist!«

»Und warum nicht, wenn du dich ausruhen kannst?«

»Bin ich kräftig genug für ein viertes Kind?«, hatte sie geflüstert und war dann allmählich eingeschlummert.

Vor Tagesanbruch stand er auf und küsste die drei Jungen in ihren Betten. Sein Reisegepäck am Arm, ging er ins Dunkel hinaus und schloss sich dem Zug der Händler an, die nach Südosten aufbrachen. Er würde bis Basra mitgehen, das hatte er beschlossen.

Es war für ihn wie ein Rausch, dieses Abenteuer zu unternehmen. Würde er drei Tage dort bleiben oder länger, er wusste es nicht. Er kritzelte ein paar Zeilen, faltete die Botschaft zusammen und wies die Dienerin an (er kannte ihre kurdische Heimatsprache), die Nachricht zum Schwiegervater zu bringen. Dieser würde jeden Tag, sogar jede Nacht über sein Haus wachen.

Er wäre fast zum Dieb geworden, jetzt reiste er in die Ferne für seine Gattin, damit sie genas. Während seiner Abwesenheit würde ihr Vater dafür sorgen, dass die beiden Ärzte wie bei ihrer letzten Krankheit kämen, falls sich ihr Zustand verschlechterte. Aber vielleicht würden die ersehnten Äpfel, die der verliebte Gemahl vom Ende der Welt zurückbringen würde, die Frau wieder zum Lächeln bringen, sie heilen?

Er reiste also vor Tagesanbruch ab. Mitten in der Karawane gehend, drehte er sich nicht einmal um, als eine Stunde später der kreisrunde goldene Fleck von Bagdad am Horizont verschwand.

Atykas zweite Stunde in der Sekunda ist zu Ende. Sie hatte das Märchen umkehren, die Schüler dazu bringen wollen, dass sie die junge Unbekannte voller Leben sahen und die herzliche Liebe des Gatten spürten. Die Szenen der Zärtlichkeit und Sinnlichkeit zwischen den Eheleuten hatte Atyka allerdings für sich behalten (auf ihren morgendlichen Wegen zum Lycée hatte sie von ihnen geträumt). Sie hatte sich von ihren eigenen Bildern leiten lassen … Atyka steigt hinauf in ihre Wohnung auf den Höhen von Algier an diesem Morgen im späten Frühjahr. Sie hat ihren Schülern angekündigt: »Morgen sind wir in Basra! Schaut euch vorher eine Karte an: Wir kehren dann nach Bagdad zurück, und – sie hatte gelacht – bringt natürlich den Text mit. Wer will, kann den arabischen Text und die französische Übersetzung mitbringen.«

Auf dem Rückweg ist Atyka glücklich, sie wirft einen Blick auf die weite Bucht dort unten. Glücklich, da sie sich in dieses Paar hineinversetzen kann – in diese unbekannte Schwermütige von Bagdad zur Zeit Harun ar-Raschids und Dschafars. Diese flüchtige Fantasie verfolgt sie, irgendwann wird sie auf Atyka einstürzen …

Die Reise des Gatten dauert zehn Tage. Drei Tage für die Hinreise, drei Tage, um mit einer anderen Karawane zurückzukehren. Er verbringt vier Tage in der fremden reichen, halb ländlichen Stadt. Endlich findet er zu seiner Überraschung in einem prachtvollen Garten, der von einem Mischling bewirtschaftet wird (er stammt von einem jemenitischen Vater und wohl von einer indischen Mutter), drei Äpfel an einem zierlichen, schönen Baum mit einer langen Silhouette, die einem guten Miniaturmaler zur Ehre gereicht hätte.

Drei rote Äpfel, sie sind hart und fast vollkommen rund, prall mit diesem Saft, auf den die leidende junge Frau wartet.

Er bietet dem Mischling an: »Ein Dinar! Zwei Dinar! Drei Dinar!«

Drei Dinar pro Apfel. Fast so viel, wie er vorhergesehen hat, jeder Apfel in Gold aufgewogen. Aber er kann es bezahlen. Von Basra wird er nur diesen Garten in Erinnerung behalten, nur die Äpfel in diesem Garten, nichts sonst von dieser lärmenden, roten, staubigen Stadt.

Mit seiner Beute macht er sich wieder auf den Weg und langt drei Tage später in seinem Haus an.

Die Gattin ruht auf dem Balkon auf einem Diwan, den man hinausgestellt hat, als der Regen vor einigen Wochen aufhörte. Beim Erscheinen des Reisenden lächelt sie.

Die drei Jungen springen auf, umringen den Vater, hängen sich an seine Beine. Er trägt sie alle zusammen. Mit der dreifachen zappelnden Bürde beugt er sich über die Kranke.

Er küsst sie auf die Stirn. Ein Gemisch von Flieder- und Wacholderduft überfällt ihn. Dahinter erbebt leise das Wasser in einem Becken, Raunen an seinem Grund, immer wieder jäh von Geräuschen aus der Voliere unterbrochen. Er aber hat keine Ohren für all das.

Er küsst die Frau auf die Stirn. Sie senkt den Blick. Kurz darauf holt er den Schatz aus seinem Gepäck, die drei scharlachroten Äpfel.

Sie bedankt sich nicht oder nur durch die leichte Berührung ihrer Hand, die über seine Knie fährt. Nachdem er sich von den Söhnen befreit hat, kauert er jetzt neben ihr. Er entdeckt das geliebte Gesicht wieder, das Gesicht eines süßen Monds, »des vollen Monds im Monat der Sehnsüchte«. Verse kommen ihm in den Sinn und in Trauben über die Lippen. Er zähmt seine Begierde, sie zu lobpreisen, und seinen Überschwang.

Sie hat die Früchte angesehen und dann den Kopf abgewandt.

Für sie wäre er zum Dieb geworden, für sie hatte er die weite Reise unternommen.

Der nächste, nein der übernächste war der Unglückstag.

Sehr früh am Morgen kam ein Staubsturm auf. Er blies, wie gewöhnlich, aus Nordosten. Es war kein kalter Wind, er überquerte zuerst eine Wüste aus Kies, um dann, wie ein wilder Wolf, gegen die Hauptstadt der Abbasiden zu wüten.

Die Viertel der Armen jenseits des Flusses waren am stärksten betroffen. Die hohen Würdenträger, in ihren Palästen, deren Gärten dem Norden den Rücken zuwandten und deren Terrassen zum Tigris hinabführten, ließen auf den Mauern dicke Teppiche auslegen, manchmal auch Decken. Beim ersten weißtalgigen Leuchten des Tages machten die Sklaven sich ans Werk, da sie die notwendigen Vorkehrungen kannten.

Die Wohnung der kranken jungen Frau war nicht so luxuriös, aber sehr behaglich. Die Dienerin stellte einen Schutz mit vielen weißen, nebeneinander gehängten Laken auf, als sollten sie an der Sonne trocknen … Die Kranke kam ins Freie, um sich gegenüber dem Haselgebüsch auf der Linken und neben einem ehrwürdigen Jasminstrauch hinzulegen, der nicht mehr blühte, aber mit seinem zarten Laub Schutz bot.

Etwas später erschien der Gatte und verweilte eine Zeit bei seiner Frau (die drei Äpfel lagen immer noch in ihrer Reichweite auf einem ziselierten Silbertablett). Er gab den Kindern zerstreut ein paar Anweisungen. Die Dienerin, die schon zum zweiten Mal seit Tagesanbruch einen feinen, roten Sand von den Terrassen fegte, schaute ihm nach.

Zwei Stunden später war er in seine Arbeit vertieft, er stand in seinem Laden, der nach hinten in einen Lagerraum überging … Er trat einen Augenblick auf die Schwelle, um in den Himmel zu blicken: Er glaubte, etwas wie einen Stillstand aller Dinge, ein seltsames Schweigen wahrzunehmen. Dabei kannte er das Getriebe der Vorübergehenden, mit Handwagen, Eseln, eine Psalmen singende Schar war zu einem nahen Heiligtum unterwegs. Er kannte dieses Atmen des Geschäftsviertels – sein Viertel, seit er nach dem Tod des Vaters vor zehn Jahren dessen Stelle eingenommen hatte –, er lebte in seinem Takt, er hörte es schon gar nicht mehr, so vertraut war es ihm.

Das ungewöhnliche Schweigen, das er bemerkte, schien weiter oben zu herrschen, in den Lüften. Als schwebte es bei den Dschinnen, zumindest fasste er es so auf, weil er zu seiner eigenen Überraschung plötzlich wachsam wurde.

»Der Nordwind hat aufgehört!«, rief eine Stimme neben ihm aus. Es war sein Nachbar, der Teppichhändler.

»Gewiss«, antwortete er, »dabei ist es noch der erste Tag!«

Er wollte gerade in seinen Laden zurückgehen, nachdenklich und unbehaglich, vielleicht hatte er eine Vorahnung. »Dieser Schwebezustand«, dachte er mit düsterem Gemüt, »dieses Schweigen dort oben war nur eine Windstille.« Dieser Gedanke durchzuckte ihn eine Sekunde.

Als er dann auf die Straße schaute, bevor er sich wieder in die Arbeit versenkte, erkannte er, ja, er erkannte den Unglücksmann.

Es war ein Schwarzer, ein junger Mann, kräftig und groß gewachsen, gut gebaut, mit breiten Schultern. Ein Neger mit wirklich schwarzer, glänzender Haut und feinen Gesichtszügen. Er schien weder aus dem Sudan noch aus der Casamance zu stammen. Er ähnelte den Leuten, die der Kalif und dessen Vater für den

Dienst im Palast bevorzugten. Sie wurden schon als Kinder ausgewählt, danach kastriert und als Eunuchen bei der Bewachung des Hauptharems, des Harems der Ersten Mutter, eingesetzt. Sie seien sanft, intelligent und »ungeheuer verführerisch«, so ließ man durchblicken, trotz ihres Zustands.

Ja, an diesem Morgen, als der Wind unerwartet aufhörte, sah der Gatte den Boten seines Unglücks. Er war in grelle Farben gekleidet, in grüne Seide mit einer Art Kopfbedeckung aus orangefarbenem Taft. Dieser Hut war recht auffällig und saß schief auf seinem Krauskopf.

Der schwarze Mann ging, mit lachendem Gesicht, langsam und mit tänzelnden Schritten. Während der Händler noch seine Erscheinung betrachtete, sah er, dass der afrikanische Schönling in seiner Hand – er hielt sie, in einer erstarrten Geste des Darbietens, in Schulterhöhe – einen Apfel trug. Einen roten Apfel.

Der Gatte ging einen Schritt auf die sonnenbeschienene Schwelle zu. Der Schwarze wäre in der Menge verschwunden (er war eben mit geschmeidiger Bewegung einer Gruppe von Bettlern ausgewichen), hätte der junge Kaufmann ihn nicht, ohne nachzudenken, lebhaft herbeigerufen: »He, Sklave!«

Der Schwarze wandte sich um, seine immer noch ein wenig hochgereckte Hand ließ die Frucht plötzlich kreisen, als vollführte er eine der langsamen, bekannten Figuren der Gaukler auf den Plätzen. Er sah den Gatten an, der seinen Ruf wiederholte. Der Schwarze trat mit einem leicht überheblichen Lächeln auf den Lippen näher.

»Wo hast du zu dieser Jahreszeit denn Äpfel gefunden?«, rief der junge Kaufmann aus.

Der Schwarze tänzelte, dann lachte er halb, ein glucksendes, fast weibliches Lachen … Er hatte große Augen, vorgewölbte Lider mit langen Wimpern, er blinzelte wie eine verliebte Jungfrau. Der Kaufmann, der ihn gefragt hatte, musterte ihn, bemerkte seinen guten, fast athletischen Körperbau, die Zartheit und Feinheit seiner Gesichtszüge und schließlich diesen sehnsuchtsvollen Blick, der an ihm jedoch nicht lächerlich wirkte. »Ein Eunuch aus dem Palast, ganz bestimmt«, dachte er und wartete, plötzlich aufgeheitert, was der Schwarze zum Beweis anführen würde: Im Palast des Kalifen gab es alles! Selbst Früchte außerhalb der Saison! Selbst Äpfel, für die gewöhnliche Bewohner Bagdads bis nach Basra reisen mussten!

Da sprach die flüsternde Stimme des Negers langsam, als sei es eine mit Mienenspiel und gesuchten Ausdrücken erlernte Rede, in geschraubten Formulierungen und mit geschwungenen Einschüben, folgende Worte … Der Gatte lauschte, behielt aber nur das Wesentliche:

»Diesen Apfel hat mir meine Liebste geschenkt! Meine Liebste, ihr Name sei gesegnet, ihr Lächeln daure fort! … Ihr Gatte, der Gehörnte, musste bis Basra reisen, um ihren Wunsch zu erfüllen. Er hat ihr drei Äpfel mitgebracht, von denen jeder drei Dinar kostete. Sie hat mir einen davon geschenkt, zur Erinnerung, als Dank für unsere Liebe! … Er soll wieder wegfahren und diesmal ins tiefste Indien reisen, um ihr mitzubringen, was sie will, aber er soll uns in Ruhe lieben lassen! Ja, diesen Apfel schenkte mir meine Liebste, sie sei gesegnet unter allen Schönheiten, die verwöhnteste Geliebte der ganzen Stadt!«

So spreizte er sich. Der Gatte ging ins Hinterzimmer des Geschäfts und sagte seinem Angestellten, er solle den Laden schließen. Eiskalter Schweiß bedeckte seinen ganzen Körper, sein Gesicht war starr, er beschloss, auf der Stelle nach Hause zu gehen.

Der Unglückstag läuft mit Beschleunigung ab.

Der Mann stürzt nach Hause. Er wird sich später an nichts auf diesem Rückweg erinnern. Es ist noch nicht Mittag. Es ist, als käme er eine Stunde zu früh zum Mittagessen.

Seine Frau liegt in der gleichen Stellung da, sie scheint sich nicht gerührt zu haben, wirkt wie versteinert.

Das Auge des Gatten stiert auf das Silbertablett. Seine Stimme sagt langsam und tonlos: »Hast du endlich … einen Apfel gegessen?«

Sie schaut ihn an in diesem wie ausgewaschenen Licht, jetzt, nachdem der Wind früher als erwartet aufgehört hat. »Nein ... warum?«

Eine leidende Stimme. Sie würde lieber nicht sprechen müssen. Müde fühlt sie sich, so müde. Die Kinder lachen hinten im Garten.

»Wo ist der dritte Apfel?«, hebt die Stimme schärfer wieder an, jetzt die Stimme des Inquisitors.

»Ich weiß nicht ...«, seufzt die Kranke. »Einer von den Jungen hat ihn vielleicht genommen und gegessen.« Und sie schließt ermattet die Augen. Undeutlich denkt sie in ihrem Innern: »War wirklich ich es, die vor langer Zeit einmal nach einem Apfel verlangt hat? Hatte ich wirklich Lust zu essen? Ich möchte nur schlafen, vergessen!«

Sie legt den Kopf in den Nacken. Blitzschnell steht der Gatte hinter ihr.

Am Eingang des Balkons fallen die schweren Türflügel zu, dröhnend wie eine Totenglocke.

Atykas dritte Stunde ist zu Ende. Bevor sie die etwa zwanzig Schüler verlässt, bittet sie, die Texte am nächsten Tag mitzubringen.

»Die Fortsetzung des Unglückstags wird vom Mann erzählt, dem Gatten. Er erscheint vor dem Kalifen, drei Tage nachdem der Körper, der Körper der zerstückelten Frau, aus dem Fluss gefischt wurde!«

»Die Auflösung steht im Text der neunzehnten Nacht!«, ruft eines der Mädchen. »Werden wir die schöne Gemahlin nicht mehr am Leben sehen, die schöne und leidende«, verbessert sie sich lächelnd, »wie sie liebt, sich verteidigt, was weiß ich?«

Zwei oder drei Jugendliche beschließen, Atyka auf ihrem Nachhauseweg zu begleiten. Sie reden weiter ... über Tausendundeine Nacht natürlich und die französischen Übersetzungen, von denen eine so stark gekürzt, dagegen die zweite so voller Leben ist! Das Gespräch wendet sich in alle Richtungen, das Wetter ist schön, und Atyka ist erstaunt über die Ungezwungenheit, die sich mit diesen

Jugendlichen so leicht einstellt. An einer Kreuzung erinnert ein vorüberfahrender Militärkonvoi wieder an die Gegenwart und ihre Bedrohlichkeit.

»Ich verlasse euch hier«, schließt Atyka das Gespräch. Sie möchte den Schülern, die sie offenbar lieben, nicht zeigen, dass dieser Vorort, in dem sie mit ihrem jungen Ehemann eine Wohnung gefunden hat, etwas Beunruhigendes für sie hat.

»Mein Blut kreiste nur einmal. Von wilder Eifersucht gepackt, stieß ich einen Dolch in den Hals der Frau, die ich für untreu hielt … War ich es, war wirklich ich es, der sie in blinder Raserei köpfte, ihren Körper verstümmelte und dann, von neuer Kälte ergriffen, beschloss, den zerstückelten Körper in einen Leinenschleier zu hüllen?«

Das Geständnis.

Das Geständnis des schuldigen Gatten an dem Tag, als die Zimmerleute den Galgen für Dschafar, den Wesir des Kalifen, errichteten, für ihn und seine vierzig Anverwandten.

Das Volk weinte, es klagte über das nahe Martyrium, das ungerechte Opfer, das der edle Dschafar würde erleiden müssen. Aber der Mörder erhob sich mitten aus dem weinenden Volk. Es war ein schöner junger Mann von edlem Gebaren:

»Straft mich! Rettet das Leben des Wesirs Dschafar!«

Ein weiterer Freiwilliger bot sich an zu sterben, ein ehrwürdiger Greis: »Nehmt mich an seiner Stelle! Ich bin alt! Ich bin schuldig! Das Opfer ist meine Tochter, ich habe irrtümlich geglaubt, meine Ehre retten zu müssen!«

Der Greis und der schöne junge Mann – der Vater und der Gemahl der zerstückelten Frau – wurden dem Kalifen vorgeführt. Sie wetteiferten jeder in seinem Geständnis, jeder in seiner Reue.

Im Hintergrund atmete die Menge auf, Dschafar musste nicht sterben. Die vierzig Barmekiden, alles junge, tapfere Krieger oder erfahrene Männer, konnten befreit in die Heimat zurückkehren.

Erschüttert von dieser Wendung wartete das Volk vor dem Palast. Unter ihnen gab es die einen, die den Gatten für schuldig hielten, und die anderen, die sich eher die Bestrafung des Greises wünschten – aber einige erzählten schon, er habe sich geopfert, damit seine Enkel nicht zugleich beide Eltern verlören …

Und der Körper, der Körper der jungen Frau, der vor drei Tagen gefunden wurde, wartete, wieder in das Tuch aus weißem Leinen gehüllt, der Wollfaden war gelöst, der Korb aus Palmblättern geöffnet, der Teppich entrollt, die Kiste aus Olivenholz erbrochen …

Seit drei Tagen ruhte er unter den Augen des Kalifen, man hatte Räucherstäbchen angezündet, die um den nicht bestatteten toten Körper der Frau Duft verbreiteten.

Da erregte ein Gerücht Aufsehen: »Der Mörder ist wirklich der Gatte. Er hat von sich aus alle Einzelheiten preisgegeben, über den roten Wollfaden, über den Korb, über die Beschaffenheit des Teppichs, über das verzierte Schloss der Kiste … Er war völlig verzweifelt. Nachdem er die Kiste in den Tigris geworfen hatte, kam er nach Hause und traf seinen ältesten Sohn weinend an. Dieser erzählte, ein Schwarzer habe ihm auf der Straße einen Apfel weggenommen, den er der Mutter gestohlen habe. All sein Flehen, der Vater habe die Früchte aus Basra geholt und für jede von ihnen ein Vermögen gezahlt, kümmerte den Schwarzen nicht, er ging mit dem Apfel davon. Das Kind wagte nun nicht, in die Wohnung zu gehen und seiner Mutter den Fehler einzugestehen!«

Einer aus der Menge bemerkte dazu: »So hat also der Greis seinem Schwiegersohn verziehen und keinen größeren Wunsch, als seine Tochter im Tod wieder zu finden!«

»O edler Vater«, rief die Menge. »O armer Mörder«, riefen einige Herzen, die für die Zerknirschung des Gatten empfänglich waren.

Der Körper der zerstückelten Frau ruhte neben dem Ratssaal des Kalifen, unbestattet und unbeweint.

Die Bewohner Bagdads auf den Stadtmauern wollen sich schon zerstreuen, als ein weiteres schlimmes Gerücht sich ausbreitet wie Pulverdampf.

»Erneut wird der Wesir Dschafar mit dem Tode bedroht!«

»Erneut gibt der Kalif ihm drei Tage Frist, um den Schuldigen zu finden! Sonst soll er an dessen Stelle hingerichtet werden!«

»Der Schuldige? Wer denn noch, da doch der Gatte sich des Mordes bezichtigt hat!«

»Gewiss«, bestätigt ein hoher Beamter, der gerade aus dem Palast heraustritt, während sich die Schaulustigen ungeduldig um ihn scharen. »Unser Emir der Gläubigen, dass Gottes Gnade über ihm sein möge und dass die Barmherzigkeit Allahs ihn beschütze, hat in seiner Weisheit beschlossen, dass dem Gatten verziehen werden könne, dass sein Zorn berechtigt gewesen sei! Schuld sei allein der aufschneiderische Neger, der die Frau verleumdet habe.«

Die zerstückelte Frau.

Der des Mordes schuldige Gatte konnte in seiner Verzweiflung die Gemächer des Kalifen nicht verlassen, der Zuneigung zu ihm gefasst hatte.

Nur der Vater trat mit tragischer Miene aus dem Palast. Eine Reihe von Dienern trug die Kiste aus Olivenholz vor ihm her.

Dschafar der Barmekide musste den aufschneiderischen und verleumderischen Neger finden. Doch wie sollte er den Schuldigen in dieser Großstadt erkennen, wo Hunderte Eunuchen, befreite Sudanesen, Äthiopier und so viele andere in Frieden ihres Weges ziehen?

Dschafar ging nach Hause. Er meditierte, er bereitete sich erneut auf den Tod vor. In der Stadt herrschte jetzt eine geringere Spannung, da die zahlreichen Anverwandten des Wesirs in Sicherheit waren. Dschafar hatte ihnen ausrichten lassen, sie sollten ihn nicht besuchen, ihn nicht durch ihre Gegenwart unterstützen … Der Kalif könnte in einer Laune die Bestrafung erneut auf die ganze Sippe ausdehnen.

Nein, Dschafar erwartete sein Schicksal lieber allein, nur umgeben von seinen Angehörigen, seinen Frauen, Favoritinnen, Konkubinen und von seinen Kindern einschließlich der jüngsten, die noch klein waren.

Weinen und Seufzen der Nahestehenden hob an, als der Augenblick des Abschieds nahte, als Dschafar aufstand, um in den Palast, den Ort der drohenden Hinrichtung, zurückzukehren.

Die jüngste seiner Töchter, sein Liebling, trat vor. Sie verstand den Grund der allgemeinen Traurigkeit noch nicht. Der Vater umarmte sie mit ernster Miene. Lange und zärtlich umschlang sie ihn, sie dachte, er ginge auf Reisen. Sie umhalste ihn immer noch. Dschafar fragte sie, indem er sie an sich presste:

»Was hast du denn da, unter deinem Kleid?«

Er hatte eine Kugel gespürt, die sich an der kindlichen Brust bewegte, wohl ein Spielzeug, das sie unter dem Stoff verbarg.

Sie lachte laut: »Aber nein, kein Spielzeug, nur ein Apfel!«

»Ein Apfel?«, fragte der Vater verblüfft.

Sie holte rasch einen scharlachroten Apfel aus ihrem Mieder und erzählte gerührt: »Rihan, unser Sklave, hat ihn mir geschenkt!«

»Rihan?«

Der stattliche Neger wurde hergebracht, er gestand. Er hatte in einer Gasse einem kleinen Jungen einen Apfel weggenommen, obwohl der sich dagegen wehrte, denn ihm lag viel an der Frucht, die offenbar von seinem Vater aus Basra mitgebracht worden war. Ja, Rihan war anschließend den ganzen Tag durch die Souks spaziert, mit dem roten Apfel in der Hand … Ja, er hatte auf Fragen durchblicken lassen, dass seine Liebste ihn ihm geschenkt hatte, obwohl er in dieser Jahreszeit so kostbar war. Schließlich hatte er am nächsten Morgen den Apfel lieber Dschafars Tochter geschenkt, weil er sie so gerne mochte …

Dschafar musste den Schuldigen nur vor Harun ar-Raschid zerren. So niedergeschlagen war er gewesen, dass er den »aufschneiderischen und verleumderischen Schwarzen« nicht finden konnte, dabei weilte er unter seinem eigenen Dach!

Mit erweichtem Herzen, schließlich war er soeben dem Tod entronnen, wägte Dschafar auf dem ganzen Weg das Verhalten seines Sklaven ab. Es war sicher keine lässliche Sünde, aber auch kein so schwerer Fehler, wie es zunächst schien!

»Wie soll ich für die Sache meines Eunuchen streiten? Wie kann ich vom Sultan Vergebung für ihn erlangen?«, fragte er sich.

Nachdem er Harun im Palast über die Tatsachen berichtet und auch über die Art und Weise, wie er sie erfahren hatte (als hätte das glückliche Eingreifen des Mädchens als Ausgleich gewirkt für den unheilvollen Leichtsinn des Jungen, der der Mutter den Apfel gestohlen hatte und dann selbst seiner verlustig gegangen war), kam Dschafar eine Idee. Er schlug dem Kalifen vor, eine mindestens ebenso außergewöhnliche Geschichte zu erfinden.

»Eine noch unglaublichere als von dem Schwarzen, das würde mich wundern!«, erwiderte Harun ar-Raschid.

»Ich denke mir eine aus, ich werde Euch mit Abenteuern und ihren plötzlichen Wendungen in Atem halten. Anschließend könnt Ihr sie dann beurteilen, o Herr! Hört mich an, und wenn mein Roman Euch erfreut, wäre die Gunst, die ich von Euch erbitte, folgende ...«

»Die Gunst? Welche Gunst, mein Freund?«

»Schenkt Rihan das Leben, meine jüngste Tochter würde sich so sehr darüber freuen!«

»Ich nehme die Wette an!«, erwiderte Harun und forderte seinen Freund auf, sich an diesem beginnenden Herbsttag zu seinen Füßen ans Lager zu setzen.

In der vierten Stunde zitterten die Schüler um Rihan, den Aufschneider (sein Name bedeutet »erlesener Duft«), obwohl er verantwortlich war für den Tod der jungen Gemahlin, für die eifersüchtige Raserei des Gatten.

»Ich hoffe, dass Dschafar sich als guter Erzähler erweist und Rihan retten kann«, bemerkte sanft ein Mädchen in einem weißen Tuch mit bestickten Rändern. Danach zitierte sie auf Arabisch den so bekannten Spruch des Propheten: »Wie unser Prophet gesagt hat, Gottes Heil sei über ihm: ›Der beste unter den Gläubigen wird meine Gemeinschaft leiten, und sei er ein sudanesischer Sklave!‹ Seht ihr«, schloss sie mit einschmeichelnder Stimme, »der Islam vertritt die Gleichberechtigung!«

Aber eine andere Schülerin sprang auf und warf, auf Französisch, ein: »Überleg mal, ob die Gleichberechtigung, die du anführst, nicht Grenzen hatte, wenn es sich um eine Frau handelte, eine einfache Frau! Könnte sie ›unsere‹ (sie gab dem Possessivpronomen eine ironische Betonung) Gemeinschaft leiten?«

»Warum denn nicht«, sprach die erste weiter, ebenfalls auf Französisch. »Schau doch in unseren Tagen: Werden nicht mehrere muslimische Staaten von weiblichen Premierministern regiert?«

Bewegung im Raum. Atyka bat um Ruhe: »Wir sind hier nicht im Gemeinschaftskunde- und nicht im Religionsunterricht! Ich erinnere daran, dass wir über Auszüge aus Tausendundeiner Nacht sprechen!«

Ein langer, magerer Schüler stand auf und hielt seine Rede mit hechelnder Stimme, brach dann plötzlich ab und erstarrte, feuerrot vor Schüchternheit: »Kann ich etwas dazu bemerken? Mir fällt auf, dass Dschafar, indem er sich seinerseits als Erzähler niederlässt«, er zögerte, stammelte, »zum Doppelgänger von Scheherezade wird. Es handelt sich wieder um ein Erzählen«, er suchte, mit einer Armbewegung, »›unter Bedrohung‹, wie bei ihr. Denn wenn der Sultan von dem, was er hört, nicht wirklich gefangen ist, wird die Todesstrafe, die ihm obliegt, grausam verhängt werden …« Er verstummte und setzte sich steif hin.

»Aber Scheherezade«, gab seine Nachbarin zurück, eine Brünette mit schelmischem Blick, »riskiert in jeder Nacht, oder vielmehr in jedem Morgengrauen, ihr Leben, Dschafar hingegen ist zwar zwei-

mal dem Tod entronnen, doch er verteidigt hier das Leben seines Sklaven!«

»Hier habt ihr beide Begründungen«, antwortete Atyka und mischte sich damit lebhaft in die Diskussion. »Aber bedenkt ihr bei diesem Vergleich auch, was Scheherezade, indem sie Dschafar so in den Vordergrund stellt, ihrem furchteinflößenden Gatten offenbar sagen will: ›Ich könnte Euer Wesir sein, Herr, Euer Dschafar, der so geliebt und auch so beneidet wurde, er war sicher ein guter Ratgeber und sehr populär, aber Harun fürchtete ihn manchmal als Rivalen!‹ Auf diese Weise konnte die Sultanin des Morgengrauens sich rechtfertigen: ›Ich aber besitze keine vierzig Anverwandten, die ebenso streitbar sind wie ich und die zu einer für Euer Königtum bedrohlichen politischen Macht werden könnten!‹«

»Wäre in diesem Sinne zu behaupten«, rief der erste Schüler lebhaft aus, diesmal blieb er sitzen, »dass die Märchen aus Tausendundeiner Nacht politische Gleichnisse sind?«

»Oder feministische«, jauchzte seine Nachbarin, die Brünette. »Scheherezade in der Rolle eines Wesirs, was für eine Revolution in jener Zeit!«

Und alle lachten in einem fröhlichen Treiben.

Die Gemächer, die Harun ar-Raschid für seinen Müßiggang nutzt, haben offene Fensterbuchten über der Stadt und über dem Fluss. Hinten, von durchsichtigen Voilevorhängen abgetrennt, stehen Musikerinnen und Sängerinnen in Gruppen, Statuen des Schweigens, um jedem launischen Einfall des Herrschers zu gehorchen. Weiter unten, auf einer Terrasse innerhalb eines Balkons mit weißem Marmor und blauen Fayencen, liegt neben einem Becken mit raunendem Wasser halb nackt, die Füße mit Lederriemen gefesselt, der groß gewachsene Sklave Rihan, der Gefangene, dessen Leben der Einsatz der Erzählung ist, die oben für einen einzigen Zuhörer erdacht wird. Für Harun ar-Raschid, der seinem Favoriten lauscht.

Dschafar redet, in die Stimme der mythischen Sultanin eingerollt, entwickelt er konzentrische Kreise, die sich seit Zeiten und Generationen in einem glanzvollen Raum abspielen, in den großen Städten, von denen alle Muslime träumen: im lauten, dicht bevölkerten Kairo, im raffinierten, spottlustigen Damaskus, im geheimnisvollen Aleppo und in der Handels- und Hafenstadt Basra.

Dschafar denkt sich eine Geschichte von Wesiren und Söhnen von Wesiren aus, sie alle dienen Sultanen, die zwar die Gaben und Fähigkeiten ihrer Stellvertreter erkennen, sie aber aus einer plötzlichen Laune heraus oder aus gekränkter Eitelkeit absetzen und verfolgen. Er behandelt also Glück und Leid des absoluten Herrschertums …

Die Erzählung Dschafars spielt sich, im Gegensatz zu Scheherezades, am Tag ab, vom Morgen bis zur Abenddämmerung. Die Geschichte wird von mehreren Pausen unterbrochen, es werden Getränke gereicht (Mandelmilchsirup und mit Mandeln parfümierte Granatapfelkerne, Sorbets mit seltenen Früchten), es ist auch die Zeit, in der die Sängerinnen und Musikerinnen auftreten, sie deklamieren Gedichte über die Liebe zur Schönheit, über ihre Vergänglichkeit … Pausen, in denen sich der Sultan jedes Mal nach dem Sklaven in Ketten erkundigt, der das Urteil erwartet, wie auch nach dem Gatten des Opfers, der untröstlich sein verlorenes Glück beweint …

Rings um den Palast, all die Untertanen, Handwerker und Händler, Soldaten und Ausrüster, bis zu den Kindern und Bettlern – nur die Frauen bleiben in die Höfe und Paläste eingeschlossen –, sie alle scheinen diesen letzten Tag wie außerhalb der Zeit zu erleben.

Der riesige Galgen wirft, nachdem das Klopfen der Zimmerleute aufgehört hat, unter der bleiernen Sonne in diesem »Monat der Sehnsüchte« einen noch längeren Schatten, doch noch fehlt das Opfer.

Dschafar entrollt den ersten Kreis der Erzählung, vom Bruder-, fast Zwillingsbund. Zwei Söhne des Wesirs von Kairo, einer hatte den Namen der Sonne (»Sonne des Glaubens«: Schems ed-Din), der andere den Namen des Lichts (»Licht des Glaubens«: Nur ed-Din), liebten sich und wetteiferten miteinander in Schönheit und Anmut, in dem Maße, dass sie alle beide Wesire wurden, abwechselnd, an jedem zweiten Tag. Alle Tage aber standen sie sich als Brüder nahe und waren in keiner Weise Rivalen. »Ihre Liebe war zugleich eins und doppelt, Herr.« Ein echter Bruderbund, nach Geburt und nach dem Herzen! Bis …

In einer Zukunft, die sie sich im Spiel ausmalten, würden sie sich leider eines Tages bekämpfen.

»Wenn wir beschlössen, am gleichen Tag und zwei Schwestern zu heiraten, wenn in der Hochzeitsnacht, die für jeden von uns die gleiche ist, für jeden das erste Kind empfangen würde, mir eine Tochter und dir ein Sohn?«

»Wenn fünfzehn Jahre später mein Sohn deine Tochter heiratet«, fuhr Nur ed-Din im Wettstreit fort.

»Dann würde ich einen mehr als angemessenen Brautpreis für die vollkommene Schönheit meiner Tochter verlangen, wer immer der Freier sei!«

»Wie stellst du dir das vor?«, rief der jüngere Bruder widerstrebend aus. »Außerdem gehört mir der Sohn!«

Der Streit brach aus: Verärgerung, hitzige Worte, Drohungen von Seiten des älteren – aber er musste seinen Herrn auf eine Reise begleiten. Als er zurückkehrte, war der jüngere verschwunden! Für immer!

Denn Nur ed-Din war aus Furcht vor der Wut des Bruders auf seinem prinzlichen Maultier geflohen. Er zog weit außer Landes, ritt viele Tage ohne Rast, bis nach Basra … Mit seinem einnehmenden Wesen und seinem edlen Gebaren gewann er dort den Wesir für sich, der stellte ihn seinem Herrn vor. Am Ende gab dieser ihm seine einzige Tochter zur Frau – doch wer hätte in der Hochzeitsnacht zu glauben gewagt, so bemerkt der Erzähler

Dschafar nebenbei, dass Schems ed-Din in Kairo in derselben Nacht geheiratet hatte?

Die Zeit verging, nur sie ist wahrhaft unerbittlich. In Basra wurde der Wesir alt und trat zugunsten seines Schwiegersohns zurück. Diesem war bereits der edelste Sohn geboren worden, den er Badr ed-Din genannt hatte. Der geheime Takt seines Lebens aber war Tag für Tag die Sehnsucht nach der Heimat und die Bitterkeit der Trennung von seinem Bruder …

Da wurde Nur ed-Din krank. Er fühlte sich schwach, ließ seinen Sohn kommen – dieser war zu einem Jüngling voller Anmut herangewachsen. Der Vater erzählte ihm die Geschichte von Kairo, von seinem Streit mit dem geliebten Bruder, der zu ihrer Trennung geführt hatte. Er ließ aus dieser Geschichte seiner Herkunft ein Manuskript schreiben, das Badr ed-Din, wie er versprach, stets bei sich tragen wollte.

Nur ed-Din starb. Sein Bruder Schems ed-Din hatte in Kairo in der Zwischenzeit eine sehr schöne Tochter namens Sitt bekommen. Auch er hatte sie aufwachsen sehen, nun würde sie bald das heiratsfähige Alter erreichen.

»Aha«, fiel ihm Harun ar-Raschid ins Wort, »Nur ed-Din stirbt, aber wird der ursprüngliche Plan der beiden Brüder dennoch in Erfüllung gehen?«

Der Erzähler Dschafar lächelt über die Ungeduld des Kalifen … Pause.

Auf der Terrasse ist Rihan erwacht, er regt sich. Die Tochter von Dschafar ist heimlich gekommen und hat ihm Essen gebracht. Eine der Favoritinnen des Palastes, die hinter einer Jalousie steht, hat gewagt, dem schönen Schwarzen eine ganze Tasse Eselinnenmilch zu schicken.

Harun ar-Raschid lauscht der georgischen Sängerin, die auf ein Zeichen von ihm eine herzzerreißende Klage angestimmt hat. Ein unsichtbarer Zitherspieler begleitet sie:

»Sind etwa die Tauben des Hügels zurückgekehrt von ihrem Flug, während eure Stimmen, Frauen, mir Kummer bereiten?
Ja, sie sind zurückgekehrt, aber in ihrem Flug hätten sie mich fast getötet, und ich hätt ihnen fast mein Geheimnis verraten.
Sie wirkten wie von Fieber getränkt oder verrückt.
Ach hätten meine Augen nie solche Tauben gesehen, die weinten ohne Augen zum Weinen!«

Nach dem Gesang schickt der Sultan die Künstler weg. Er wendet sich zu Dschafar, reicht ihm ein Glas mit verschiedenen Mixturen.

»Wie jene Tauben«, entschuldigt sich Dschafar, dass er das Glas ablehnt, »bin ich schon getränkt vom Fieber der Erzählung!«

»O Freund mit der gesegneten Redegabe!«, antwortet Harun ar-Raschid, »ich werde das Abenteuer deiner Fantasie bis zum Schluss anhören!«

»Nein, es ist nicht Dschafars Fantasie«, mischte sich stürmisch der jüngste der Schüler ein, während Atyka beschloss, die Erzählung bis zum nächsten Tag zu unterbrechen. Der junge Mann fuhr fort: »Die lebhafte Fantasie ist die von Scheherezade, der Sultanin! Vor allem von ihr!«

»Gewiss«, erwiderte seine Nachbarin, »sie hat einen anderen vorgeschickt. Sie benutzt eine Maske, nichts weiter!«

Jetzt fasste ein junger Mann, der bis dahin geschwiegen hatte, Mut: »Werden Sie zu uns später von den verschiedenen französischen Übersetzungen sprechen, die nach Galland kamen, Madame? Mir scheint, er hat den Originaltext stark beschönigt, um nicht zu sagen: zensiert …«

Atyka schaute auf die Uhr, sie hatte eine Viertelstunde, um auf diese so wichtige Frage einzugehen, aber würde ihr am nächsten Morgen genügend Zeit bleiben, um die ganze Fortsetzung zusammenzufassen, die der Wesir Dschafar erfunden hatte, mit all ihren Varianten?

»Ich werde noch einmal auf den Körper der zerstückelten Frau zurückkommen müssen«, sagte sich Atyka versonnen. »Das Märchen, das so überreich ist an Episoden in verschiedensten Tonlagen, hat ihn so schnell aus den Augen verloren.«

»Was bleibt noch«, fragte sie sich, »zehn Minuten freie Diskussion, um die Stunde abzuschließen? Werde ich das Märchen morgen wirklich abschließen können? Haben wir alle möglichen Lesarten behandelt?«

Da war ein Tumult auf dem Flur zu hören, aber undeutlich und weit entfernt. Atyka überkam eine plötzliche Panik, die sie aber unbegründet fand und daher unterdrückte. Innerhalb von Sekunden fragte sie sich zum zweiten Mal: »Werde ich morgen das Märchen abschließen können?«

Draußen näherte sich laut das rhythmische Geräusch von Schritten. Die Flügel der Tür gingen mit einem Schlag weit auf. Die Klasse erstarrte.

Fünf Männer stürmen herein, vier kräftige Gestalten in der Uniform von Soldaten oder Gendarmen, der fünfte ist schmächtig, als einziger ohne Bart und ohne Schusswaffe, er hat nur ein Messer oder vielmehr einen kurzen Dolch in der Hand. Der einzige Zivilist zeigt das Lächeln eines Schwachsinnigen, er scheint der Jüngste zu sein. Als er sich im Kreis der Soldaten zur Seite dreht, findet einer der Schüler den Mut zu flüstern: »Schau, er ist bucklig!« – Der Junge denkt immer noch, es handle sich um eine Figur aus dem Märchen.

Fünf Männer stürmen herein, darunter vier bewaffnete Bärtige mit unbeteiligten Mienen, der fünfte wirkt wie ein Verrückter oder ein Schauspieler in Verkleidung. Sie sind eingetreten, ohne anzuklopfen.

Eben hat sich Atyka noch gefragt, ob sie am nächsten Morgen, in ihrer letzten Stunde über »Tausendundeine Nacht«, die Erzählung würde abschließen können, die Dschafar erfunden hatte, um das Leben seines Sklaven Rihan zu retten. Atyka ist mit ihren Gedanken in Bagdad, in der Handlung um den Wesir und seinen Herrn, zugleich aber auch hier, in der Gegenwart dieser Stadt, und wendet sich den Ankömmlingen zu.

Sie mustert sie, fragt dann auf Arabisch, mit energischer Stimme:

»Wer sind Sie, und was wollen Sie?«

»Kontrolle!«, antwortet einer von ihnen auf Französisch und holt, immer noch mit der Waffe im Halfter, eine Art Heft heraus.

»Es sind Ordnungskräfte, Gendarmen!«, bemerkt halblaut ein Schüler in der hintersten Reihe. Später wird er aussagen, dass er der Täuschung unterlag, sie befänden sich alle inmitten der Szene vor dem Palast des Kalifen in Bagdad.

»Ja«, wiederholt er immer wieder, noch acht Tage danach, »ich glaubte wirklich, Harun ar-Raschid, den ich so schrecklich finde, eigentlich ein echter Diktator, ich meinte, dass er uns im Hintergrund bedrohte und uns seine Garde schickte … Für was sollte sie uns bestrafen?«

Der Mann mit der Waffe, der ein gutes Französisch spricht und sich immer noch Atyka zuwendet, die erstarrt dasteht, fährt fort:

»Sie sind Atyka F., angeblich Gymnasiallehrer, aber offenbar erzählen Sie diesen jungen Leuten obszöne Geschichten?«

»Wer sind Sie?«, erwidert die Lehrerin mit bebender Stimme und einem fragenden Schulterzucken. »Wie kommen Sie dazu, mit Waffen in meine Klasse einzudringen?«

Sie nähern sich alle vier dem Schreibtisch und umringen sie, sie steht noch immer da und mustert sie mit festem Blick.

Der Bucklige hat sich wie ein Tänzer oder ein Verrückter auf die erste Reihe der Schüler zubewegt und dabei sein Messer (ein Schüler wird sagen: »seinen Dolch«) rechts und links in die Höhe gereckt. Er kichert laut, er spricht sie im arabischen Dialekt der Stadt an:

»Na los, na los, ihr Küken, ihr Schwächlinge, macht die Augen zu, oder kriecht unter die Tische! Verschwindet! Ihr braucht nicht zuzuschauen, sie, die ›Gymnasiallehrerin‹ (er sagt nur dieses Wort in einem verballhornten Französisch), ist die Verurteilte!«

Danach … Danach die Schreie, das Kreischen, die Körper am Boden. Einer der vier Männer postiert sich vor der Tür. Einer schießt eine kurze Salve in die Luft. Alle Schüler gehen zu Boden, unter die Tische, ein einziges Mädchen kreischt ununterbrochen, mit geschlossenen Augen, die Ohren mit den Fingern verstopft, begleitet sie das lange Martyrium von Atyka mit der schrillen Klage einer Wahnsinnigen, einer heulenden Katze …

Aufrecht an ihrem Schreibtisch stehend, erhält Atyka eine Kugel ins Herz. Ihre gleichförmige Stimme, bebend im Protest, obwohl schon die erste Salve gefeuert wurde, die die Schüler in Deckung geschickt hat, kurz vor dem Schuss, der auf ihr Herz gerichtet ist, sagt noch: »Wie kommen Sie dazu, mit Waffen in meine Klasse einzudringen!«

Es ist der einzige Satz, den Omar hört, der letzte der Schüler, der jüngste und schwächste. Bei der Salve erhebt er sich wieder. Er denkt trotzig: »Ich bleibe nicht am Boden!« Er hört noch immer die feste Stimme Atykas, die er liebt und bewundert.

Omar versucht, sich hinzusetzen, sein Platz befindet sich seitlich in der letzten Reihe. Da er klein ist, sagt er sich, würden sie, die Schächer, die Bewaffneten, ihn nicht einmal sehen!

Atykas Oberkörper ist nach vorn gefallen, auf die Platte des Schreibtischs. Die Bewaffneten sind zurückgetreten. Immer noch seinen Dolch emporgereckt, geht der Verrückte zu ihr hin. Ja, Omar, der als Einziger sitzt, sieht es aus dem entferntesten Winkel des Klassenzimmers. Er sieht, wie der Bucklige sich dem umgekippten Körper von Atyka nähert, mit einer Hand ihren Kopf hebt, indem er sie an ihren langen Haaren zieht – ihre langen, rötlichen, flammenden Haare voller Leben. Die andere Hand schneidet mit einer ausholenden, sicheren Armbewegung Atyka den Hals durch. Eine Sekunde hält er ihren Kopf in die Höhe. Er legt ihn einfach auf den Tisch. Der Verrückte lacht, als erwachte er aus einem Alptraum, sagt sich Omar, der zuschaut.

Die Männer ziehen sich zurück bis zur Tür und gehen hinaus. Der Verrückte deutet einen letzten, wilden Tanz an, dann folgt er ihnen. Die Tür fällt zu, sie sind fort. Schweigen im Raum, außer an einem Tisch das Klagen eines verlorenen kleinen Mädchens, eines Klageweibs, einer namenlosen Greisin, das wieder anfängt wie ein unaufhaltsamer Strom.

Omar schaut.

Omar hört, erstarrt schaut und hört er.

Der abgeschnittene Kopf von Atyka, der neuen Erzählerin, der mit ihrer festen Stimme spricht. Eine Blutlache breitet sich auf dem Holz des Tisches um ihren Nacken aus. Atyka fährt im Märchen fort. Atyka, die zerstückelte Frau.

»Wir haben mit Scheherezade, der Sultanin, fünf Tage erlebt … Mit dem Gatten, der sein Verbrechen gestanden hat … Mit Dschafar, der die beiden Brüder, die Söhne eines Wesirs erfunden hat, deren Sohn und Tochter am Ende vereint werden …«

Nach und nach erheben sich in der Stille, die um die Stimme wächst wie eine Lache, die Schüler einer nach dem anderen wieder und setzen sich starr an ihre Plätze.

Atyka spricht weiter: »Ich wollte gerne das Ende der Tausendundersten Nacht erzählen. Der letzten, die der Sultanin endlich die Freiheit geschenkt hat!«

Und die Stimme des abgeschnittenen Kopfes spricht langsam den Text, den sie auswendig kennt:

»Nun hatte Scheherezade in dieser Zeit dem König drei Knaben geboren, und als sie diese letzte Geschichte (von dem Schuhflicker Maruf) beendet hatte, erhob sie sich, küsste den Boden vor dem König und sprach zu ihm: O größter König unserer Zeit … Darf ich jetzt an Deine Majestät einen Wunsch richten und mir von Dir eine Gnade erbitten? Der König erwiderte: Bitte, es soll dir gewährt sein! Da rief sie

die Ammen und die Eunuchen und sprach zu ihnen: Bringet meine Kinder! Jene brachten die Kinder in Eile; es waren drei Knaben, einer von ihnen ging, der andere kroch, und der dritte lag an der Brust. Da weinte der König und drückte die Knaben an seine Brust.«
Atykas Stimme beginnt die Luft auszugehen, als würden auch ihre Worte vom Blut, das tropft und auf das Holz des Tisches rinnt, ertränkt.

Omar springt in einem Satz bis an den Schreibtisch zu dem abgeschnittenen Kopf, zu Atyka: »Ich will sie bis zum Schluss hören.«

Später wird er sagen – dass ihr letzter Satz nicht der von Scheherezade war, sondern von Atyka, der Lehrerin, die sie alle so liebten: »Diese Nacht, das ist jeder unserer Tage, tausendundein Tag, hier, bei uns ...«

Die Schüler sind fort. Omar ist zu seinem Tisch in der Ecke zurückgekehrt, ohne die Augen von Atyka zu lassen. Sie ist verstummt.

Endlich kommen zwei, drei Männer in Weiß herein, Krankenpfleger mit Handschuhen.

Atykas Körper, Atykas Kopf, der endlich stumm ist, die Augen immer noch offen (»Offen und auf mich gerichtet!«, denkt Omar). Der Körper und der Kopf von Atyka in zwei Leinenschleiern fast ohne Flecken, fast ohne Blut. Weiße Schleier.

Die beiden Schleier mit ihrem Inhalt werden in zwei Körben verwahrt. In zwei großen Körben aus Palmblättern. Die Blätter wurden sicher erst vor kurzem geschnitten.

Die beiden Körbe werden weggebracht. Man wird sie mit Wollfäden zunähen. Mit roter Wolle von guter Qualität.

Mit kräftigen Stichen.

Die beiden Körbe werden in eine Kiste aus Olivenholz gelegt. Sie wird abgeschlossen. Eine schwere Kiste mit verziertem Schloss. Gekauft bei dem besten Kistenmacher in der Kasbah.

In der Kiste, in den beiden Körben, umhüllt vom Leinenschleier, werden der Körper und der Kopf von Atyka ruhen.

Der Körper der zerstückelten Frau.

»Der Körper, der Kopf. Und die Stimme? Wohin hat sich Atykas Stimme geflüchtet?«

Verfolgt von dieser einen Frage, durchwandert Omar viele Tage lang die weiße Stadt, vom Morgengrauen mit seinen rosigen Striemen bis zur abendlichen Ausgangssperre.

Die weiße Stadt? Omar erträgt nur noch Weiß: Milchtüten aus billigem Plastik, die überall am Eingang der Märkte verkauft werden. Er sieht nur die Bettlerinnen, die jeden Abend am Rand der belebten Plätze kauern und, auf dem Gehweg sitzend, mehrere Babys stillen. Die Säuglinge stöhnen, drehen den Kopf weg, aus den geschwollenen Brustwarzen fällt tropfenweise eine milchige Flüssigkeit. Sein Blick versinkt im verwaschenen Weiß mit bläulichen Reflexen an Häusern, die mit Kalk neu verputzt wurden, in den alten Vierteln auf den Höhen der Stadt, wo es noch einige Obstgärten gibt …

Omars Blick sucht alles Weiße, um den Worten zu entgehen, die ihn verfolgen, sodass er abwesend ist, fern, so fern, im Bagdad von einst, wo die »Sultanin des Morgengrauens« unermüdlich spricht und nach ihr manchmal der ängstliche Wesir …

»Der Körper der zerstückelten Frau. Der Körper, der Kopf. Aber die Stimme?«

In der weißen Stadt von heute, die so weit vom Tigris entfernt liegt, hört Omar endlos den Kalifen Harun ar-Raschid vor dem Körper der zerstückelten Frau schluchzen.

Juni 1996

ZWISCHEN FRANKREICH UND ALGERIEN

Ich höre Regen, selbst wenn es nicht der Regen ist,
sondern die Nacht.
René Char, *Chants de la Balandrane*

Annie und Fatima

Eine Kurzgeschichte

Annie, eine Freundin meiner Schwester, erzählt. Ich bin ihr eben zum ersten Mal begegnet, in Algier. Sie kommt von Paris und verbringt eine Nacht bei mir. Im Lauf des Abends, als wir zu zweit zusammensitzen und uns näher kommen, öffnet sich die Geschichte der Besucherin, breitet sich aus und setzt ins Halbdunkel die Blüten schmerzvollen Wartens. In der Hauptstadt Algier herrscht noch Friede, nur unterbrochen von der ersten Aufregung über neu entstehende Parteien und frisch gegründete Zeitungen: Man hält es für »ein neues politisches Leben«.

Annie hat das Bedürfnis, sich jemandem anzuvertrauen, da sie am nächsten Morgen in den Osten des Landes fahren wird. Sie spricht in einfachen Worten und sehr zurückhaltend von ihrer

Bewegtheit darüber, endlich Fatima sehen zu dürfen, das unbekannte kleine Mädchen. Ihre Tochter.

Eigentlich eine unbedeutende Geschichte, wie sie zwischen zwei Ländern wohl häufig vorkommt. Ein Paar liebt sich, dann die Trennung. Einer von beiden, häufig der Mann, manchmal auch die Frau, entführt das Kind, nimmt es einfach mit in »seine« Heimat.

Der andere bleibt ohnmächtig zurück, und der aussichtsloseste Kampf gegen Windmühlenflügel beginnt: gegen die Zeit, die das Kind so schnell heranwachsen lässt, fern von dem anderen Elternteil, der um sein Anrecht gebracht ist …

Die beiden Länder waren Frankreich und Algerien, welche die Geschichte in einer lang dauernden Begegnung – einer Paarbeziehung? – verbunden hat, erschüttert von Leidenschaft, Begehren und Gewalt. Im Lauf der zwanzig, dreißig Jahre, die auf die schmerzhafte, aber vollständige Trennung der beiden Kollektivschicksale folgten, bildeten Einzelne – dort Algerier, hier Franzosen oder umgekehrt – ein »Paar«; ohne zu merken, dass sie doch nur ein gespenstisches Stück aufführen, in dem es um Liebe geht, gewiss, das aber zugleich die Vergangenheit wieder aufleben lässt und in diese trotz allem nachträglich eine Hoffnung setzt. Als würde trotz des veränderten Hintergrunds ein heimlicher Drang wieder wirksam, und die beiden Unglücklichen wissen nicht einmal, dass sie Doppelgänger der doppelgesichtigen Vergangenheit sind! … Ein Paar, das an seine eigene, persönliche Geschichte glaubt; doch in seinem Leben breitet sich etwas aus wie eine Schuld, deren dunkle Wolken sich nicht verziehen wollen, deren Magie oder deren Gift weiterwirken, in einer unergründlichen Todessehnsucht oder in dem Wunsch, den anderen zu verschlingen!

Einige Verbindungen zwischen Franzosen und Algeriern oder Franzosen und Maghrebinern scheinen glücklich und gut dagegen gerüstet zu sein. Sie werden nicht nochmals zu Opfern der »Geschichte«, jener alternden Tragödin, die in abgetragenen Kostümen ihre Rolle spielt.

Was Annie betrifft (meine Schwester hatte sie in Paris kennen gelernt, als sie zusammen einen Kurs in Berbersprache besuchten), so erzählte sie mir spät in dieser Nacht in Algier die Umstände ihrer Ehe, die zehn Jahre zurücklag.

Sie war kurz davor in Paris angekommen, ein junges Mädchen aus der Provinz, aus dem Anjou. Idir, der »Auserwählte«, ein Bauarbeiter, war vier oder fünf Jahre zuvor eingewandert und wohnte in einem Heim für unverheiratete Ausländer. Er arbeitete hart und lebte sehr einfach, um das Ersparte nach Hause in die Kleine Kabylei zu schicken, er hatte sich bis dahin keiner Europäerin genähert.

Annie war die erste, mit der er zu sprechen wagte – zufällig in einem Plattenladen, wo sie ein berberisches Klagelied hörte, das gerade in Mode war; bevor sie die Platte kaufte, fragte sie nach der Bedeutung des Textes. Der Verkäufer rief Idir, der in der Nähe wohnte und gerade im Laden herumstöberte – es war Samstag. Annie hörte an, wie er die Verse der Klage erläuterte, sie lächelte ihn mit großen, aufrichtigen Augen an; sie bezahlte die Platte, sagte den beiden jungen Männern Auf Wiedersehen … Und kam am nächsten Samstag wieder. Idir war der erste Mann, dem sie sich hingab. (»Er sah so gut aus und war so warmherzig!«, erinnerte sie sich und fügte nostalgisch hinzu: »Seine Muttersprache war weich, hatte zugleich aber etwas seltsam Raues!«)

Sie heiratete ihn schon bald, trotz der Vorbehalte ihres Vaters, denn sie hielt darauf, ihren Verlobten den Eltern im Dorf vorzustellen.

»Ein Araber? Kannst du ihm vertrauen?«

»Vater, er spricht Kabylisch, nicht Arabisch!«

»Das ist das Gleiche«, brummelte der Vater, aber er stellte sich nicht gegen die Heirat.

Sie waren zwei Jahre lang glücklich, trotz Idirs allzu heftiger Eifersucht, meist wegen Lappalien. Fast immer gab Annie nach. Sie erledigte ihre Arbeit als Sekretärin, hielt sich von ihren Kolleginnen fern und kehrte danach umgehend zurück in die gemeinsame

Wohnung. Jetzt war sie wieder einsam wie nach ihrer Ankunft in Paris.

Dann gebar sie eine Tochter: Fatima. Die folgenden Monate verliefen recht stürmisch zwischen ihnen, dennoch gab es auch Zeiten der Zärtlichkeit und des Einverständnisses. Aber Idir konnte sich nun über ein Nichts ereifern.

»Sicher arbeitete er zu viel«, gab Annie zu. »Es brachte ihn vor allem auf, dass ich ganz selbstverständlich meiner Arbeit im Büro nachging und deshalb meine Tochter jeden Morgen einer Tagesmutter anvertraute.«

»Sechs Monate lang gab es ununterbrochen Streit«, fuhr sie fort, »da reichte ich die Scheidung ein. Als Erstes zogen wir auseinander.« Annie brach ab, die Kehle war ihr eng geworden.

Am nächsten Morgen reiste sie nach Constantine; sie würde vier oder fünf Tage später wieder zu mir kommen.

Ich füge hier die Bruchstücke ihrer Geschichte aneinander, die sie nicht zusammenhängend erzählen konnte. Mit dem Ende der Beziehung lief das Scheidungsverfahren an. Annie behielt Fatima, die etwa sechs Monate alt war, bei sich. Sie willigte selbstverständlich ein, dass Idir sie am Sonntag abholte. Später würde er auch die Ferien mit ihr verbringen. Sie versuchte, die Tochter so wenig als möglich von ihrem Vater zu trennen; Fatima war ja noch so klein! Später würde man sehen. Annie war sich einer Sache sicher: Idir hatte sich zwar als zu schwieriger Ehepartner erwiesen, aber mit seinem sanften Wesen würde er bestimmt ein liebevoller Vater bleiben. Annie rechnete nicht mit einer weiteren Verschlechterung ihres Verhältnisses: Danach machte sie sich jahrelang Vorwürfe wegen ihrer damaligen Gutgläubigkeit.

Denn Idir sah sich durch die Trennung vor einen gähnenden Abgrund gestellt. Es konnte noch angehen, dass er von seiner Frau getrennt war, auch wenn er sie weiter liebte und es ihr auch sagte. Doch wie konnte er es ertragen, von seiner Tochter abgeschnitten zu sein? Sie würde heranwachsen, und er sollte sie nur am Sonntag sehen dürfen? Plötzlich plagte ihn der Gedanke wie ein wucherndes Geschwür, dass Frankreich auch das war: ein Land, wo der Vater nicht allmächtig sein durfte …

Für Idir fiel die Entscheidung. Nach zwei oder drei Sonntagen, die er schweigsam und mürrisch im Anjou bei seinem Schwiegervater verbracht hatte, kam er zwei Wochen später mit dem Taxi wieder. Er ließ den Fahrer in einiger Entfernung an der Straßenecke warten.

Idir betrat das Haus, Annie lächelte ihm zu. Einige Sätze zur Begrüßung wurden gewechselt. Die junge Frau wickelte gerade das Baby. Annie nahm Fatima hoch und hielt sie Idir entgegen, mit nacktem Hintern, weiß vom Puder.

»Wart schnell auf mich! Ich hole frische Windeln und sage Vater, dass du da bist!«

Sie dachte, ihr Vater würde sicher darauf bestehen, dass Idir zum Essen blieb. Sie hastete ins Obergeschoss, zum Badezimmer. Die Eingangstür unten bei der Küche, neben dem kleinen Wohnzimmer, stand immer noch sperrangelweit offen.

Auf der Treppe sagte Annie ihrem Vater Bescheid. Sie kehrte mit dem Tuch zurück. Die Tür stand offen, niemand war da! Sie trat ein paar Schritte hinaus auf den Gehsteig: Hinten fuhr ein Taxi davon.

Sie schrie zwei-, dreimal: »Idir!«

Erst eine Stunde später rief sie schließlich ihre Anwältin zu Hause an. Sie fragte, noch völlig benommen: »Was kann ich jetzt nur tun?« Sie dachte weiterhin, dass Idir in einer plötzlichen Eingebung seine Tochter auf eine Spazierfahrt mitgenommen hatte, »um einmal allein mit ihr zu sein«.

»Mit nacktem Po?«, warf ihr Vater ein und fügte hinzu: »Ruf lieber die Polizei an, und erzähl das mit dem Taxi!«

Sie verlor eine weitere Stunde, indem sie verängstigt in der Wohnung im Kreise lief, bis sie sich der Einsicht stellte: Idir hatte Fatima entführt. Für immer? Nein, das glaubte sie nicht.

Sie schlief nicht in jener Nacht. Am nächsten Morgen beschloss die Anwältin, die Personalien von Idir und dem Baby an alle Grenzposten durchzugeben.

Doch Idir, der entschieden hatte, alles hinter sich zu lassen: seine Arbeit, sein Zuhause, seine ganzen Pläne, war noch am Sonntagabend in ein Flugzeug nach Algier gestiegen. Seine Tochter würde bei ihm bleiben. »Für immer«, sagte er sich, beruhigt, verhärtet.

Neun Jahre später, fast waren es zehn. Annie hatte diese ganze Zeit wie gelähmt durchlebt. Nein, sie schloss sich nicht den Komitees französischer Mütter an, die wie sie von ihren Kindern abgeschnitten waren. Nein, außer den Papieren für die Scheidung, die fast automatisch ablief, war sie nur bereit, den Antrag der Anwältin auf Festnahme von Idir zu unterschreiben, falls er plötzlich zurückkäme. Aber Idir kam nie wieder. Annie begriff jetzt recht schnell: Um Fatimas willen kehrte dieser Mann seinem ganzen Leben in Paris den Rücken.

Sie hatte noch die Adresse des Dorfs in der Kabylei. Aber alle ihre Briefe blieben unbeantwortet.

Annies Gefühle froren ein: Arbeiten, in ihrem Büro Karriere machen war alles, was sie konnte. Nach zwei Jahren kam ein Brief im Anjou an, bei Annies Vater im Dorf – bestimmt, weil sich die beiden Männer im Grunde gut verstanden hatten. Die Sendung enthielt nur wenig – ein Foto von Fatima, einem kleinen Mädchen von fast drei Jahren, groß, schmal und braunhaarig posierte es mit seinen Cousins und Cousinen. Sie stand, während die anderen um sie herum saßen, wie das Gefolge einer Prinzessin. Auf der Rückseite des Bildes war mit sorgfältiger Handschrift der Satz vermerkt: »Fatima geht es gut. Ist glücklich.«

Idir hatte nicht unterschrieben. Er machte es sich zur Gewohnheit, an jedem von Fatimas Geburtstagen ein neues Foto zu schicken, zum Teil waren es verschwommene, schlechte Aufnahmen. Dann eine weitere Information: »Fatima geht zur Schule.« Doch nie eine Unterschrift. Auf dem Umschlag schrieb immer die gleiche Hand den Namen und die Adresse des Großvaters im Anjou ab. »Als durfte das Bild von Fatima nur zwischen diesen beiden Männern getauscht werden«, seufzte Annie.

In den folgenden Jahren, sie bemerkte es, ohne ein Wort darüber zu verlieren, war ihre Tochter umringt von kleineren Kindern fotografiert worden, zuerst waren es drei, später vier. Fatimas Geschwister, zweifelsohne.

»Wie konnte Annie diese ganzen langen leeren Jahre durchhalten?«, fragte ich mich in Algier, während ich auf ihre Rückkehr wartete.

Im Jahr zuvor hatte sie sich endlich dazu entschlossen, ein Abkommen zwischen Frankreich und Algerien zu nutzen: Fürs Erste hatte sie eine Besuchserlaubnis erreicht. Später, so hoffte sie, würde sie ihre Tochter in den Ferien zu sich holen!

Was hatte sie endlich dazu veranlasst, aus der lähmenden Ohnmacht zu erwachen, in der sie so lange verharrt hatte? Meine Schwester, die sofort ihre Freundin geworden war, erzählte es mir kurz am Telefon:

»Weißt du, als sie mir sagte, sie würde die Berbersprache lernen, um eines Tages mit ihrer Tochter sprechen zu können, hatte mich eines daran überrascht, ja erschüttert: Wir sprechen immer von unserer ›Muttersprache‹, die wir verloren haben und zurückgewinnen möchten (in meinem Fall heißt das, endlich das Berberische so zu sprechen wie meine Großmutter, nachdem meine Mutter sich davon losgesagt hat!), aber Annie bemühte sich um die ›Sprache der Tochter‹! Nicht um eine Sprache ihrer Herkunft, sondern um die Sprache der Zukunft, und von da an hat sich alles in ihr wieder zu rühren begonnen.«

Annie fuhr also bis nach Constantine. Von dort nahm sie den Bus zu einem Städtchen in der Nähe, um einen Anwalt aufzusuchen, der sie schon erwartete. Sie schlief im einzigen Hotel, wo man ihr ein Zimmer reserviert hatte.

Am Morgen stellte sich in der Kanzlei Idirs Bruder ein, ein junger Mann mit offenem Gesicht und höflichem Benehmen. Er sagte ihr in makellosem Französisch, dass ihr einstiger Ehemann sie nicht mehr sehen wolle, weil sie »die Behörden eingeschaltet« habe.

Er ging und kam eine Stunde später wieder zu dem Anwalt, diesmal in Begleitung eines Mädchens, das älter wirkte als zehn Jahre. Die beiden Männer verließen sofort den Raum.

Annie und Fatima bleiben in einer Art Sprechzimmer zurück.

Schweigen. Annies Augen sind groß vor Erwartung; ihre Miene bleibt ausdruckslos; ihre Hände strecken sich der Kleinen entgegen, zu einer angedeuteten Geste, nicht einmal eine Liebkosung. Das Gesicht des Mädchens ist lang und fein geschnitten, die Züge sind wie mit dem Pinsel gezogen, und es hat diesen glühenden Blick, der die Fremde eingehend mustert.

Sie spricht als Erste. Und was für eine Überraschung, wenn auch in einem in der Schule erworbenen, angelernten Französisch:

»Wie ist dein Name?«

»Annie.«

»Annie«, wiederholt Fatima, dann sagt sie ihren eigenen Vornamen, nicht ganz so, wie dieses Wort schon lange Zeit im Herzen der Besucherin gelebt hat. Das »i« ist kein französisches »i«, sondern liegt zwischen »e« und »i«. Annie wird später gewissenhaft diese Aussprache üben.

Fatima hebt wieder an, zögernd oder eher zweifelnd: »Mein Vater (sie hat diese beiden Wörter stolz ausgesprochen, bemerkt Annie erfreut), mein Vater weiß nicht, dass ich es weiß. Die anderen haben es mir gesagt ...«

»Was haben sie dir gesagt?«, fragt Annie leise, ihre Stimme bricht. Sie denkt daran, wie sie am Vorabend in dem kleinen, schäbigen Hotel einen Satz an ihre Tochter, einen langen Satz voll Zärtlichkeit eingeübt hat, in Berbersprache … Wird sie den Satz nun sagen? Doch wie kann sie ihn aussprechen, alles eingestehen?

Das Mädchen möchte antworten, seine Neugier ist wach, aber etwas hält es zurück.

»Was haben sie dir gesagt?« – Annies Hände haben sich zu Fatimas Schultern vorgewagt. Und diese ist nicht zusammengezuckt, nicht ausgewichen.

»Die Kinder in der Schule, die Jungen sagen, ich hätte eine französische Mutter …« Plötzlich, mit klarer, schneidender Stimme: »Bist du die Französin?«

Das Kind rührt sich nicht. Seine Miene ist unbewegt, das Braun der Stirn ganz dunkel, die Augen an den Rändern leicht schwarz geworden, sein Gesichtsausdruck ist nicht zu deuten, gespielt gleichgültig oder kalt. Annie, ganz starr, spürt, wie sie innerlich zu wanken beginnt. Sie sagt nichts. Sie betrachtet das Mädchen. Ihre Kleine, gar nicht mehr so klein.

»Wie konnte ich sie in meine Arme nehmen! Ich, die Französin!«

Sie streckt die Hand, die Finger aus, möchte nur leicht über Fatimas Wange streichen. Die rührt sich nicht. Nur dieser starre Blick …

Plötzlich bricht es aus Annie heraus: Sie spricht lange, einen einzigen sehr langen Satz, um diesem Mädchen alles zu sagen, das allein aufgewachsen ist und kerzengerade vor ihr sitzt, mit dem ungerührten Blick einer erwachsenen Frau, den es wie einen Degen vor sich reckt. Annie schüttet ihr ganzes Herz aus mit diesem Satz, ihre Liebe, ihren Schmerz über die Erkenntnis, dass sie nur eine kleine Tochter hat, dass sie keine weiteren Kinder haben wird, dass …

Wahrscheinlich verliert sie sich in ihrem bewegten Satz. Sicher hat er Fatima überfallen wie eine Lawine, ein Sturzbach, ein Schwall kleiner Steinchen. Nicht wie Liebkosungen, noch nicht. Annie hält inne und sagt dann, mit einer anderen Stimme …

»Ja, es war, als hätte ich plötzlich eine andere Stimme, als wäre es eine andere in mir, vielleicht eine Tote aus früherer Zeit, die durch mich wieder erstanden war, also eine andere Stimme in mir – die Stimme eines verlorenen kleinen Mädchens – sprach den Satz in Berbersprache, den ich am Vorabend gelernt hatte, den ich im Hotel, zuerst in lateinischer Schrift, dann in Tifinagh aufgeschrieben hatte. Meine Liebeserklärung!«

Annie brach ab, holte Luft, dann bekannte sie: »Da hat mich Fatima angeschaut. Sie hat mir langsam zugelächelt, ich würde sagen, geheimnisvoll wie …«, sie suchte, fand dann den Ausdruck, »wie auf einem italienischen Madonnengemälde!« Sie sprach nicht weiter, versank in der noch frischen Erinnerung.

Ich sagte nichts, während ich mich weiter anzog, um sie zum Flughafen zu begleiten. Sie war am Abend zuvor von ihrer Fahrt in den Osten zurückgekehrt.

Jetzt reiste sie wieder nach Frankreich.

Annie hob erneut an, mit verhaltener Erregung. »Es war wunderbar! Aber, Isma«, sagte sie zu mir, »es war auch so schwer! Ich habe es noch gar nicht erwähnt: Fatima, die mich damit überrascht hatte, dass sie Französisch spricht und Arabisch und natürlich Berbersprache, Fatima mit ihren neuneinhalb Jahren trägt einen schwarzen Tschador, der ihr bis auf die Schultern reicht. In der beginnenden Annäherung zwischen uns wollte ich, dass sie mir ihre Haare zeigte, dass sie also das Kopftuch abnahm. Natürlich nicht gleich! Ich habe erst gewagt, sie darum zu bitten, als ich merkte, dass die Zeit des Abschieds näher rückte … Es war dumm: Ich wünschte mir so sehr, ihre Haare zu sehen! Ob sie seidig glatt oder lockig waren, schwarz oder rot, es war nicht wichtig! Sie nur sehen … Aber sie schlug mir meine Bitte ab, und es war eine Weigerung aus freien Stücken, sie kam wirklich von ihr!« Annie erinnerte sich, ihre Züge wurden lang, vor Müdigkeit oder vor Schmerz. »Während unseres Gesprächs hatte sie ein Gedanke schockiert. Sie erzählte von der Fastenzeit, die gerade zu Ende ging und an der sie, die doch noch so jung war, teilgenommen hatte. Sie hatte sich an den Gedanken gewöhnt, eine französische Mutter zu haben, aber nicht daran, dass diese Mutter sich nicht an die muslimischen Fastenregeln hielt … Ich versuchte es ihr zu erklären: dass es viele verschiedene Religionen gibt und sogar Menschen, die ›außerhalb der Religion‹ leben. Sie bekam wieder den kalten Blick vom Anfang! Aus diesem Grund, das weiß ich, wollte sie den Tschador nicht für mich abnehmen!«

Wir brachen auf zum Flughafen. Annie begann, die Monate bis zum Sommer zu zählen. Ihre Zuversicht wuchs und gewann die Oberhand: Sie würde im Sommer einen ganzen Monat in der Nähe von Annaba verbringen. Sie beide würden sich besser kennen lernen, sie würden sich lieb gewinnen, Annie und Fatima.

Bei der Umarmung zum Abschied gab mir Annie einen Brief, den ich einwerfen sollte.

»Meinen Satz in Berbersprache, in beiden Schriften, ich hätte ihn ihr gleich dalassen sollen. Glauben Sie, Isma, dass der Vater sich zwischen uns stellen wird?«

Mir blieb keine Zeit, sie zu beruhigen. Eine Minute später hätte sie das Flugzeug verpasst, und es wäre schwierig für sie geworden, noch am gleichen Tag abzufliegen.

Ich winkte ihr zum Abschied, ihren Brief wie eine kleine Fahne in meiner Hand.

1995

Félicies Körper

Erzählung

Für Jacques

I Armand/Karim

1

Du bist an einem Montagmorgen im Februar angekommen, du warst schon bewusstlos. Als ich mich im Krankenwagen neben meine Schwester Ourdia setzte, die dich von Oran herbegleitet hatte, sagte ich mir, dass du diesmal kamst, um in meiner Nähe, vor meinen Augen zu sterben. Könntest du mich nicht wenigstens einmal ansehen, anlächeln, vielleicht mit mir sprechen?

Der Krankenwagen fuhr ins Hospital Lariboisière ein. Nachdem wir auf der Station angekommen waren, wo man dich schon erwartete, blieben Ourdia und ich wie erstarrt im Flur sitzen, bis die erste Untersuchung des Stationsarztes mit seinen Assistenten vorüber war.

Plötzlich wurde Ourdia, die von den Aufregungen der Reise ermüdet war, unruhig auf ihrem Sitz. Krankenschwestern und anderes Krankenhauspersonal gingen an ihr vorbei hin und her ohne einen Blick für sie. Sie seufzte ungeduldig – sie ist deine jüngste Tochter, Mama, und die lebhafteste.

»Ich habe es euch allen gesagt«, brach es aus mir heraus. »Ihr hättet sie mir gleich zu Beginn herschicken sollen! Ihr habt sie zu lange drüben behalten!«

»Im Krankenhaus von Oran haben die Ärzte getan, was sie konnten: Blutkontrollen, Untersuchungen, Röntgen. Am Ende haben sie zugegeben, dass sie nicht wissen, was sie hat!«

Ourdia schnäuzte sich und sank auf einmal in ihrem Stuhl in sich zusammen, versonnen fügte sie hinzu: »Es kam so unvorhergesehen, ihr Kopf begann zu zittern, sie verlor ab und zu das Gleichgewicht, und ihr Gedächtnis ließ sie im Stich, nach und nach, manchmal auch in Schüben!«

(Das will ich nicht hören! Ich verbiete ihr, mir deine kleinen Beschwerden zu schildern, Mama! Ja, genau, es sind nur kleine Beschwerden!)

Während ich das letzte Wort mit seiner winzigen Dosis Hoffnung in mir nachklingen ließ, hörte ich meine Schwester widersprechen:

»Du siehst das nicht richtig, unsere Ärzte sind sehr gut!«

»Ihr hättet sie zu mir schicken sollen«, fing ich ärgerlich wieder an. Eine Krankenschwester, die in dem Moment an mir vorbeiging, schüttelte den Kopf wegen meiner Lautstärke.

»Jedenfalls«, erwiderte Ourdia, die wieder ruhiger wurde, »war die Überweisung nach Paris erst letzte Woche fertig!«

Ich öffnete die kleine Tasche, die sie mir reichte, sie enthielt alle deine Papiere, Mama: dein Rentenversicherungsheft, das nach Vaters Tod vor zehn Jahren auf deinen Namen überschrieben wurde, deine Aufenthaltserlaubnis für Algerien, als Französin hattest du während deiner über fünfzigjährigen Ehe und trotz deiner acht Kinder deinen französischen Pass behalten wollen (die Hälfte von ihnen lebt noch in Algerien, sie bezeichnen sich als »echte Algerier«). Deine Papiere lauten auf Félicie Marie Germaine und den flämischen Nachnamen deines Vaters. Mit achtzehn hattest du bei einem Jahrmarktsball in Le Havre den örtlichen Feldwebel, einen gewissen Mohammed Miloudi, kennen gelernt. Er kam von den Hochebenen der Gegend um Oran, und sein Französisch war schlecht, aber er sah sehr gut aus in seiner Uniform! Seine Oberen, die in jenem gewittrigen Frühjahr 1939 nach England übersetzten, hatten ihn in Rouen zurückgelassen. Und dort heiratete er dich drei Wochen später, du warst noch Jungfrau! Man hatte dich sehr früh bei Bürgern der Stadt »in Dienst« gegeben. Vielleicht verhießen dir das schneidige Auftreten des gut aussehenden Fremden um die dreißig und sein beeindruckender Titel eine große Zukunft, kurz vor dem Sommer, als der Krieg sich schon ankündigte? Ich weiß, Vater hatte sich nicht vor dir gebrüstet – er hat es mir eines Tages erzählt, in seinem arabischen Dialekt von Oran, in dem ich alle Nebenklänge verstehe (im Gegensatz zu dir, natürlich). An einem nachdenklichen Abend hat er mir drüben in seinem Dorf bei den Dünen eröffnet: »Deiner Mutter«, so sagte er leise, »habe ich nur eines versichert: dass ich in meiner Gegend der Spezialist, und das bin ich noch heute«, mit einer ausholenden Armbewegung zeigte er die Hügel und dahinter die nahe Wüste, »ja, der Spezialist für Pferde und Kamele bin!«

Auf dem Jahrmarktsball in Le Havre hat dich, die du ohnehin so naiv warst, das sicher sehr beeindruckt: »Spezialist für Pferde und Kamele!« Im Grunde war er so etwas wie einer der Drei Könige, der sich vor dir an einem Kirchentor niederkniete …

Ich ertappte mich bei einem Lächeln, auf diesem Flur, der plötzlich weniger belebt war. »Félicie Marie«, sagte ich vor mich hin, während ich schön gerade auf meinem Stuhl saß. Schließlich ordnete ich all deine Papiere. Ich sagte leise: »Mama!«, dabei saß mir etwas wie ein trockener Schluchzer im Hals, ich stand auf.

Ich wartete in einiger Entfernung von Ourdia darauf, bis die Tür dort am Ende sich öffnete und einer der Assistenten uns endlich zu dir eintreten ließ.

Ourdia – oder genauer: Ourdia/Louise – und ich, Armand/Karim, setzten uns zu beiden Seiten des Bettes, auf dem du lagst,

Félicie. Du hieltst die Augen geschlossen, dein schönes Gesicht hatte eine wächserne Blässe, dein kastanienbraunes Haar wellte sich an deinem Hals entlang bis auf die Bettdecke: »Hier bist du also«, sagte ich mir, »hier bist du, Mama, am Ende deiner heutigen Reise. Sie sagen, du lägst im Koma, es könne lange dauern oder auch nicht. Du bist zu mir gekommen, damit ich über dich wache, damit ich dich betrachte. Ich werde nicht aufhören, dich anzuflehen: Öffne die Augen, und schau mich an, wenigstens ein einziges Mal, Félicie Marie Germaine! Die anderen wissen es nicht, aber ich weiß es! Ich spreche schweigend zu dir, und du als Einzige kannst mich hören, Mama!«

2

Ich bin täglich zu dir gekommen in diesem letzten Monat, in dem du fast nie aus dem Koma erwachtest.

Ourdia ist zu unserer älteren Schwester Marie gezogen. Diese hat ihren muslimischen Namen endgültig gestrichen, seitdem sie sich von ihrem Ehemann in Oran hat scheiden lassen (durch die drei Hammams seiner Mutter reich geworden, hatte mein Schwager sich in den Kopf gesetzt, eine zweite Ehefrau zu nehmen. Ich war nach drüben zu ihr gefahren – du erinnerst dich, Mama, damals war ich stolz darauf, die Angelegenheiten meiner Schwestern in achtundvierzig Stunden zu regeln!). Marie zögerte nicht, mit mir nach Frankreich zu kommen, kurze Zeit später zogen ihre beiden Söhne Nureddin und Salim zu ihr. Nachdem sie ein Jahr als Sekretärin gearbeitet hatte, heiratete sie den ersten Besten, der sich in sie verliebte. Innerhalb eines Jahres bekam sie einen dritten Jungen, Alain, der jetzt sieben Jahre alt ist.

Marie und ihr ältester Sohn Nureddin besuchen dich jeden zweiten Tag. Es kommt vor, dass wir beide, mein Neffe und ich, hier bleiben – beide deinem schlafenden Gesicht zugewandt, im

Grunde jeder von uns allein, dir gegenüber. Nureddins große Augen unter dicken schwarzen Augenbrauen lassen nicht von dir ab, von seiner Großmutter, die ihn aufgezogen hat, als er klein war. Er hängt immer noch sehr an dir, er findet keine Worte, um seine Fassungslosigkeit auszudrücken. Manchmal verzerrt sich sein feines Gesicht und wendet sich offenkundig an mich. Ohne mich zu regen, spüre ich seinen Appell – *worum bittet er wohl, er wartet auf dich, das ist alles, wie ich. Er wartet, dass du zu uns zurückkehrst!* Ich stehe nicht auf, ich sehe ihn nicht an, ich weiß nicht, wie ich auf seine wortlose Spannung antworten soll.

Ourdia kommt jeden Nachmittag und bleibt bis zum Ende der Besuchszeit. Sie redet und redet, manchmal scheint sie sich mit ihrem Geplapper an dich zu wenden, an deinen undurchdringlichen Schlaf *(so dass ich manchmal brüllen möchte: »Hör auf, du wirst sie wecken!« Aber dann beruhige ich mich sofort wieder. Denn im Grunde ist es genau das, was ich will, dass du aufwachst, wenn es sein muss durch einen Wespenstich!).*

Zumeist ist ihr schmaler Oberkörper mir zugewandt, und selbst wenn ich sie nicht anschaue, schildert mir Ourdia in allen Einzelheiten ihre Einkäufe des Vormittags, ihre Entdeckungen im Viertel, wo ihre Schwester wohnt: »Gambetta, die Rue Stendhal und der Flohmarkt in Montreuil und …«

Es fehlt nicht viel, und ich wünschte mir, dass deine Jüngste, dein Liebling, ein klein bisschen anspruchsvoller wäre und vor deiner Reglosigkeit ihre Besuche im Louvre, ihre Kletterpartien am Montmartre und ihren Aufstieg auf den Turm von Notre-Dame beschreiben würde.

Ich antworte ihr nicht. Sie weiß, dass sie mir auf die Nerven geht. Mein Cousin von Vaterseite im Dorf, der nur Arabisch spricht, würde es so ausdrücken: »Ihr Gerede läuft und läuft wie ein nicht ordentlich zugedrehter Wasserhahn!«

Aber ich reiße mich zusammen. Ich habe mir deine frühere Nachsicht für deine Jüngste in Erinnerung gerufen. »Die Tochter alter Leute«, scherztest du mit Vater über sie. Du hast Recht, sie ist am zerbrechlichsten von uns allen. Ihr nichts sagendes Geschwätz verbirgt nur ihre Angst. Verzeih mir, Félicie.

Eine Krankenschwester kommt mit einer Kollegin herein. Sie möchte die Temperatur und andere Werte kontrollieren. Meine Schwester und ich müssen den Raum verlassen. Wir gehen für eine Viertelstunde in die Cafeteria. Dazu überqueren wir einen Hof und einen Garten. Ich wende meinen Blick von den zwei, drei alten Leuten ab, die im Rollstuhl umhergefahren werden wie übergroße Säuglinge. Ourdia tut auch, als ob sie sie nicht sähe – *dir wird es nie so gehen, Félicie! Nie wird Félicie so in einem Rollstuhl umhergefahren werden, nicht wahr?*

Wir kehren ins Krankenzimmer zurück. Die Sonne scheint, und es ist bitter kalt.

Seitdem wir nach draußen gegangen sind, hat deine Tochter Ourdia begonnen, in einem anderen Ton mit mir zu sprechen, ernsthafter, wie eine bedächtige Erwachsene. Sie redet von Oran, von seinen belebten Vierteln wie Canastel oder Eckmul. Dann schildert sie das Dorf, Beni-Rached, und die Leute, die vom Dorf zu uns nach Oran kommen, einmal in der Woche oder im Monat, manche auch nur einmal im Jahr oder zu besonderen Gelegenheiten. Ourdia kennt sie alle – wusstest du, Mama, dass deine Jüngste das Wissen einer weisen Alten besitzt? Sie lässt die Onkel in Scharen vorüberziehen, angefangen beim ältesten, der jetzt sechsundneunzig ist, bald hundert, dann die Cousins, die letzten Hochzeiten und alle Angeheirateten (aber, das wiederholte sie, es gibt keine eheliche Verbindung mit den berühmten Choganis, diesen ehemaligen Raubrittern – Wegelagerern – Ganoven – Kriegsherren: Jeder mag sich die passende Bezeichnung aussuchen!). Ourdia bezieht keine Stellung, sie ist auf dem Laufenden über alle Streitereien, Zerwürfnisse, die Clans und Cliquen. Während sie auf diese Weise einen Bericht abliefert, als ob man ihn ihr aufgetragen hätte, brumme ich mal »Ja«, mal »Nein«. Doch sie ist unbeirrbar:

»Karim, erinnerst du dich an den Sohn von Vaters ältester Schwester? Er war am Ende des Krieges Unteroffizier bei der FLN. Er stolziert herum wie ein Pfau … Ach Karim, und die junge Djamila, die schönste von allen Cousinen, Vater hoffte, dass du sie heiraten würdest, sie wohnt in Mascara und hat gerade ihr Fünftes bekommen, die Arme!«

Ich versuche sie zu bremsen: »Weißt du, seit der Beerdigung von Vater in Beni-Rached ist es mit Oran und ganz Algerien für mich vorbei. Ich gehe nie mehr dahin zurück!«

Ourdia hält inne *(ich rede weiter mit dir, Félicie, obwohl wir noch nicht an deinem Krankenbett sitzen; das Schwesterchen plappert so viel, dass ich am Ende glaube, sie hat es nicht so eilig wie ich, bei dir zu sein, vor deinem daliegenden Körper, der sich wieder rühren, sich aufrichten und aufsetzen wird, und vor deinen Lidern mit den langen Wimpern, die sich wieder regen werden)* …

Mit einem niedergeschlagenen oder melancholisch gestimmten Blick mustert mich Ourdia. Geduldig schickt sie sich an, den Faden ihrer Chronik wieder aufzunehmen.

Ich schneide ihr barsch das Wort ab: »Gehen wir zurück zu Mama!«

Jeder auf einer Seite des Bettes, lassen wir uns wieder bei dir nieder. Félicie, deine gewölbten Augenlider fangen ein wenig von den schrägen Sonnenstrahlen ein, die durch das halb geöffnete Fenster fallen. Dein bleiches Gesicht gleicht nicht einer Maske, nein, in einer Sekunde wird sich etwas in ihm rühren, eine Furche zwischen den Augen, ein Fältchen um die Mundwinkel, irgendetwas Winziges, Wunderbares wird erscheinen *(ich werde es zuerst wahrnehmen, ich werde der Krankenschwester meine zitternde Hand hinstrecken: Kommt alle her, die ihr nicht geglaubt habt, dass Mama wieder aufwachen, aufleben, sich bewegen, mich anschauen wird!)*.

Ourdia schweigt endlich still. Mein Neffe Nureddin und Marie kommen auf Zehenspitzen herein, als wärst du eben eingeschlummert …

Ich befrage dich weiter, Félicie. Bleibst du nun im Koma? Ist das deine neue Rüstung? Hast du diese Verteidigung ganz allein gefunden? – *Bist du weder am anderen Ufer, wo du deinem Mann wieder begegnest, noch richtig bei uns, deinen acht Kindern, von denen die eine Hälfte hier, die andere in der Heimat lebt, außer einem kleinen Mädchen, das schon lange gestorben ist und das ich nie gekannt habe?*

Ich spreche wieder mit dir, es könnte die ganze Nacht dauern, wenn ich bei dir bleiben dürfte! Aber ich bin nicht allein, meine beiden Schwestern und mein Neffe, sie werden alle bleiben bis zum Ende.

Ich beschließe aufzubrechen. Ich verabschiede mich kurz von den anderen und gehe weg. Ich verlasse dich nicht, Félicie.

Als ich aus dem Krankenhaus herauskomme, vergesse ich, dass ich mit dem Wagen gekommen bin. Ich blicke auf die Taxis und Busse, als verkehrten sie in einer anderen Stadt. Ich gehe langsam, gedankenverloren und weiß dabei mit einer traurigen Freude, dass ich wieder zum Fremden und Abwesenden werde. Ich bin vor allem in deiner Nähe, Félicie, die du dort oben liegst.

Es drängt sich mir nur ein deutlicher Eindruck auf, der mich den Gehweg entlang begleitet, der Geruch der Nässe auf dem Stein, den Schaufenstern, auf dem Blech der Autos, aber manchmal ist es auch der faulige Geruch der verschwundenen Blumen. Der Geruch von zerdrückten Pflanzen, von nassem Humus – er steigt freilich aus einer anderen Zeit auf, damals, als ich mich als Kind so gern neben Vater in den Sand des Friedhofs von Beni-Rached legte, der immer offen war, ein ausgetrockneter Garten im hellen Licht, nahe den Dünen, in der Sonnenhitze. Alles taucht wieder auf, alles ersteht wieder, die Pflanzen und die Menschen, die seltenen Düfte, in ihrer Mischung, alles …

Félicie, du schläfst da oben inmitten der Arzneiflaschen, der

Schalen, der Schläuche in unverbrüchlicher Gelassenheit. Ich irre mit diesen Gerüchen in der Nase umher und spreche mit dir, am Ausklang der nassen Abende in Paris.

3

Eine Woche später. Félicies Zustand war unverändert, eine Krankenschwester hatte mir in mitleidigem Ton hingeworfen: »Es gibt Kranke, die ein Jahr lang in diesem Zustand bleiben! Ja, ja, mein Herr … ein ganzes Jahr!«, zischelte sie beim Hinausgehen.

Ich betrat dein Zimmer, küsste dich auf die Stirn und sagte diesmal recht laut: »Stell dir vor, Félicie, sie prophezeit dir ein ganzes Jahr!«

Ich zuckte die Schultern und setzte mich hin, ich nahm mein Zwiegespräch mit dir wieder auf, indem ich mir vorstellte oder dich fragte, was du geträumt hättest, in dieser Nacht. Ob du nach drüben zurückgekehrt seist, nach Oran im letzten Krieg, als ich vor der Pubertät stand und du noch sehr schön warst. Damals gingen wir aus in die Straßen, trotz der Kontrollen, setzten uns auch manchmal über die eine oder andere Gefahr hinweg!

Am nächsten Tag verließen Ourdia und ich ausnahmsweise das Krankenhaus zur gleichen Zeit. Wir wollten uns gerade vor dem Portal trennen (am selben Tag, so glaube ich, hatte mich der Stationsarzt zu sich gerufen und mir deine Krankheit mit einem wissenschaftlichen Ausdruck bezeichnet, den ich mir nicht gemerkt hatte. Mit einem Stich von Sorge versuchte ich nur, die Schwere des Übels abzuschätzen!).

Als wir uns auf dem Gehweg umarmten, fuhr Ourdia mich mit schneidender Stimme an: »Warum lädst du mich nicht wenigstens einmal zu dir ein?«

Ich schaute sie an. Wenn du in den letzten Jahren einmal im Vierteljahr herkamst, um deine Pension abzuheben, deine vielfältigen Einkäufe für deine Bekannten drüben zu erledigen, wohntest du natürlich bei mir. Du wolltest immer drei Wochen bleiben, ich betonte jedes Mal: »Bleib wenigstens einen Monat, damit ich dir Paris zeigen kann. Sei wenigstens einmal eine richtige Touristin!«

Am Ende bliebst du höchstens eine Woche. »Oran fehlt mir«, musstest du eingestehen, ich höre jetzt dein perlendes Lachen von damals …

»Warum, sag's mir«, warf mir also meine Schwester vor, doch wie sie so vor mir stand, ein Blitzen in ihren Mandelaugen, bereute sie schon wieder, mich angegriffen zu haben.

Eine Woge der Zärtlichkeit überkam mich, ich hätte sie in die Arme nehmen, sie an mich drücken mögen! Aber schon seit meiner Kindheit zeige ich meine Gefühle vor anderen nur bei dir, Félicie! Die Frauen, die ich in dieser Stadt geliebt habe, haben es mir oft genug vorgeworfen …

»Wenn du möchtest«, antwortete ich meiner Schwester, »lade ich dich in ein Restaurant ein. Lass uns heute oder morgen zusammen zu Abend essen! Aber bei mir zu Hause … ist es zurzeit nicht lustig, ich trenne mich gerade von meiner Frau!«

»Von Claudine!«, rief Ourdia aus und hatte sogleich Mitleid mit meiner Frau, das heißt meiner Freundin, mit der ich seit fünf Jahren zusammenlebte.

»So ist das«, sagte ich, »so spielt das Leben! Hier in Paris finden sich die Paare und trennen sich wieder. Ich kenne nur Félicie und Mohammed, die sich in Frankreich kennen gelernt und nie getrennt haben!«

»Ich gehe nach Hause zur Schwester!«, erwiderte Ourdia, während sie sich auf die Zehenspitzen stellte, um mir einen Kuss auf die Wange zu geben. Sie wandte sich ab.

»Genau«, sagte ich mir, während ich ihre Silhouette sich entfernen sah, eine brünette Frau, die auf die dreißig zugeht. »Ich werde allein Essen gehen. Und wieder und wieder mit dir sprechen, Félicie!«

So schläfst du also dort. Außer ein- oder zweimal, als ich nicht ins Krankenhaus kommen konnte und mit Herzklopfen die Dienst habende Schwester anrief (»Wenn du eben an diesem Tag, an dem ich meinen Geschäftstermin nicht verschieben konnte, fortgehen solltest, ohne mir vorher zugelächelt zu haben?« Die Krankenschwester antwortete mir: »Madame Miloudis Zustand ist unverändert.«), außer an diesen zwei, drei Tagen bin ich täglich zu dir gekommen, öfter am späten Vormittag – manchmal geriet ich in die Visite des Professors mit seinem Gefolge von Studenten. Ich kehrte um in den Flur, zog eine Zeitung aus der Tasche und las, ich suchte nach der Spalte mit der Liste der Attentate zu Hause, »die Ereignisse«, schrieb man jetzt wieder. Siehst du, Félicie, sie nennen es wieder wie früher, drüben übernehmen sie die Bezeichnungen von damals!
»Damals«, erinnere dich an die Zeit, als wir im Zivilgericht von Oran wohnten. Vater hatte die Stelle des Hausmeisters bekommen. Daher konnten wir eine Wohnung mit fünf Zimmern im ersten Stock beziehen. Wir waren plötzlich die einzigen Araber in einem nur von Europäern bewohnten Viertel, wir lebten dort fast wie die Reichen, damals!

Ich war fünfzehn. In den zwei, drei Jahren vor der Unabhängigkeit überstürzte sich alles, die Gefahr, der Bombenalarm, aber auch eine Art überschießender Fröhlichkeit, schon sechs Monate vor dem Waffenstillstand! ... Weißt du noch, als die Delta-Kommandos, jene faschistischen Kämpfer für den Verbleib Algeriens bei Frankreich, uns verdächtigten, dass wir die »anderen« unterstützten, die Freiheitskämpfer? In jener Nacht haben sie von der Straße aus mit dem Maschinengewehr in unsere erleuchteten Fenster geschossen. Da hat Vater wieder einmal seine Waffen und seine Fähigkeiten als Jäger nutzen können. Er und ich an seiner Seite haben das Licht gelöscht und ihnen mit Gewehr und Schrotflinte geantwortet. Sie zogen ab. Am Morgen waren Blutspuren auf dem Gehweg. Erst Jahre später fand ich die Löcher mit den Patronenhülsen in der Wand über unseren Fenstern!

In jener Nacht bliebst du, Félicie, unbeweglich im Hintergrund stehen und passtest auf die Kleinen auf, die mit Gewalt unter den Betten festgehalten werden mussten. Du zeigtest keine Angst, du schautest ganz ruhig deinem Mann zu, der schon immer der beste Schütze war: in der Armee und danach, als Führer bei der Wildschweinjagd, sodass ihn die hochrangigen Offiziere weiterhin zu ihren Jagdpartien in den Hügeln um Mascara riefen, noch bis zu jenen Tagen der Unruhe.

Die Delta-Kommandos ... Ich führe mein Selbstgespräch fort, selbst wenn eine der Krankenschwestern uns stört, indem sie deinen Blutdruck misst und die Schläuche überprüft, die deine Handgelenke und deine Knöchel umschließen. Wie viele Kommandos sind inzwischen in Oran aufgetaucht, ich lebe nicht mehr dort, hättest du es mir sagen können?

Während du da lagst, Félicie, hat eine dieser »Extremisten«-Gruppen, die diesmal nur von Arabern gebildet werden, kürzlich den größten Theatermann unseres Landes umgebracht! Sie haben am Fuß der Treppe seines Hauses auf ihn gewartet, nach dem Abendessen des Fastenbrechens (drüben begehen sie jetzt also den Ramadan!). Zwei Kugeln in den Kopf für den größten Mann der Stadt, der voller Frohsinn und Großmut war!

Das Oran des Lachens selbst in Kriegstagen, die Stadt der Spottlust, des Rai, die Stadt der Ganoven und der entlaufenen Mädchen! Die Leute kamen aus allen Landesteilen, um sich mit ihnen gemein zu machen, früher zumindest. Vielleicht geschieht es noch heute, aber nicht mehr am helllichten Tag! Heute knallt man sich am helllichten Tag gegenseitig ab! Alles fängt von vorne an, Félicie, wie in meiner Jugend kurz vor der Unabhängigkeit, die Zeit, an die wir beide im Grunde die schönsten Erinnerungen haben!

In dieser Stadt der Zügellosigkeit hast du, allerdings nach der Unabhängigkeit, Tag für Tag das Schauspiel auf den lärmenden Straßen beobachtet ... Du standst wie angewurzelt am Fenster, wir wohnten noch ein Jahr im Gericht; das blieb auch so in der engen

Wohnung von Eckmul, die wir anschließend bewohnten. Du gabst keinen Kommentar ab, du lächeltest nur, du hast beobachtet …

Es ist seltsam, jetzt, nachdem du beschlossen hast, zu schlafen, frage ich mich: Wie alt warst du bei deiner Ankunft in Algerien? Nicht älter als neunzehn Jahre, denn deine erste Tochter kam in Rouen zur Welt, die zweite sollte im nächsten Jahr in Mascara geboren werden. Ich glaube, du warst also noch keine zwanzig im Jahr 1941 oder 1942. Mich, deinen ältesten Sohn, hast du 1943 bekommen (damals, so hast du mir berichtet, hat Vater darauf bestanden, mir zuerst einen muslimischen Namen zu geben. »Karim!«, entschied er, und danach wähltest du den zweiten Namen. Mit leiser Stimme, schnell und mit leiser Stimme hast du hinzugefügt: »Armand, er soll Armand heißen!« – »Weißt du«, hast du mir später gestanden, »vielleicht weil Armand erst als zweiter Name kam, war es nicht das Richtige, deshalb warst du für mich Titi, weder Karim noch Armand, sondern Titi!«).

Sieben Jahre später zogen wir nach Oran. Vater bekam die Stelle des Pedells im Gericht, dank seinen Dienstjahren in der Armee, und, warum es verschweigen, wegen seiner guten Beziehungen zu den Herren im Heeresstab, die immer noch wild waren auf die Jagd …

Bis ich mit vierundzwanzig Jahren Algerien verließ, hattest du keine Freundinnen, Félicie, weder unter den Französinnen noch unter den »Eingeborenen«, wie man sie nannte. Bei uns, in der Familie der Miloudi – einem Teil des Mahdi-Clans, der Gegner der Chograne – bist du immer noch die »Französin« (das Wort wird voll Hochachtung ausgesprochen) oder aber »Mohammeds Frau«, die alle aufnimmt, die gastfreundlich ist und hilfsbereit, die während der »Ereignisse« damals in aller Seelenruhe Wanderschuhe einkaufte (»Ja, geben Sie mir vier Paar, ich habe vier große Söhne. Sie gehen mit ihrem Vater zur Jagd … und mit dem Colonel.«). Du bestelltest in den Apotheken neunzigprozentigen Alkohol, gleich mehrere Liter, Verbandszeug, Jodfläschchen, alles, was die Araber nicht kaufen konnten. Wir Jungen füllten regelmäßig Körbe damit, brachten sie in das väterliche Dorf, und diese Waren, diese ganze Apotheke, gelangte von da aus zu den Männern im Maquis.

Auch in den letzten zehn Jahren hast du, dank deiner Pension als Witwe eines Feldwebels in der französischen Armee (siebzehn Dienstjahre), von Paris nach Oran und von dort nach Beni-Rached für die Frauen Parfüm, Blümchen- oder Moiré-Stoffe, Pantoffeln, Dessous für angehende Bräute, Spielzeug und Leckereien für die Kleinsten mitgebracht. Vor allem, das habe ich Ourdia kürzlich erzählt, verteiltest du Geldgaben an mehrere Witwen des Dorfes, die keine gut situierten Söhne hatten, damit auch sie, wie die anderen, nach Mekka reisen konnten! Es sind Frauen deines Alters, mit denen du nur selten geredet hast (du kannst kein einziges arabisches Wort richtig aussprechen, sogar deinen Mann nanntest du »Môh«, in einer schwebenden Silbe, in der, je nach deiner Stimmung, Zärtlichkeit oder Ironie mitschwingen konnten). Diese Frauen aus dem Dorf kamen früher zu dir ins Gericht, damit du ihnen über einen verhafteten Sohn, einen verschwundenen oder gefallenen Ehemann, einen laufenden Prozess Auskunft gabst. Du antwortetest ihnen auf Französisch, indem du langsam und deutlich in kurzen Sätzen sprachst. Sie schauten dich mit fiebrigen Augen an, ihre vom Henna geröteten Hände fingerten an den geblümten Hauben über ihrer Stirn, später sagten sie auf Arabisch zu mir:

»Gott segne deine Mutter, Junge! Ich verstehe, was sie sagt, obwohl es in ihrer Sprache ist!«

Du lächeltest sie an, du sprachst ihnen Mut zu, botst ihnen einen Platz an, um sie zu beruhigen und zu trösten. »*Nya,* es ist *nya,* was diese Fremde besitzt!«, erklärte einmal eine Alte, ihr schwarzer, scharfer Blick lag auf dir, der blonden, lächelnden Félicie. Ich hatte diese Besucherin bei mir »Hexe« genannt, sie sprach dir eine Gabe zu, die gemeinhin als muslimisch galt. *Nya* war so etwas wie der »rechte Glaube«, sagte man mir. Ich kröne dich heute damit: Diese *nya,* die dir die Leute aus Beni-Rached zusprachen, war nichts anderes als deine Unschuld!

Mama, Félicie Marie Germaine, die Unschuld in meinem Leben. Sogar die Mädchen, denen ich mit zwanzig in Oran den Hof machte, sogar das erste, das ich begehrt und sehr geliebt habe, Roberte, eine halbe Spanierin in meinem Alter (sie hatte große Angst vor ihrem Bruder, er war in der OAS aktiv, er würde sie töten, wie sie meinte, wenn er davon erfuhr, dass sie sich mir »hingegeben« hatte, einem Araber oder halben Araber), sogar dieses Küken mit den riesigen Augen, die bei der Liebe zuckten – dies ist im Grunde meine schönste Erinnerung als Liebhaber, die ich zu äußern wage, weil du schläfst – nicht einmal Roberte hatte deine *nya,* deine Unschuld. Félicie, meine Königin!

4

Wenn die Dörflerinnen wieder gingen, nach einem Besuch von zwei, drei Tagen, sagtest du nichts zu uns. Du beklagtest dich nicht über die zusätzliche Arbeit. Du wurdest wieder kokett, du kämmtest voll Grazie deine üppigen Haare und nahmst erneut deinen Beobachtungsposten am Fenster ein. Die Straße davor war eine der belebtesten …

Weißt du noch, Mama, am Sonntag begleitete ich dich zur Messe in der Kathedrale. Sie war zwei Schritte entfernt. Wir mussten nur unsere Straße und den Boulevard Magenta überqueren. Du warst gekleidet wie eine Dame. Ich erinnere mich an deine bestickten weißen Kragen und sogar an eine Mantille in blassgelber Spitze. Du prüftest sorgfältig meine Kleidung (ich war sechzehn oder siebzehn und wurde eitel). Ich band mir lässig ein Seidentuch um den Hals, und du warst glücklich. (Ich sagte mir: »Nicht für deinen Gott, nur für dich!«) Ich gab meiner Tolle noch einen letzten Schwung, das war damals Mode.

»Lass uns gehen, Titi, mein Schatz!«, sagtest du, während du meinen Arm nahmst.

Als du an jenen Sonntagen zum Gottesdienst hineingingst, hätte ich nie gedacht, dass du mich brauchtest, um den »anderen« gegenüberzutreten, das heißt den anderen Katholiken, die mit ihrer ganzen Familie gekommen waren. Einige von ihnen haben dich wohl aus den Augenwinkeln gemustert. Ich war mir sicher, du seist die Schönste, ich war stolz, dich zu begleiten … Doch langweilte ich mich anschließend bei ihren Gesängen, ihrem Ritual. Ich betrachtete dich derweil. Ich kniete auf dem Gebetsstuhl wie du. (Nach meiner Beschneidung mit sieben Jahren hatte mich Vater einige Zeit in islamischer Religion unterrichtet. Ich praktizierte sie fast ein ganzes Jahr …) Hier war die Gymnastik weniger streng. Bis heute würde ich es niemals wagen, in eine Moschee zu gehen und mit anderen Gläubigen zu beten. Weil mein Vater sich vor Allah niederwarf und auf dem Boden ausstreckte, jeden Tag bis zu seinem Tod, aber stets zu Hause, bedeutet für mich, als Muslim zu beten, es allein zu tun.

Die Kathedrale kam mir vor wie ein Theater oder wie ein besonderer Konzertsaal, denn ich liebte den überwältigenden Klang der Orgel und die Chöre, die unter den hohen Gewölben hallten. Abgesehen von der Musik langweilte ich mich eigentlich neben dir, wenn du auf Lateinisch murmeltest (dein einziges Wissen, dein »Küchenlatein«, so pflegte ich dich zu necken). Ich fühlte mich damals wirklich als Araber, als Mohammedaner, als Nichtchrist neben dir, aus Liebe zu dir … Du standst vor deinem Gott, warst aber zugleich in meiner Nähe …

Sag mir, Félicie, war ich wegen dieser Sonntage, an denen ich so tat, als betete ich – ich kniete mich hin wie du, aber ich schwieg, ich war nicht mehr Armand, sondern Karim, Karim! … War ich dir deswegen das liebste von deinen Kindern?

Der Einzige, den du liebtest? Vor allem seit Vater vor zehn Jahren gestorben ist? Er liegt drüben neben seinen Angehörigen begraben, nach einer fürstlichen Beerdigung, die mich von aller Wehmut über sein Los entlastet hat!

Ja, bin ich, Titi, der Einzige, den du liebst, Félicie? Könntest du es mir dieses eine Mal auf irgendeine Weise bestätigen?

Nureddin, der mürrische Neffe, kam heute allein herein. Er umarmte mich. Er schaute mich an, wollte offenbar mit mir sprechen; aber nein, er sagte nichts. Er ging zu dir hin. Er beugte sich nieder. Seine Lippen streiften deine Stirn. Wie meine vorhin.

Den Rücken mir zugewandt, entfuhr ihm plötzlich ein langer, rauer Schluchzer, das Weinen eines Mannes.

Er krümmte sich noch mehr, immer noch mit dem Rücken zu mir, dann sprang er mit einem Satz hinaus in den Flur, wo er sich wahrscheinlich hinsetzte.

Du schläfst, bleiche Schönheit, denn ich finde dich schön, verjüngt wie in früheren Tagen.

Ich habe mir das Foto lange angesehen, »unser« Foto, das einzige, das über dem Schreibtisch hängt in meinem Antiquitätenladen im Viertel der Reichen. Das Bild wurde zwei oder drei Jahre nach der Unabhängigkeit aufgenommen, und zwar in Oran: Ich, zwanzig oder etwas darüber, schlank, ganz gut aussehend, wie man mir sagte (ich kann es mir erst jetzt bestätigen), auf der anderen Seite mein bester Freund von damals, Brahim, sehr dunkel, fast schwarz, ein junger Mann, der fünf Jahre älter war als ich, ein Frauenheld, er stammte von Tuareg ab, wie er behauptete, aber viel wahrscheinlicher war er mit dem Stamm meines Vaters verwandt. Er war jedenfalls mein bester, mein einziger Freund, was ist aus ihm geworden in diesen unruhigen Zeiten? Wir standen im Ruf, in den Bars des Stadtzentrums oder am Wochenende in den so genannten Vergnügungsstätten an den umliegenden Stränden ein ausschweifendes Leben zu führen. Zwischen diesen beiden jungen Männern auf dem Foto eine Frau mit runden Hüften in einem Frühlingskleid, das die Arme freilässt, ein strahlendes, lachendes Gesicht und ein blonder Schopf, du. Du warst ein wenig über vierzig und sahst zehn Jahre jünger aus. »Ein hübsches Pflänzchen«, wie man sagte. Wenn mir ein solches Kompliment an dich in der Öffentlichkeit zu Ohren kam, ballte ich gleich die Fäuste und raunzte den Trampel, der dich für meine oder Brahims Freundin hielt, an: »Gehn wir nach draußen, wir haben was zu bereden!«

Es war die Zeit, als du fast jeden Abend mit uns ausgingst: Nun der Mutterrolle ledig, war es im Grunde deine Art, die neuen Freuden der Unabhängigkeit zu feiern – nicht mit patriotischen Liedern (in einem geschraubten Arabisch) oder mit offiziellen Reden (da schalteten wir beide das Radio ab) noch bei Familienfesten (im Dorf beeilten sich alle, ihre Söhne zu verheiraten, ihre Töchter sowieso). Du gingst »mit den jungen Leuten aus«, wie du sagtest.

In den Bars trankst du ein Bier nach dem anderen. Wir tranken, wir lachten, ich hatte mir ein Kabrio ergattert – vermittelt vom Leiter einer Agentur, war mir die Stelle eines technischen Direktors in einem der zahlreichen Staatsbetriebe der Hauptstadt zugefallen. Mein direkter Vorgesetzter war ein ehemaliger Freiheitskämpfer, der gerade noch lesen und zählen gelernt hatte. Er ließ mir freie Hand. Sechs Monate lang kam ich mir recht bedeutend vor. Eines schönen Tages kündigte ich und arbeitete ein ganzes Jahr nicht mehr!

Mein allzu auffälliger Wagen hatte einem Pied-noir gehört, einem der wenigen, die im Land hatten bleiben können. Er hatte ihn mir für einen Bissen Brot verkauft. Meine Erinnerungen an diese Zeit sind verschwommen, außer wenn es um unsere Unternehmungen zu dritt geht. Wir fuhren bis zu den Stränden von Aïn-Turk und zum Cap Falcon.

Unterwegs sangen wir wie Schuljungen. Wenn ich mit dir recht spät nach Hause kam und du dich schließlich mit Vater in euer Zimmer zurückzogst, hörte ich euch streiten. Nun, du kehrtest in bester Stimmung heim, und, das können wir heute zugeben, meistens leicht angesäuselt. Zu mir sagte Vater nichts; er hatte auf die Kleinen aufgepasst. Er schaute nur dich lange an.

Eine Stunde danach vernahm ich manchmal die Vorwürfe des Vaters aus eurem Zimmer. Ihm schien die Begleitung meines besten Freundes nicht zu gefallen; »des Schwarzen«, wie er Brahim nannte. Einmal habe ich deine Antwort gehört, untermalt von deinem Gekicher eines kleinen Mädchens. »Sag nur«, hast du geprustet, »das ist unglaublich, bist du etwa eifersüchtig? Eifersüchtig auf diesen Bengel?«

An den folgenden Tagen gingen wir, du und ich, wieder zusammen aus, als ob nichts wäre.

Bei einem deiner vierteljährlichen Besuche im letzten Jahr vertrautest du meiner Freundin Claudine unumwunden an:

»Weißt du, meine Kleine, was die Ehe mit meinem Mann gerettet hat, war, dass wir jeden Abend Liebe machten, mindestens ein- oder zweimal – im Sommer manchmal noch öfter, wegen der Siesta! Tja …« Sie hat gelacht, fügte Claudine hinzu (sie überlieferte mir deine Worte mit einer gewissen Verwunderung), »wir hatten großen Spaß aneinander«.

Aufgrund deines Geständnisses von Frau zu Frau stelle ich mir heute vor, wenn du damals nach unseren gemeinsamen Eskapaden in Vaters Zimmer lachtest, »aber du bist ja eifersüchtig, eifersüchtig auf diesen Bengel!«, dann stürzte er sich ohne Worte ungestüm auf dich … Du hast es ja geradeheraus gesagt: Ihr hattet jede Nacht großen Spaß aneinander!

5

Wir alle, meine Schwestern, mein Bruder Yvan/Khelil, der eben aus Bordeaux eingetroffen ist, oder Nureddin, der inzwischen seinen jüngsten Bruder Alain mitbringt, zählen jetzt deine Tage im Krankenhaus nicht mehr. Uns genaue Rechenschaft darüber abzulegen, wie lange dein Koma schon dauert, wäre zu entmutigend.

Im Laufe der ersten Woche hofften wir, dass die Ärzte mit ihren technischen Mitteln dich sanft aufwecken könnten, wie Dornröschen, das nach Frankreich in seine Heimat zurückkehrt und aufwacht! Es war sicher, sie würden es schaffen, dich an die Oberfläche zu holen, unter den trüben Himmel des Nordens mit seiner bleichen Sonne. Aber die Tage vergingen, du schliefst weiter.

An einem Sonntag verfiel Marie mit rauer Stimme vor uns allen in einen Monolog.

»Wenn Mama dieses Mal durchkommt, werde ich ihr eröffnen: ›Mit Algerien ist es für dich vorbei! Mit vierundsiebzig hast du noch zehn, fünfzehn Jahre zu leben, sei froh!‹ Ich werde sie überzeugen: ›Das Algerien von heute ist nicht mehr das deiner Jugend, nicht einmal das der unsrigen!‹ All diese Unruhen, diese Gräuel! Und ihre Krankenhäuser«, sie wandte sich schulterzuckend an Ourdia, »du kannst lange sagen, die Ärzte seien so gut wie bei uns, dennoch wird Mama dort nie mehr ins Krankenhaus gehen!«

Dann weinte sie. Zum ersten Mal, still und ohne sich die Tränen wegzuwischen. Marie, unsere älteste Schwester, ließ ihre Tränen fließen.

Ich wollte ihr antworten: Es ist nicht recht, ihr deine Gefühle überzustülpen! Gewiss, unsere große Schwester Marie, die unter uns nur Kaki genannt wurde, hatte schon lange mit Algerien abgeschlossen! Seitdem ein Dummkopf (schon als sie ihren Amar auserwählte und liebte, hatte ich es immer gesagt: »Er ist ein Dummkopf!«) mit dem Geld seiner Mutter den Neureichen mimte, sich in ein Mädchen von achtzehn verliebte und sie ihr als »Mit-Ehefrau« aufzwingen wollte (so heißt das drüben), seitdem dieser Amar nicht mehr nur den Mädchen nachlief und seine Frau – heimlich – betrog, sondern es nun vorzog, vor aller Augen und zynisch in schamloser Bigamie zu leben (»Eine Einstellung, die dem Islam widerspricht«, meinte mein Vater dazu, ein halbes Jahr vor seinem Tod), da hatte Marie/Kaki, das war nur normal, während der drei Tage, die ich bei ihr verbrachte, zwischen den Terminen beim

Richter-Kadi, dem Packen der Koffer, während sie die Söhne überredete, ihr nach Abschluss des Schuljahrs einige Monate später zu folgen, da hatte Marie alles überdacht, mit hartem Blick und fliegenden roten Haaren: Die angeblich »fröhliche Stadt« war für sie »zügellos und vulgär«, die Freunde, jene meines Alters wie auch die Bekannten meines Vaters, waren »feige, nichts sagende Machos«, die jungen Frauen, die sich in ihrem Umkreis emanzipierten, hielt sie teils für »intrigant und neidisch« und den Rest, das war die Mehrheit, für »verängstigt und unterwürfig«.

Die ganze Welt ihrer Kindheit im Dorf des Vaters, die errungene und danach mit Anmaßung und Unverschämtheit gelebte Unabhängigkeit, die sie als »korrupt« verurteilte, alles, absolut alles, was dreißig Jahre lang ihre Welt gewesen war, lehnte sie jetzt ab. Sie zog einen Schlussstrich darunter.

Am Flughafen, sie hatte rote Augen und war ganz in Schwarz gekleidet wie eine spanische Witwe, wollte sie keinen umarmen. »Wenn ihr mich liebt«, sagte sie ihren Brüdern und jüngeren Schwestern, »dann müsst ihr mich in Paris besuchen kommen!« Tatsächlich riss sie sich los, von euch allen und von ihrer Heimat.

Du, Félicie, hast nichts dazu gesagt, als sie das letzte Mal über deine Schwelle trat. Du hast ihr versprochen, dass du dich um die beiden Söhne kümmern würdest, falls sie nicht nachkämen.

Ich wende mich an dich, Félicie, ich bin wieder allein im Raum, es ist ein klarer Morgen.

Wenn du so weiterschläfst, wird sich jedes der Küken aus deinem »Nest«, wie du früher sagtest, dir gegenüber genau wie Marie benehmen: Es wird sein Gepäck an Enttäuschungen und Desillusionierungen oder auch an neuen Anschauungen mitbringen und es dir aufladen. Deinem starren Körper, ihn damit bedecken, ihn damit belasten. Während du in deiner Reise der scheinbaren Reglosigkeit, wie ich glaube, eher alles von dir abwirfst. Du bist dabei, alle Belastungen zu vergessen, insbesondere die deiner Kinder.

Damit hast du abgeschlossen. Du hast zugesehen, wie wir erwachsen wurden, das wichtigste für dich war, dass wir »gediehen«, dass wir von Krankheiten, Seuchen, Hunger und Mord verschont blieben. Das war alles. Du verlangtest nichts von uns. Selbst unsere Leistungen in der Schule hast du nur von ferne betrachtet, wie von einem anderen Ufer.

An jenem Tag, als ich mitten am Vormittag zurückkehrte und ungerührt bemerkte: »Ich habe meine Stelle gekündigt«, waren meine Schwestern, die für mich schon »eine brillante Zukunft in der Bürokratie« vorausgesehen hatten, enttäuscht, mein Vater sandte mir am Ende seines Gebets einen fragenden Blick zu: »Warum?«

Doch du, Félicie, brachst in schallendes Gelächter aus und umarmtest mich: »Titi, na, dann bist du jetzt frei! Du hast noch so viel Zeit vor dir, um dich zu entscheiden!«

»Mit den Lohnrückständen, die sie mir endlich ausgezahlt haben, kann ich ein ganzes Jahr leben! Es war mir zu langweilig, in diesem Büro herumzusitzen, ohne etwas zu tun!«

»Du bist frei, Titi«, sagtest du wieder und umarmtest mich.

Marie, das heißt Kaki, sah sich damals schon als Lehrerin, später vielleicht gar als Schulrektorin, Algerien war für sie noch nicht »vorbei«. Selbst Marie wagte auszurufen – ich höre es, als wäre es heute, gerade weil sie uns eben wortreich den »Abgesang auf Algerien« dargeboten hat –, damals, an jenem Tag, als mir wirklich die Freiheit winkte, bemerkte sie voll Bitterkeit:

»Karim ist wie Mama; er ist der zweite in der Familie ohne Bewusstsein!«

Ich schnaubte zurück: »Ohne Bewusstsein, was willst du damit sagen? Sag doch ganz offen, dass Mama und ich bescheuert sind!«

Es war eines der wenigen Male, in denen Vater wieder für Ruhe sorgte, in seinem Französisch mit dem starken Akzent eines unbeholfenen Einwanderers, wie ich es zärtlich nennen würde.

Es ist seltsam, es fällt mir erst heute auf, Félicie: Während der fünfzig Jahre eurer Ehe sprach Vater mit dir sein »abgehacktes«

Französisch (wie die Araber es ausdrücken). Diese Redeweise verwendete er auch für alle seine Töchter.

Mit mir hingegen – vielleicht, weil ich schon als Kind bereit war, ein ganzes Jahr lang seine Unterweisung im Islam über mich ergehen zu lassen – sprach er, kaum dass wir das Haus verließen, sein Arabisch, das Stil hatte, wie ich fand. Ich habe leider vergeblich versucht, ihn nachzuahmen: Große Passagen seiner Rede hatten einen starken Einschlag von Oran (Vater mied jedoch die Anbiederung und Nachlässigkeit, die diesen Dialekt hinabziehen, sozusagen in eine lachende Ungezwungenheit, die aber auch abfällig sein kann). Bei ihm tauchte wie ein Grundwasserspiegel die alte Sprache auf – die Sprache seines Dorfes, der Ouled Sidi Sheikh. Die Kolonialmacht hatte den Aufstand dieses ruhmreichen Stamms kriegerischer Scherifen niederschlagen können und ihre Gefolgschaft anschließend in jene abgelegenen Hochebenen vertrieben, in denen Vaters Dorf lag. Das weiß ich von ihm.

»An diesem Ort«, sagte er und klopfte mit dem Fuß auf den steinigen Boden des Gartenfriedhofs von Beni-Rached, wo wir verweilten, »an diesem Ort können wir nicht vergessen! Das hat mir mein Vater, der Imam, versichert, dabei hatte er seinen Ältesten 1914/18 für Frankreich opfern müssen!«

Von den wenigen Malen, in denen er so vor mir Partei ergriffen hat, ist mir die Ehrfurcht vor dieser Sprache geblieben: Es war die Sprache eines Ritters, sagte ich mir. Mein Vater ist ein Adliger, wenn er seine Muttersprache spricht, und ein kleiner Angestellter, wenn er ins Französische wechselt. Außer für seine Offiziere, die ihn wegen seiner Pferdekenntnis achten. Außer für dich, Félicie, du hast ihn damals in Le Havre nicht aufgrund dieser Fähigkeiten erkannt, im biblischen Sinn des Wortes!

In Beni-Rached spürte ich damals die Kraft seiner Redegabe, wenn wir unweit vom Grab seines Vaters saßen – er war über hundertjährig gestorben, mit hundertfünfzehn, dieser Altersrekord wurde in der ganzen Gegend gefeiert. Aber auch, weil hier von ferne, vom Horizont hinter den Dünen, die Geisterkrieger heranzureiten schienen, auf Pferden mit prachtvollen Geschirren, während ihre Senghi – die schönsten Rassehunde des Landes – ihnen behände in gleichmäßigen Sprüngen folgten.

Vater sprach also arabisch mit mir, »sein« Arabisch, das ich in mich hatte aufsaugen wollen – wie viel bleibt von dieser Erbschaft des Klangs? Seit mein Vater gestorben ist und ich in der Ferne lebe, verliere ich sie leider unwiederbringlich immer mehr.

Heute schaffe ich es gerade, ein Gespräch von einer Stunde zu führen, mit Leuten aus Oran in ihrer kruden Redeweise, im Dorf würde man dazu sagen, sie sprächen »in unversiegelten Worten«.

Die Sprache meines Vaters dagegen strebte in ihrem wiegenden Verlauf voll verborgener Kraft danach, sich in den unbegrenzten Raum aufzuschwingen – jenseits der Dünen, die ich, als Kind am Eingang des Friedhofs von Beni-Rached auf dem Bauch liegend, stundenlang beobachtete.

Wo du auch hingehst, Félicie, das sage ich dir in dieser kurzen Pause: Wenn du heute nicht aufwachst, werde ich alles dafür tun, dass du für immer auf diesem Dorffriedhof ruhen kannst!

Und ich? Ich wünsche nichts. Wenn du dich nicht aufrichtest, wenn du mich nicht anschaust, mit deinen braun gesprenkelten blauen Augen, wenn es dir nicht gelingt, mich wenigstens ein, zwei Sekunden anzulächeln, was soll mir dann mein Leben, mein Schicksal und sein Ausgang noch bedeuten? Ob ich begraben, verbrannt, ertränkt, erstochen oder verstümmelt werde, was gilt es mir? Soll man meinen Körper liegen lassen, wo er hinfällt, wenn er mit Füßen getreten wird.

Ach, Félicie, wenn du nicht aufwachst!

6

Vielleicht verhalte ich mich wie Marie, Félicie: Ich bleibe vor deinem Körper sitzen, ich bringe ihm meinerseits meine Überfülle an Kindheitserinnerungen, Szenen, die zum Leben erwachen, obwohl ich sie für verflogen hielt … Vielleicht belaste ich dich ebenfalls, vielleicht bedränge ich dich sogar.

Du hörst mich, und es stört dich bestimmt. Was beschäftigt dich, das Verweilen oder Weitergehen? Hinüber zu meinem Vater, drüben auf dem Friedhof von Beni-Rached. Er wurde nach vier Tagen und vier Nächten der Zeremonien beerdigt, bei denen seine Paladine tanzten, in Trance fielen, beteten, die Krieger von einst, die seinetwegen aufgetaucht waren (ich war überwältigter Zeuge ihrer Rückkehr) oder aber wegen uns? Aber du siehst, wir sind gespalten, jeder hat seine zwei Vornamen, seine zwei Länder (welches soll er ablehnen, welches für sich wählen?), seine zwei nicht vorhandenen oder heimlichen Religionen, auch seine zwei Alter (vor dir, der Mutter, immer Kind, dabei fast schon alt), jeder von uns stolpert durch seine Bitterkeit, Unsicherheit oder Hoffnung. Du wirst uns verlassen, doch du zögerst noch: »Werde ich dieses Nest nun ein für alle Mal los sein?« Dies fragend, treibst du mal in der einen, dann in der anderen Strömung dessen, was sie als »das Koma« bezeichnen.

Ich verhalte mich wie Marie, dafür bitte ich dich um Verzeihung.

Marie wollte dir sagen: »Sobald du aufwachst, Mama, werde ich dir verkünden: ›Mit Algerien ist es für dich vorbei! Wegen deiner Gesundheit, wegen der zehn, fünfzehn Jahre eines rüstigen Alters, die dir noch zustehen!‹« Als ginge es dir darum, »zu überleben«! Als wenn Algerien für dich beendet wäre, während dein Geschick dort doch gerade erst beginnt! Ich, Titi (vor allem in den beiden Konsonanten höre ich deinen Tonfall, diese Liebkosung, zu der mein Name bei dir wird), habe diese Wahrheit über dich schon lange begriffen.

Lange? Bei der Beerdigung meines Vaters, am letzten Tag. Ich war beim Eintreten in die Versammlungsorte der Frauen geraten: drei, vier riesige Räume, angefüllt mit Besucherinnen, die in der letzten Stunde des Vormittags darauf warteten, dass die Träger mit dem Aufgebahrten kämen.

Ich hatte die Reihen der niedergekauerten Verwandten hinter mir gelassen, der rosa, grau, weiß und in verwaschenen Farben verschleierten Frauen. Die nächsten weiblichen Angehörigen hatten sich in den ersten Raum geflüchtet: die Cousinen, die vergessenen Tanten, die zu schnell herangewachsenen Nichten. Diesmal hielt sich keine zurück:

»Karim! Es ist Karim!« (Umarmungen.)

»Mein Herz, mein Sohn!« (Es folgte die Begrüßung mit zusammengelegten Händen.)

»Ein Herr, der Älteste des Verstorbenen!« (Ich küsste die Haube der ehrenwerten Dame, die so gerührt war.)

»Schön wie seine Mutter und stolz wie sein Vater!« (Ich lächelte eingeschüchtert meiner jüngsten Cousine zu!)

Wie ich allmählich durch ihre Reihen ging, flogen mir hochtrabende, poetische, zärtliche Komplimente zu. Der Trauerfall bewirkte, dass die Poesie sich auch in mein Arabisch mischte, wenn ich mich bedankte oder meinen Gruß an die vielen jungen oder weniger jungen weiblichen Verwandten richtete, zum letzten Mal ihre Sprache, ein schaukelndes Sprechen, das in einem leichten Taumel wankte.

Sie erkannten mich als ihren Verwandten an, das wusste ich: sicherlich wegen meiner Stellung als ältester Sohn meines Vaters, der eigens von Paris hergereist war, aber vor allem weil ich, fast wie durch ein Wunder, endlich mit ihnen in den gleichen Farben sprach, in der gleichen Sprache. Es war nicht die deine, Félicie.

So zog mich Vater, den man gleich fortbringen würde, im letzten Moment seiner körperlichen Anwesenheit noch einmal auf seine Seite: Er bewirkte durch unsere langen Gespräche am Friedhof in diesem Augenblick, dass die »anderen«, das heißt die »Seinen«, mich verstanden. Mich bei sich aufnahmen, »den Ältesten des Verstorbenen«.

Vielleicht war diese Begeisterung der Grund dafür, denn nachdem ich mir das Herz an diesem Raum, an diesen Dünen »satt gesehen« hatte, an all den eifrigen, harten Gesichtern, sagte ich mir drei Tage später bei meiner Abreise, wegen alledem und eigentlich im Widerspruch dazu: »Es war die schönste Heimkehr! Das vornehmste aller Begräbnisse! Verlass jetzt auf immer das Land deiner Väter! Es ist besser so. Es wird nie wieder so schön werden! Im Gegenteil, jetzt kommt der Abstieg, er wird dir umso mehr auffallen! Für dich ist es vorbei mit Algerien!«

Im Gegensatz zu Kaki bin ich, wie du siehst, Mama, nicht aus Bitterkeit fortgegangen. An jenem fernen Tag mit einundzwanzig, als du mir als Einzige dazu gratuliertest, dass ich mir meine Freiheit genommen hatte, »ohne Begründung, ein starkes Stück!«, hatte ich beschlossen, bindungslos zu leben. Denn genau so sah das Leben meiner Vorfahren aus, so lebte der Vater meines Vaters, sein ältester Bruder, der im Ersten Weltkrieg als Soldat verschollen war, sein jüngster Bruder, der beim Unabhängigkeitskampf als Partisan ebenfalls vermisst wurde. Im Grunde hatten all die Männer der Hochebenen, die Reiter und Jäger, so gelebt: in der Unbegrenztheit ihres Horizonts jenseits der Dünen!

Ich hatte ein Recht auf diese Erbschaft von Vaterseite, es war ihr echter Kern … auch wenn Vater mir von diesen Hinterlassenschaften am liebsten seine Sprache vererbt hätte (sie löst sich leider unwiederbringlich in meinem Munde auf) und wenn er vielleicht sogar ein Jahr lang hoffte, mir das gedämpfte Licht seines Islam weiterzugeben …

Allein, ich bin ein Mann allein und stehe seit vielen Tagen redselig vor deinem Körper, Félicie …

Noch eine letzte Bemerkung, Mama. Danach, das schwöre ich mir, werde ich schweigen.

Als ich auf Vaters Beerdigung durch die Reihen der weiblichen Verwandten ging, du erinnerst dich, suchte ich fieberhaft nach dir.

»Ich möchte Mama sehen«, sagte ich in Arabisch. (Das »Mama«, wie ich es im französischen Dialekt von Oran spreche, wurde ein klein wenig runder, etwas geschlossener und bekam eine kleine Spitze der Angst, sodass es zu diesem arabischen »Mma« wurde, das alle verwendeten.)

Schließlich brachten sie mich in einen Winkel des überfülltesten aller Säle. Du hast mich angesehen, ohne zu lächeln, plötzlich wie entrückt! … Bei unserer Begegnung, unserem kurzen Gespräch in diesem Moment mitten im Gedränge erkannte ich, warum mich das heftige Verlangen ergriffen hatte, dich zu sehen, nämlich um zu überprüfen, ob jemand bei dir war, um dir zu sagen …

Was habe ich dir zugestammelt, ich weiß es nicht mehr. Aber deinen verwaisten Blick werde ich nie vergessen, deine Fassungslosigkeit und dann die bebenden Worte: »Was soll aus mir werden, Titi? …«

Du sprachst mit mir, du schriest mir deine Vereinsamung heraus, und ich konnte es kaum glauben. Ich stotterte – Worte des Protests, der Verwirrung, ich …

»Also gut, du fliegst morgen mit mir nach Paris, oder du bleibst in Oran, ich komme zurück, dich zu holen, und dann gehen wir fort, die Welt ist groß, wohin du willst!«

Ich war wie von Sinnen über deinen kindlichen Schmerz, ich hätte dich weggetragen, auf der Stelle, in meinen Armen! Nichts zählte mehr außer dir, aber …

Aber ich hatte nichts begriffen. Drei Tage später, als ich allein wieder abreiste, drei Monate später, als ich dich in Paris erwartete, dir deinen Platz einrichtete, dein Zimmer, deine künftigen Gewohnheiten, dort, bei mir, ja, drei Monate später, dann sechs Monate, mindestens ein Jahr später gingen mir endlich die Augen auf: Auch nach Vaters Tod war es mit Algerien für dich noch nicht vorbei! Es fing erst an!

Bei deinem Besuch im Jahr danach, als du beschlossen hattest, nach Paris zu kommen, um dich um deine Pension, um das, was dir als Französin zustand, zu kümmern, bei jenem ersten Mal, als du in Begleitung der halbwüchsigen Ourdia bei mir eintrafst, waren wir an einem Vormittag einmal allein. Nachdem ich dir gezeigt hatte, was alles nur darauf wartete, dass du einzogst, tatst du so, als hättest du den Moment der Schwäche von drüben, im Dorf, kurz bevor sie Vater forttrugen, vergessen. Du hast mir entgegnet, unschuldig oder, wie Marie sagen würde, »ohne Bewusstsein«: »Aber Titi, ich kann doch nur dort in Oran leben … zu Hause!«

Heute wiederhole ich für mich deinen Satz einer getrösteten Witwe, einer Besucherin, die nach Oran zurückkehren will, »nach Hause«, wie du sagtest.

Du wirst wieder aufwachen, Mama. Du wirst mit mir sprechen. Und du wirst mir diesen Satz, den du vor fast zehn Jahren aussprachst, genauso wiederholen. O ja, Mama!

7

Der Tag kommt!

Ourdia sitzt schon seit dem Morgen hier (sie hat keine Lust mehr, einzukaufen oder im Viertel ihrer Schwester auf Entdeckungsreise zu gehen). Sie schwatzt auch nicht mehr wie bisher. Als ich eintrete, steht sie da, ich ertappe sie dabei, wie sie vor sich hin murmelt, ohne dein Bett aus den Augen zu lassen.

»Führst du jetzt Selbstgespräche?«, bemerke ich in sanftem Ton.

»Aber nicht doch, Titi, ich spreche mit Mama!«

Ich sage mir: Und wenn sie unsere Stimmen hörte, vielleicht ginge es ihr dann besser, oder?

»Ourdia hat womöglich Recht«, bemerke ich dann zu dir – ich spreche dich an wie gewohnt in dem hintergründigen Schweigen, in dem sich unsere … ist es eine Unterhaltung, die wir führen? Ich glaube es. Ein Zwiegespräch? Oder, meine stumme Félicie, ist es nur eine lange Fantasterei von mir?

Heute ist schönes Wetter, ein Hauch von Frühling liegt in der Luft. Dieser Empfang der kleinen Schwester flößt mir Zärtlichkeit für sie ein. Ohne uns abgesprochen zu haben, kommen wir überein, dass wir sehr viel Zeit haben.

Mit mütterlich anmutenden Gesten schickt sich Ourdia an, deine Haare zu kämmen. Bevor ich eintrat, hatte sie dir offenbar Creme im Gesicht aufgetragen. Ein bläuliches Fläschchen Eau de Toilette steht noch offen da.

Sie löst deine kastanienbraunen Zöpfe. Sie bürstet sie langsam, fährt mit ihren zarten Fingern hindurch; dann flicht sie dein langes Haar, in dem bisher nur wenige weiße Strähnen schimmern. Sie wischt dir jetzt die Wangen mit dem bläulichen Wasser auf einem Taschentuch ab.

»Morgen ist Freitag«, bemerkt sie halblaut, spricht sie mit dir oder mit mir? »Hast du es noch nicht bemerkt, ein- oder zweimal in der Woche erneuere ich ihre Frisur.« Dann murmelt sie für dich: »Ich hätte dich nicht mit den Krankenschwestern allein gelassen, damit es schneller ging, wollten sie dir eine Mütze aufsetzen! Eine Mütze!«

»Ich warte im Flur auf dich«, verkünde ich.

Als Ourdia herauskommt und auf mich zugeht, schlage ich vor: »Komm mit, wir gehen in die Cafeteria!«

»Du hast Recht, ihr Atem ist regelmäßiger. Als hielte sie einen Mittagsschlaf!«

Ich verjage mit einer Geste die verschlungenen Gedanken, die mich überfallen: Während ich nur Worte für dich hatte und Erinnerungen an unsere gemeinsam verbrachte schöne Zeit vorbeiziehen ließ, hat deine Tochter dich »getragen« – wie im arabischen Dialekt gesagt wird, wenn man einen anderen, kranken Körper pflegt. Einem alten Vater hilft man nicht, sondern man »trägt« ihn oder seine Mutter, einen gebrechlichen Ehemann oder natürlich jedes Kind, das die Kinderkrankheiten durchmachen muss. Deine Tochter hat dich diese ganzen Tage »getragen«, trotz der Pflege der Krankenschwestern und zusätzlich zu ihrer Überwachung. Ich, der nur die Reglosigkeit deines Körpers bedauert, der nach einem Fältchen, einer Furche Ausschau hält, die sich auf deinem Puppengesicht regen könnte! Der nur auf deinen endlich geöffneten Blick wartet!

Ourdia hat Kosmetika eigens für dich besorgt. Eine spezielle Haarbürste (für Kinder, damit du sie nicht so spürst), Bänder, Haarspangen für deine langen Zöpfe. Sie verwendet für dich die Duftwässer, die du immer benutzt hast, sie hat sie bestimmt in abgelegenen Läden suchen müssen: mit Jasmin, Veilchen und Moschusextrakt.

Bis hin zum Khol-Stift, Antimon-Pulver, das du früher sparsam einsetztest, was meinem Vater und meinen Schwestern gefiel. (»Wie eine Maurin«, sagten sie, »eine blonde Maurin!«) Ich habe gesehen, wie Ourdia zwei, drei Fläschchen mitbrachte, alle aus Silber, und mit jedem von ihnen eine Kappe mit Pinsel. Sie hat sie an einem Sonntag vor uns allen ausprobiert. Sie malte schwarze oder blaue Striche auf ihren Handrücken, roch an dem Pulver und verkündete dann voll Geringschätzung: »Keines von den dreien wird Mama gefallen! Sie kennt sich inzwischen aus, eine echte Frau aus Oran!«

Damals habe ich mich über Ourdia lustig gemacht. Ich fand, sie trug zu dick auf. Du warst bestimmt eitel, aber nur anfallsweise und sicher nicht »wie eine Frau aus Oran«.

Doch während ich heute auf dem Flur über sie nachdenke, finde ich diese kleinen, versuchsweisen Gesten der Pflege anrührend. Wenn du aufwachst, denke ich in einer aufwallenden Hoffnung, wenn du geschwächt und wackelig aus dem Krankenhaus entlassen wirst, wer wird dann an deinem Bett wachen? Ich, würde ich in einer ersten Anwandlung sagen. Aber ich muss anerkennen: »Tatsächlich, es wird Ourdia sein!«

Gewiss, ich werde dir eine Krankenpflegerin ins Haus kommen lassen, aber Ourdia wird das nicht wollen. Sie wird dich selbst ankleiden, sie wird dich vorsichtig in deinem Bett anheben, sie wird darauf achten, dass deine Unterwäsche gewechselt wird, dir liegt so viel daran, gepflegt zu sein. Seit ich sie dabei ertappte, wie sie dein Gesicht mit dieser Lotion streichelte, kann ich mir leicht vorstellen, wie sie dir mit ihren zarten Händen und zierlichen Armen langsam den ganzen Körper massiert.

»Eine Fremde soll sich um Mama kümmern? Niemals!«, wird sie ausrufen.

Ich sehe es voraus, Félicie. Viele Jahre nach Vaters Tod hast du mir einmal anvertraut, als du bei mir warst: »In den letzten sechs Monaten, als dein Vater gebrechlich wurde (er nahm immer mehr ab), vor allem, als er das Gedächtnis verlor, das war zu viel für mich, Titi. Da ist Ourdia energisch aufgetreten: ›Ich werde meinen Vater tragen!‹, entschied sie … Damals war sie vierundzwanzig!

Sie war gerade in eine eigene Wohnung gezogen, nicht weit von uns, ebenfalls in Eckmul! Sie nahm sich jeden Tag für Môh Zeit. Sie ›trug‹ ihn wie ein Kind. Ourdia ist wirklich tapfer: Sie wurde sozusagen zur Mutter für ihren Vater! Weißt du noch, während der ganzen sechs Monate habe ich dich dreimal angerufen: ›Komm schnell, dein Vater stirbt!‹ Am nächsten Tag warst du da; er nahm immer mehr ab. Er erkannte nur noch seine jüngste Tochter (du hast gezögert) und mich, wenn ich ihn berührte … (Du hast plötzlich geweint.) Deshalb wich ich nicht mehr von seiner Seite. Er rief mich mit immer schwächer werdender Stimme: ›Félicie! … Félicie!‹, ich streichelte seine Hand, seine Stirn, seine Wangen! Doch sie, Ourdia, leistete die ganze Arbeit. Nur von ihr aß er das wenige, das er schlucken konnte. Nachts schlief sie auf einer Matratze zu seinen Füßen.«

Ich habe zugehört, wie du an diesen Leidensweg erinnert hast. Ich litt damals nur unter deinen Tränen. Ich wischte sie dir energisch ab und führte dich aus wie eine Verlobte, in ein gutes Restaurant oder zu einem Spaziergang an den Kais. Alles, nur nicht deine Tränen!

Und jetzt, als ich dir auf dem Flur diese Familienszenen berichte, dringen endlich die Gesten, die Bemühungen um dich, die Aufopferung der »Kleinen« zu mir durch, erst jetzt: Denn Ourdia »trägt« dich, Félicie.

In der Cafeteria sprechen wir voll Freude die ganze Zeit von dir. Von deinen Fehlern, deinen Vorlieben, von den Zeiten, die Ourdia als kleines Mädchen nicht miterlebt hat. Fröhlich berichte ich ihr, was dir, gelinde ausgedrückt, früher gefehlt hat.

»Wusstest du, dass Mama so gerne einen Hund gehabt hätte, bei uns im Haus, einen Boxer?«

»Nein«, ruft meine Schwester erstaunt.

»Weißt du, was Félicie sagte?« Ich lachte schon im Voraus. »›Was mich an den Arabern stört‹, damit fing sie zuerst in Mascara an, dann, als wir nach Oran zogen, ›ist, dass sie keine Hunde mögen! Das heißt keine Hunde im Haus, nur Hunde für die Jagd!‹ Sie seufzte, schaute aus dem Fenster und sprach dann weiter: ›Hier haben sie die Sonne, den Frohsinn.‹ (Das sagte sie, betone ich, als sie in Oran lebte.) Ja, in ihrer Unverblümtheit sagte sie sogar: ›Sie haben die Liebe.‹ (Ja, ja, ja, Félicie sagte es und setzte eine wissende Miene auf.) ›Vor allem‹, fügte sie hinzu, aber nie in Vaters Anwesenheit ...«

»Vor allem was?«, fragt Ourdia mit runden Augen.

»›Vor allem‹«, fahre ich bewegt fort, und ich höre ihre Stimme von einst wie heute, »›haben sie den Mascara!‹«

»Den Mascara?«

»Ja, den besten Wein Algeriens. Sie stammte aus der Normandie und landete ausgerechnet dort, wo der beste Wein hergestellt wurde, der Mascara! ... Schockiert es dich?«

»Nein«, gibt Ourdia etwas zurückhaltend zu, »sogar in der letzten Zeit freute sie sich, wenn man ihr manchmal einen Liter Mascara nach Hause brachte!«

»Einen Liter? Als ich zwischen zehn und zwanzig war, habe ich sie oft mehr trinken sehen! Sie war übrigens nie betrunken, nur fröhlich, gelöst, und hatte brennende Wangen … Wenn sie sich stritten, dann über die Flasche Mascara, die Vater sofort in den Ausguss schüttete. Sie nannte ihn dann ›einen dreckigen Araber‹, eines Tages drohte sie ihm sogar: ›Ich melde dich beim Gericht und sage ihnen, dass du die Freiheitskämpfer unterstützt! Dann sperren sie dich ein, und ich kann so viel trinken, wie ich will!‹«

Nach diesen Ausbrüchen wurde es in ihrem Zimmer still … Sie beruhigen sich, sagte ich mir. Jetzt weiß ich, wie!

Wir plaudern also in der Cafeteria. Félicie, so deine unverbesserlichen Fehler zu erzählen und dabei mit Ourdia verschwörerisch zu lachen, das tut gut! Es gibt eine Kraft spendende Freude. Ein Zeichen, dass die Hoffnung wieder ersteht.

Wir gehen zum Gebäude des Krankenhauses zurück, in dem du liegst. In seinem Hof beleuchtet die Sonne die Pflanzen am Boden, deren erste Knospen emporgereckt stehen. Meine Freude über dich schwirrt in der Luft. Ich habe Ourdia von jener Vergangenheit erzählt, die sie nicht erlebt hat. Wir gehen beschwingt. Es ist mitten am Nachmittag. In deinem Zimmer herrscht Stille. Dein regelmäßiges Atmen. Fläschchen, Gefäße … Ein Rest Veilchenduft von Ourdias Pflege deines Körpers.

Wir alle beide sind erfüllt von dir, ich träume schon von deiner Genesungszeit bei mir. Ich sehe, wie meine Schwester um dein Bett herum werkelt, bei mir zu Hause. Du wirst dasitzen, ohne Schmerzen.

Lange herrscht Stille. Ourdia, auf der anderen Seite des Betts, schlummert ein.

Ich sitze wach zu deiner Linken, meine Augen fest auf dich

gerichtet, auf deinen friedlichen Schlaf. Ourdia sitzt mit dem Rücken zum Fenster. Das Tageslicht bescheint uns alle drei.

Meine Schwester schrickt zusammen. Ich beobachte dich.

Da passiert »es«.

Mama richtet sich auf, setzt sich hin. Dreht den Kopf nach links, zu mir. Mindestens eine Minute lang. Fällt mit einem Mal wieder nach hinten. Schließt die Augen.

Ich finde mich vor deinem Bett stehend wieder. Ich habe deine Hand ergriffen. Ourdia redet, schreit, ich weiß nicht. Sie rennt hinaus in den Flur, kehrt zurück, ruft die Krankenschwestern. Aufruhr um uns beide herum.

Ich bin nicht mehr allein mit dir im Zimmer. Aber es ist eingetreten: Mit den Worten, die ich während all dieser Tage an dich richtete, habe ich dich auf meine Seite gezogen. Du hast natürlich mich gesucht. Ja, du hast mich gesehen. Du hast versucht, auf mein eindringliches Schweigen zu antworten. Ich saß zu deiner Linken. Sobald du dich aufgesetzt hattest, hast du dich zu mir gewandt.

Ich bin nicht sofort aufgestanden. Ich hätte gern deine Hand genommen. Ich habe auf deine Augen geschaut: Deine Pupillen waren verschleiert und immer noch diese braunen Einsprengsel, die das lebhafte Blau nicht überschatten können. Aber …

Nichts von dem, das ich so sicher erwartet hatte, Félicie! Ich dachte, du würdest mich anschauen, mir zulächeln, mit mir sprechen, und seien es nur zwei oder drei Worte. Aber nein, umfangen von den Nebeln deiner Reise ohne Wiederkehr, hast du versucht, dich ihnen zu entreißen, zurückzukehren.

Du bist mit einem Ruck aufgesessen, trotz der Schläuche, der Kabel, der Sauerstoffflasche, die über deinem Kopf schwebt, trotz des ganzen Geschirrs, das die Reglosigkeit deines Körpers umgibt: Alles geriet ins Wanken, hat sich geneigt, ist deinem Körper gefolgt (welche Kraft hat er entfaltet … als du dich mir zuwandtest, zu deiner Linken). Du hast dich richtig aufgesetzt, steif, und das mindestens eine Minute lang.

Ich bin es, der in die Unendlichkeit dieser Minute gefallen ist wie in ein neues Koma. Ich, reglos, mit angehaltenem Atem.

Du hast deinen Kopf nach links gewandt. Ich bin deinem Blick begegnet.

O Félicie, es tut weh! Etwas fehlt, welch stechender Schmerz! Ich habe deine Pupillen untersucht.

(Früher, als Kind bei dir im Bett, suchte ich deine Augen und prüfte die braunen, fast honigfarbenen Einsprengsel, nur in einem Viertel und der Rest, der Hintergrund der Pupillen, ein dunkles Blau.

Damals lachtest du. Ich murmelte: »Ich finde sie blau, deine Augen, die braunen Flecken machen nichts aus!« Niemand, keines deiner acht Kinder hat diese Eigenheit geerbt.)

In der zweiten Minute, in der du als steife Puppe sitzenbliebst, mit zu mir gewandtem Kopf, wurde dein Blick …

Diese Abwesenheit hatte ich nicht vorhergesehen! Ich habe dich in meinem Schweigen herbeigerufen, damit du für mich zurückkehrst, eine Minute, eine Stunde, einen Tag lang, wie auch immer – und du hast mich erhört.

Ich hatte nicht vorausgesehen, dass du diese lange Minute an die Oberfläche kommen würdest, jedoch als Gefangene dort und hier, dass du mir, leider, keinen Blick schenken würdest!

Deine vernebelten Pupillen suchten mich wie in der Nacht, sie nahmen mich zur Linken wahr, sodass du eine heldenhafte Anstrengung vollbrachtest … Ich wartete, der Atem stockte mir, meine Seele wurde durchbohrt von deinem leeren Blick, ich hoffte Sekunde für Sekunde …

Plötzlich ist dein Kopf auf das Kissen zurückgefallen.

Ourdias Stimme, ihr Schrei, was bedeutet das jetzt. Ich finde mich an deinem Bett stehend wieder. Ich halte deine warme, ja heiße Hand.

Ohne mich zu meiner Schwester umzuwenden, herrsche ich sie an: »Sei still! Halt deinen Mund!«

Ich weiß nicht, ob ich sie angeschrien habe: »Ruhe!«

Deine heiße Hand. Über dich gebeugt, habe ich gewartet, gehofft, gebettelt: wieder nur dein wächsernes Gesicht. Deine gewölbten Augenlider mit der durchscheinenden Haut sind erneut geschlossen …

Die Krankenschwestern, der Dienst habende Arzt. Ourdias Erregung.

Mit einem Schlag habe ich mich selbst in diesem überfüllten Raum gesehen. Sie haben das Fenster geöffnet. Wohin sollte ich gehen? Dein Körper, jetzt für immer daliegend … Ich bin ab heute ein Phantom, ein lebendiges, aber dennoch ein Phantom.

»Es ist vorbei!«, habe ich geschrien.

Und als ich blitzschnell den Kopf wandte, sah ich Ourdias erstarrtes Gesicht, ihr tränenvoller Blick lag auf mir. Eine der Krankenschwestern murmelte: »Gehen Sie! Gehen Sie bitte!«

Ich erinnere mich nur noch an den Klang ihrer Stimme: Er war freundlich. Sie nahm mich, glaube ich, bei der Hand.

»Es ist vorbei, Félicie!« Ich wiederholte diese Worte verstört, während ich sachte auf den Flur gedrängt wurde.

Ich weiß nicht mehr, wie ich in den Hof und dann vor das Portal kam. Draußen auf dem Gehweg höre ich meine Schritte auf dem Asphalt: »Es ist vorbei, nie mehr sprechen, denn es ist vorbei!«

Wie diesen Worten ausweichen: »Es ist vorbei!«, hier, in meinem Pariser Exil?

Ich irre eine Stunde lang im Viertel von Barbès herum. Beim »Diebesmarkt« unter den hohen Bögen der Metro, während ich wie im Traum das rhythmische Donnern der Züge höre, die in gleichmäßigen Abständen aufeinander folgen. Ich lasse mich von einem fliegenden Händler ansprechen, er bietet mir Uhren an, einer einen

Fotoapparat, noch einer … Sie wenden sich sofort wieder von mir ab, sicher wegen meines leeren Blicks. Sie haben erraten, selbst wenn ich ihnen zu antworten versuchte, würde kein Laut über meine Lippen kommen. Sie gehen weiter.

Meine Mutter wird hier sterben, in meiner Nähe!

Ich bin lebendig, in Barbès, und streife über den »Diebesmarkt«. Aber nein, ich befinde mich in Oran, am Rand des Viertels der Ganoven, in der Nähe von Petit Lac, dort, wo ich meine ersten Jeans gekauft habe. Ich lungere bei den Armen herum, bei den Ganoven, aber drüben!

Ich bin siebzehn Jahre alt. Félicie wartet zu Hause auf mich.

II Ourdia/Louise

1

Warum haben sie mich eigentlich nicht einfach Louise oder Louisa genannt? Besser Louisa, das würde zu beiden passen, zur französischen Mutter und zum algerischen Vater! Die beiden haben sich wirklich geliebt, seit ihrer Hochzeit waren sie keinen Tag getrennt. Sie stritten sich, weil sie sich liebten, bei ihren acht Kindern war es anders, jeder von beiden wollte die Sprösslinge auf seiner Seite haben, in seiner Sprache, in einer der beiden Religionen – denn ist der Vorname nicht vor allem eine religiöse Angelegenheit? Es war, als hätten sie ihre Söhne und Töchter – das fällt mir vor allem seit Vaters Tod auf – auf einer Grenze, einem Bergkamm, in einem Niemandsland abgesetzt (und zwar vom ersten Tag, von Geburt an). Dazu hielten sie Vorwände und Entschuldigungen bereit: Vater, der gläubige und fromme Muslim, wollte ernsthaft den Toleranten spielen. »Wenn er seiner christlichen Frau erlaubt, zur Messe zu gehen« – das sagten Leute, die ihn bewunderten, die ihn kritisierten, die ihn achteten, also alle – »warum soll sie dann nicht für jedes ihrer Kinder, das sie geboren hat, einen Namen auswählen dürfen?«

Diese vielen Fragen über meine Mutter!

Die Tanten, die sie liebten, tatsächlich liebten sie alle, sprachen mit mir, ihrer jüngsten Tochter, über sie:

»Sie hat für deinen Vater alles aufgegeben, ihr Land, ihre Familie.« – Im Dorf wussten sie nicht, dass Mama im Alter von nur zwölf Jahren von ihrem Vater weggegeben worden war. Ja, sie hatte aus Liebe alles zurückgelassen!

Denn die Frauen, die so über unser Leben sprachen, hatten geheiratet, weil ihr Vater oder Bruder sie »vergeben« hatte, wohingegen Félicie, »aus Liebe«, so fuhren sie fort, »auf alles verzichtet hatte. Da war es nur normal, dass ihr die Kinder gelassen wurden, oder? Da musste sie ihnen auch eigene Vornamen geben, in ihrer Sprache, es waren ja ihre Kinder! ...«

Mama hat darüber nie gesprochen. Nicht einmal, als ich es ihr mit vierzehn heftig vorwarf.

»Jetzt habe ich Louise als ersten Vornamen auf meinem Ausweis und Ourdia als zweiten, hättest du nicht einfach Louisa nehmen können? Das hätte für beide gegolten, und ich müsste mich nicht von meinen Schulkameradinnen auslachen lassen!«

»Aber mein Schatz«, erwiderte Mama ruhig, »das wusste ich nicht. Keiner hatte mir gesagt, dass es ›Louisa‹ auch als arabischen Vornamen gibt!«

Ich redete zornig weiter: »Und Kader? Du hast ihn Jean genannt, aber ›Jean‹ auf Arabisch, das steht sogar im Koran, ist ›Yahia‹! Hättet ihr ihm nicht einfach den Namen Yahia geben können und du hättest ihn Jean genannt?«

»Werd nicht ungeduldig«, sagte Mama nachsichtig. »Das wird einem auf dem Standesamt alles nicht erklärt, weder damals bei den Franzosen noch heute bei den Arabern! Mit meinem Hauptschulabschluss habe ich nie gehört, was im Koran steht! Dass die Mohammedaner den Evangelisten Johannes anerkennen!«

Ich bebte vor Verärgerung. Mama streichelte mich, wiegte mich und fügte dann gleichmütig hinzu: »Vornamen sind doch nichts anderes als Worte, was bedeutet das schon?«

»Ihr habt uns zusammen gezeugt, aber als wir auf der Welt waren, habt ihr dann zu uns gesagt: So, du hast zwei Seiten, zwei Gesichter, zwei …«

Sie küsste mich: »Ganz schön kompliziert, meine Jüngste, wohl die komplizierteste von allen? Wie soll ich dich also nennen?«

»Ich habe es dir schon hundertmal gesagt, weder ›Titi‹ noch ›Kaki‹, mit keinem von diesen lächerlichen Kosenamen, die uns in kleine Stücke schneiden! Ich bin Ourdia, nur Ourdia!«

»Aber Louise steht zuerst in deinem Ausweis!«

»Nein, ich lebe in Algerien, und selbst wenn ich nach Frankreich gehen würde wie Titi oder Marie, würde ich immer Ourdia bleiben!«

Da rief Mama mich nicht mehr beim Namen oder nur »mein Schatz«, »mein Liebling«. Das dauerte mehrere Jahre.

Als Vater gestorben war und ich bald nach der Beerdigung in Oran wieder bei ihr eingezogen war, rief sie mich eines schönen Morgens: »Ourdia, mein Liebling!«

Da habe ich sie angeschaut, meine Mutter! Sie hatte meinen Vornamen ausgesprochen, als ob sie Arabisch konnte, sie hatte bestimmt lange allein üben müssen, bis sie mich mit diesem »Ourdia« überraschen konnte, mit gerolltem »r« und kraftvoller Betonung auf dem »i«: Die Sonne schien an diesem Frühlingsmorgen.

Ich bin Félicies Jüngste. Während all dieser Jahre wusste ich, dass ich ihr zur Seite stehen würde wie meinem Vater: Ich würde ganz in ihrer Nähe sein bei ihrem letzten Atemzug.

2

Als Karim gestern wegging, nachdem er geschrien hatte: »Es ist vorbei!«, bin ich bis in die Nacht mit den Krankenschwestern bei ihr geblieben. Marie und Nureddin sind gekommen, um mich abzuholen, ich hatte sie angerufen.

»Karim geht es schlecht, seitdem Mama sich aufgerichtet, ihn angeschaut hat und dann wieder ins Koma gefallen ist.«

»Immerhin hatte er das Glück, ihre Augen noch einmal offen zu sehen«, seufzte Marie, während sie sich schnäuzte.

Nureddin, der mit dem Dienst habenden Arzt allein gesprochen hatte, kam besorgt zurück: »Er gibt ihr keine große Chance.«

Ich sagte, ich wollte die Nacht dableiben.

»Das ist nicht möglich!«, verfügte die Oberschwester. »Geben Sie mir Ihre Telefonnummer, heute Nacht kontrollieren wir jede Stunde bei ihr. Ich verspreche Ihnen, dass wir Sie im Notfall anrufen!«

»Wir können in einer Viertelstunde hier sein«, bestätigte Marie und führte mich zum Ausgang.

Wir gingen.

Ich schlief wenig. Zweimal stand ich auf, um Karim anzurufen, ich wollte mit ihm sprechen, ich wusste aber nicht einmal, ob Claudine noch bei ihm wohnte. Ich wollte sie nicht wecken …

Frühmorgens zog ich mich eilig an. Ich notierte mir Maries Telefonnummer im Büro. Ich kam mit schlimmsten Befürchtungen zu Mama. Sie schlief. »Ihr Zustand nachts war praktisch unverändert!«, versicherte mir die Tagwache zu meiner Erleichterung.

Der Alarm von gestern stellte sich also als verfrüht heraus. Das alles nur, weil Karim geschrien hatte: »Es ist vorbei!«

Im Übrigen ist er noch nicht gekommen, dabei ist es schon später Vormittag. Er hatte wohl keine solche Angst wie ich heute Nacht. Umso besser! Mama hat Recht, ich bin die Gefühlvollste.

Um zwei Uhr nachmittags, ich wollte das Krankenzimmer nicht verlassen, nicht einmal als der Professor zur Untersuchung kam, »notfallmäßig«, wie mir die Assistentin hinter ihm zuflüsterte, um zwei Uhr also, schrecke ich auf, spitze die Ohren, denn Mamas

Atem hat sich eben in eine Art Röcheln verwandelt oder eher ein Gurgeln … Etwas stimmt nicht, mein Herz schlägt wie wild. Ich drücke auf die Klingel, damit jemand kommt.

Ich weiß nicht, was ich tun soll. Ich lasse Mamas Hand los und umrunde das Bett: »Wo bleiben sie nur? Sie kommen nicht! Dieses Röcheln …«

In diesem kopflosen Moment kommt Karim herein. Nach einem Blick auf mich stürzt er zum Bett.

»Es geht ihr schlecht! Sie atmet schlecht«, stammle ich.

Mein Bruder, fahl und steif, schreit mich fast mit einem Vorwurf in der Stimme – und zwar auf Arabisch, ja, in arabischer Sprache – autoritär an: »Hast du die *Shahada* für sie gesprochen?«

Ich sage nichts. In meinem Innern falle ich aus allen Wolken, tief in einen Abgrund: »Mein Bruder denkt schon an den Tod! An Mamas Tod!«

Schließlich antworte ich: »Ja, ich glaube!«

Als würde ich die Shahada kennen! Und was hat Mama mit ihr zu tun?

Karim ist auf sie zugegangen, hat sein Ohr an ihr zartes Gesicht gelegt, dann hat er sich wieder erhoben. Aufrecht, fast ungerührt, ihre Hand in der seinen (später sagte er immer wieder: »Ihre Hand war warm. Sie lag warm in meiner Hand!«). Karim ist also ernst wie ein Priester – als wäre er nicht mein Bruder, sondern ein anderer, eher ein Bruder meines Vaters –, dann höre ich, wie Karim nach einem zweifelnden Blick auf mich, wie er, der Pariser, in einwandfreiem Arabisch den ersten Vers der *Fatiha* spricht, der ersten Sure des Korans.

»Im Namen Gottes, des Erbarmers, des Barmherzigen. Es gibt keinen Gott außer Allah, Mohammed ist der Gesandte Gottes!«

Dann verstummt er, seine Hand in Mamas Hand. Ich breche in Schluchzen aus vor diesem Paar: Mama und ihr Sohn.

Titi hat mich überrascht, er ist genau in dem Moment gekommen, als Mama ihren letzten Atemzug tat.

Danach herrschte eine Sekunde, eine Minute Schweigen. Immer noch schluchzend, rannte ich auf den Flur: »Mama stirbt! Kommen Sie, tun Sie etwas!«

Schnell bin ich mit zwei Krankenschwestern ins Zimmer zurückgekehrt. Die dritte war fortgestürzt, um den Dienst habenden Oberarzt zu alarmieren. Irgendjemand, ein Besucher oder ein Pfleger, rempelte mich auf dem Flur an und rief ganz laut: »Es ist drei Uhr! Drei Uhr nachmittags!«

Wieder im Zimmer, wische ich mir die Wangen ab. Karim steht mit dem Rücken zu mir. Er lässt Mamas Hand fallen, er dreht sich um und seufzt mit tiefer, sehr müder Stimme:

»Sie muss nicht mehr leiden! Gott ist groß.«

Ich erhebe meine Augen zu ihm, sein Gesicht zeigt tiefe Falten, seine Augen glänzen. Er hat ein nervöses Zucken um den Mund.

Rasch denke ich bei mir: »In dem Moment, als ich weg war, hat er sie sterben lassen. Und dann ist er ganz allein gebrochen. Gebrochen vor Schmerz!«

Ich bin auf die andere Seite des Betts gegangen. Ich habe Mamas Gesicht gestreichelt. Ich hatte Lust, mich neben sie ins Bett zu legen, sie in meine Arme zu nehmen wie ein Kind, sie zu wiegen ... Ich habe es nicht gewagt, wegen all der Schläuche, wegen dieser Verbindungen, die nichts mehr nützten! Ich habe Eau de Toilette genommen, ich habe mit einem benetzten Taschentuch über ihre Stirn gewischt, über ihre Lider, die sich nicht mehr heben werden, über ihre gerade Nase, über ihren Mund mit den plötzlich zusammengepressten Lippen, ihr vorspringendes Kinn. Ich beuge mich über sie. Ich küsse sie wieder auf beide Wangen, auf die Stirn. »Ihre Haut ist noch warm«, klage ich bei mir.

Während der Oberarzt zur letzten Untersuchung kommt, suche ich Karim. Er hat sich auf der anderen Seite auf einen Stuhl gesetzt.

Er schaut Mama nicht an. Ich glaube, er wird sie nie wieder ansehen.

Seine Züge sind immer noch tief zerfurcht. Das Zucken von vorhin hat aufgehört. Erst jetzt begegnet er meinem Blick. Er murmelt verzweifelt: »Als ich vorhin herkam, konnte ich nicht hineingehen! Ich bin ums Krankenhaus herumgelaufen: einmal, zweimal … Ich konnte nicht hineingehen!« Er schluchzt einmal auf. »Ich wäre mindestens eine Stunde früher hier gewesen!«

Ich antworte ihm nicht. Wenn ich ihn anlächle, muss ich weinen. Nein.

»Ihre Hand in meiner war heiß«, fügt er hinzu.

Ich antworte ihm immer noch nicht. Ich schaue ihm fest in die Augen, damit sein Gesicht, seine Züge sich endlich entspannen! Mama ist noch bei uns, und ich weiß jetzt: Ich bin stärker als du, Karim!

III Palaver

Noch am Abend des Tages, an dem Félicie gestorben war, traf Younès ein, der jüngste der Söhne, um am Familienrat teilzunehmen. (Er war eigentlich ein Neffe, der von Félicie und ihrem Mann 1962 adoptiert wurde, nachdem sein Vater vermisst gemeldet war; als einer der Ersten aus Beni-Rached war er zu den Männern im Maquis gegangen). Younès war zwei Stunden zuvor aus Oran angelangt.

Der bärtige Younès, der eine eindrucksvolle Frömmigkeit zeigte, war bestimmt kein Anhänger der Fundamentalisten, für den ihn manche in der Familie hielten. Doch er war erwiesenermaßen ein erfolgreicher Geschäftsmann. Er sprach Französisch, den arabischen Dialekt von Oran und Marokko, er drückte sich ohne Mühe in Spanisch aus und verstand Englisch. Sein Import/Export zwischen

Europa und Oran blühte, das war allseits bekannt: in seinem Viertel, im Dorf und bei den Verwandten. Dabei war er einer der jüngeren von »Félicies Söhnen«.

Alle hatten sich in Maries Wohnung versammelt, bei seinem Eintreffen wurde Younès aufgefordert, Platz zu nehmen. Er hatte sich schon vor der Leiche seiner Adoptivmutter verneigt, doch ohne zu weinen, er war eher erstarrt. Er hatte seine zusammengelegten Hände vors Gesicht gehalten und undeutlich ein paar Verse psalmodiert. Karim hatte draußen auf ihn gewartet und war mit ihm gemeinsam zur Versammlung gekommen.

Außer Marie und Ourdia waren der andere Bruder Khelil anwesend sowie Nureddin und Murad, Maries Söhne. Nur Kader, einer der jüngeren Söhne Félicies, war in Oran geblieben – er war derjenige, den man als »Imam« bezeichnen konnte, als einen Experten in religiösen Dingen. Karim nannte ihn unverblümt den »Pfarrer« – er saß jetzt drüben in seiner Wohnung am Telefon: Die anderen konnten ihn im Laufe der Diskussion anrufen, um seine Meinung einzuholen.

Wo sollte Félicie begraben werden? Das war die erste Frage. In Algerien oder in Frankreich? Marie brachte vor, dass sie und ihre Söhne sich in Paris um das Grab kümmern und es häufig besuchen konnten. »Eigentlich haben die, die in Algerien leben, schon Vaters Grab! Wir möchten hier wenigstens ein bisschen von Mutters Anwesenheit haben, oder?«

Marie drehte ihren Kopf auf der Suche nach Zustimmung in alle Richtungen. Nicht einmal Nureddin wagte ihr beizupflichten.

Karim beendete diese erste Streitfrage rasch: »Du gehst mit deinen Überlegungen von dir aus und versetzt dich keinen Augenblick an Mamas Stelle! Wenn wir jetzt hier ihre Meinung dazu einholen würden, wie würde sie entscheiden? … Na los, stellt euch die Situation vor, ihr kennt alle ihre Vorlieben und ihre Wünsche. Jetzt strengt euer Hirn an, na?«

Alle waren verdutzt über die Heftigkeit des Ältesten.

»Sie möchte natürlich neben ihrem Mann begraben werden! Dazu sind fünfzig Jahre Ehe schließlich da!«

Khelil aus Bordeaux mischte sich schüchtern ein: »Da sie eine Französin ist, wird es in diesen Zeiten sehr schwierig werden, sie in Algerien zu beerdigen.« Dann fügte er etwas leiser hinzu: »Und außerdem viel teurer!«

»Wir stimmen ab«, unterbrach ihn Karim. »Unter wie vielen sollen die Ausgaben aufgeteilt werden?«

Er zeigte mit dem Finger auf jeden, wobei er Nureddin und seine Mutter gemeinsam zählte. »Ihr seid vier, dazu der eine am Telefon in Oran, fünf, und ich selbst, sechs! Das sind 5000 Francs für jeden. Wenn die Kosten höher werden, sagen wir Bescheid.«

Jetzt war Nureddin an der Reihe, sich in die Diskussion zu werfen, seine Kehle war aber doch etwas zugeschnürt vor Aufregung. Als er sich an seinen Onkel Karim wandte, wurde sein Ton schnell etwas kräftiger: »Du hast mich mit meiner Mutter zusammen gezählt, damit bin ich nicht einverstanden. Ich möchte mich ebenfalls in meinem eigenen Namen beteiligen. 5000 Francs, welch ein Zufall, genau so viel hatte mir Großmutter vorgestreckt, als ich Oran verließ, um hierher zu ziehen. Mir ist wichtig, die Summe zurückzuzahlen, es ist eine Schuld. Aber vielleicht kann ich es nicht, ich habe nur mein Stipendium ...«

Karim schaute ihn flüchtig an, stimmte mit einem Nicken zu und fragte in die Runde, wie bei einer Abstimmung, alle waren einverstanden.

»Ruf den anderen an, den Pfarrer, der drüben wartet!«

Marie bemühte sich, aber er war nicht zu erreichen, um diese Tageszeit war die Telefonverbindung zwischen Oran und Paris gewöhnlich überlastet.

Jetzt war Younès an der Reihe: »Karim, du musst deine Mutter nur zur Muslimin erklären lassen, wenn du willst, dass sie drüben neben ihrem Mann ruht.«

»Félicie eine Muslimin, du machst Witze?«

»In Beni-Rached, wo es nur einen Friedhof gibt, kannst du es sonst vergessen! Bis heute liegt dort kein einziger toter Christ oder Jude, es lebten dort auch nur wenige, das ist lange her, sie sind alle vor dreißig Jahren fortgegangen. Das weißt du doch alles! Félicie als Muslimin, das wäre doch nur eine Formalität … Würde sie noch leben und du würdest zu ihr sagen: ›Sprich die Fatiha, dann kannst du neben deinem Mann begraben werden!‹ Was würde sie antworten?«

Ourdia murmelte, während sie sich schnäuzte: »Meine Mutter hat nur Gutes getan, mit dem Herzen einer Muslimin!«

»Jetzt reicht es mir mit eurem Islam!«, erwiderte Karim barsch. »Mama hatte als Katholikin die Jungfrau Maria und das Jesuskind im Herzen … auch nicht schlechter, oder?«

Marie reckte sich und wandte lebhaft ein: »Schließlich heiße ich Marie und muss mich Gott sei Dank nie mehr Khadidscha nennen. Wisst ihr, was Maria und das Jesuskind für sie bedeuteten?« Und zu Armand/Karim gewandt: »Klar, du bist mit ihr am Sonntag in die Kirche gegangen … Achtzehn Jahre lang, bevor sie heiratete, war sie Französin. Später in Oran traf sie die anderen Franzosen nur bei der Messe. Sie war mit einem Araber verheiratet, einem Herrn in Beni-Rached, aber für diese Leute schlussendlich nur ein einfacher Hausmeister am Gericht, das nahmen sie ihr übel, ihre Landsleute, so war es doch! In die Kathedrale zu gehen, noch dazu in Begleitung eines gut aussehenden Jungen wie du, da konnte Mama Eindruck schinden!«

»Findest du nicht, dass du ihr da etwas unterstellst? Mit den Franzosen von Oran wollte sie von sich aus nichts zu tun haben und hielt sich fern!« Karims Ton wurde immer heftiger.

»Wir sind hier, um zu beraten, was mit ihrer Leiche geschehen soll«, erinnerte Younès mit sanfter Stimme. Er zeigte sein diplomatisches Geschick: »Der Ausgangspunkt von alledem war: Ist unsere Mutter, Gott nehme sie auf in Seiner Barmherzigkeit!, als Muslimin gestorben oder nicht?«

»Ihr ganzes Leben war sie Katholikin und dann Muslimin in ihrer letzten Stunde, halt, nein, in ihrer letzten Minute?«

Es war wieder Karim, der fauchte: »Mutter hat ihren ursprünglichen Glauben nicht verraten!«

»Dann sollten wir sie hier in Paris begraben«, fuhr Younès gelassen fort, »oder vielleicht gar in Rouen. Ruf doch ihre Brüder und Schwestern zusammen … Dabei hast du selbst von Anfang an erklärt: Sie muss neben ihrem Mann ruhen!«

»Wenn er mit ihr geschlafen hat, hat er nicht die *Shahada* von ihr verlangt, weder in der ersten noch in der letzten Nacht!«

Karim musste plötzlich lächeln; Ourdia, die zu ihm aufschaute, hielt sich zurück, um nicht auszurufen: Und wer hat die *Shahada* gesprochen, als sie den Geist aufgab?

Mit unerschütterlicher Geduld fasste Younès zusammen: »Das Problem ist folgendes: Es geht um den Körper von Félicie, einer verheirateten Miloudi. Damit sie neben Mohammed Miloudi begraben werden kann, muss sie für muslimisch erklärt werden.«

»Woran erkennt man das?« Das fragte Khelil in seiner zögerlichen Art.

»An der Änderung des Vornamens, das ist die einzige Konzession!« Younès drehte sich zu Karim um, Auge in Auge sagte er ihm: »Wenn deine Mutter noch lebte, welchen muslimischen Vornamen hätte sie sich ausgesucht?«

»Oh, sie hätte gezögert. Wenn sie Jungen bekam, hatte Vater es eilig, da schlug er zuerst die Namen vor: Karim, Kader, Khelil … Seltsam, immer mit K – aber bei den Mädchen war es ihm egal. Er sagte zu Mama: ›Mach, was du willst!‹ Das erste, in Rouen, hat sie Marie genannt, hätte sie Jeanne d'Arc gewählt, auch das wäre Vater gleichgültig gewesen!«

Schweigen kehrte ein. Karim beruhigte sich. Younès wandte sich Marie, dann Ourdia zu: »Die Mädchen verstehen die Mutter besser. Sagt ihr mir also, welchen Vornamen Félicie für sich ausgesucht hätte.«

Da fiel Armand/Karim wieder ein: »Wenn ich mir die Namen der Frauen überlege, die ich geliebt habe, dann hatte keine einen muslimischen Vornamen! Alle waren Jüdinnen, Christinnen oder Atheistinnen, doch ihre Namen stammten aus dem Heiligenkalender. Eine einzige«, sinnierte er, »hatte einen nichtkatholischen Vornamen … Eine schöne Malierin, Aminata … also Amina!« Und da lachte Titi.

So weit war er in seiner Suche nach Namen »geliebter« Frauen gediehen, als Ourdia ernsthaft ansetzte: »Ich habe jedenfalls diesen Namen Louise, den man mir aufgedrängt hat, nie gemocht! Gott weiß, wie sehr ich das Mama vorgeworfen habe!«

Younès sagte, plötzlich mit lachenden Augen: »Und welchen Vornamen hättest du für dich gewählt?«

»Yasmina!«, wirft Ourdia lebhaft ein. »Diesen Namen des Jasmins liebe ich! Ich liebe auch Weiß.«

Und Nureddin fügte im Ernst hinzu: »Außerdem ist er in Hollywood zurzeit Mode, nicht wahr?«

»Tatsächlich«, meinte Karim.

»Was, das weißt du nicht? Yasmina ist ein schöner Filmstar, ich glaube sogar, sie ist rein amerikanischer Abstammung!«

Younès stand auf: »Also gut, liebe Ourdia, kleine Schwester, du hast es entschieden! Mutter heißt von jetzt an Yasmina!«

Karim schnellte herum: »Ich bitte euch, sie bleibt Félicie, solange ihr Körper noch auf französischem Boden ist …«

»Na«, mischte sich der junge Nureddin bedächtig ein, »jetzt macht es Großmutter endlich wie alle ihre Kinder: Sie hat einen muslimischen Vornamen und einen christlichen, sie kann nach Lust und Laune auswählen!«

»Sobald sie auf die Reise geht, ist die Sache entschieden. Denn alles hängt vom Ort ab! Wenn sie nach muslimischem Brauch gewaschen wird, heißt sie Yasmina.«

»Dann keine Totenwäsche und keinen religiösen Klimbim!«, protestierte Titi etwas weniger heftig.

Younès antwortete mit seiner unangreifbaren Geduld: »Der Totenwäscher kommt ins Haus, um sie zu waschen. Wir bezahlen ihn; wir könnten uns das vielleicht sparen, aber die Moschee, zu der er gehört, stellt die Bescheinigung aus.«

»Die Bescheinigung?«

»Genau, den ersten Beleg für die Akte, die wir brauchen. Darin wird in einer schönen arabischen Sprache und mit Formeln aus dem Koran bestätigt, dass der Tote – hier die Tote namens Yasmina Miloudi – wirklich nach sunnitisch-malekitischem Brauch vom Vertreter des Imam Soundso von der Moschee Soundso gewaschen wurde ...«

Die Frauen schauen einander an. Younès fährt mit rednerischem Schwung fort: »Dann wirst du zur Kasse gebeten. Du kannst dir die Moschee aussuchen: Diese Erlaubnis ist der Gegenstand all ihrer Begehrlichkeiten ...«

»Ich will nichts davon wissen«, murmelte Karim, indem er sich aufrichtete. Er wandte sich an Younès: »Du mit deinem Bart, deiner schönen arabischen Sprache und vor allem deinen Erfahrungen in Geschäften, wähl du die Moschee aus, die du willst, den Wäscher, der ins Haus kommt, die Gebete, du kennst sie besser als ich! Vor allem, vor allem aber verschaff uns das Papier bis morgen Abend, wenn es geht!«

Er schloss ermattet, ›aber dennoch heldenhaft‹, dachte Ourdia, die ihn beobachtete: »Wenn mir dieses Papier morgen Abend vorliegt, habe ich bis dahin noch Zeit für die notwendigen Anträge beim Konsulat.«

Marie seufzte: »Das alles muss ich Kader durchgeben, der am Telefon wartet.«

»Ja, ruf Kader an! Er ist an der Reihe, sich um Mama zu kümmern, wenn sie in Oran ankommt. Sie von dort nach Beni-Rached zu bringen, da wird er einiges zu tun haben!«

Younès, Nureddin und natürlich Ourdia erinnerten daran, dass sie mit dem Flugzeug mitreisen würden, das Félicie fortbrachte.

»Félicie in ihrem Sarg wird im Frachtraum transportiert!«, dachte Karim bitter.

Er beeilte sich hinauszukommen, ohne einen Abschied.

IV Karim/Armand

1

Herr Konsul, das ist doch nicht Ihr Ernst, erst nach drei Tagen Schikanen kann ich endlich in Ihr Büro vordringen, endlich empfangen Sie mich, zuerst mit steifer Höflichkeit, ganz offensichtlich sehr auf der Hut! Drei Tage also, während deren ich getobt, gedroht, Ihr Vorzimmer besetzt habe, sogar das auf Ihrem Stockwerk, zu dem ich nur unter großen Mühen gelangt war.

Ich spottete über die Schlamperei, die Zögerlichkeit, die Umständlichkeit Ihrer paar Angestellten. Offenbar hat man Ihnen gesagt, ich sei ein »Fundamentalist«. Gewiss, ich habe meinen Bart wachsen lassen, als Zeichen der Trauer um meine Mutter: Im Dorf meines Vaters tragen die Männer ein ganzes Jahr lang einen Bart, um eines verstorbenen nahen Verwandten zu gedenken.

Man hat Ihnen sicher auch weisgemacht, ich sei »vom Geheimdienst«, da ich einen arabischen und einen französischen Vornamen habe, ein zu teures Auto fahre und dazu neige, billige Sprüche zu machen, sobald sich das kleinste bisschen von einem hübschen Mädchen zeigt – davon gibt es einige unter Ihren Mitarbeiterinnen, und Gott sei Dank verhüllen sie sich noch nicht die Haare mit so einem Tschador!

In Algier wäre ich jedenfalls schneller zum Büro irgendeines Ministers vorgelassen worden – ganz bestimmt zu dem Ihren (er scheint aus meiner Gegend zu stammen, ich hätte mich also durch den Schwager eines Cousins von einem Onkel empfehlen lassen ...), aber Sie in Paris ließen sich verleugnen und verschwanden durch den Notausgang. Ich kam Ihnen vor wie eine unberechenbare Gefahr. Am Ende hat man Ihnen gesagt, ich würde ein paar Journalisten von der algerischen Opposition in Paris einschleusen oder von der französischen Rechten, vielleicht sogar ein, zwei Kameraleute vom Fernsehen, sicher nostalgische Pieds-noirs oder rachsüchtige Söhne von *harkis*. Ein ganzes Bündel eingebildeter Komplotte, das hat Ihnen die gewohnte Ruhe eines verwöhnten Diplomaten sicher vergällt.

Drei Nächte lang habe ich Sie daran gehindert, gelassen im Kreise Ihrer sicher zahlreichen Familie zu schlafen, doch eben erfahre ich, dass Sie Junggeselle sind – ich kann mir die plüschigen Zirkel für arabische Geschäftsleute vorstellen, in denen Sie in Paris verkehren!

Heute, am vierten Tag, bin ich gleich, als das Büro geöffnet wurde, aufgetaucht und habe im Vorzimmer laut und deutlich verkündet: »Hier kriegt mich keiner mehr raus. Auf der gegenüberliegenden Straßenseite parkt ein Leichenwagen mit dem Sarg meiner Mutter und ihrer Leiche darin! Der Fahrer bleibt dort stehen, ich habe ihn großzügig dafür bezahlt, dass er so lange wartet, bis ich Ihre verdammte Erlaubnis habe, meine Mutter in Algerien zu begraben. Um sechs Uhr wird garantiert die Polizei kommen, und dann wird die Sache zwischen den algerischen Behörden und den französischen Flics bereinigt werden. Jetzt sagen Sie Ihrem Chef, dem Unsichtbaren, es handelt sich wirklich um ein Komplott! Ich bin der Intrigant, der Verschwörer, der Querulant, und selbst wenn ich am Schluss auch noch zum Opfer werde, meine Mutter wird sich nicht aus ihrem Leichenwagen rühren. Wenn die Flics um sechs Uhr lieber mich schnappen, sei's drum! Sollen die Franzosen mich doch ausweisen! In jedem Fall nehme ich meine Mutter mit und wenn ich mich an ihre Leiche, an ihrem Sarg anketten muss!«

Erfreut über eine Lüge, die mir im rechten Moment einfiel, fügte ich hinzu: »Ein Freund, der aus Oran stammt, ist Fotograf bei einer wichtigen Presseagentur. Er wird mich heute um sechs und auch morgen fotografieren, die Welt wird es erfahren, dass eine Mutter von acht Algeriern nicht unter den Ihren beerdigt werden darf!«

Kurz darauf hörte ich, wie die üppigste der Sekretärinnen ausrief: »Er ist bestimmt verrückt! Verrückt oder drogensüchtig! Ich habe es überprüft, der Wagen vom Bestattungsunternehmen parkt wirklich hier, genau gegenüber!«

Eine Stimme mischte sich flüsternd ein: »Vielleicht sollte man die Bombenexperten benachrichtigen, falls Sprengstoff in dem Leichenwagen ist?«

Ich lächelte der ersten Sekretärin zu. Trotz meiner Verzweiflung begann ich, Spaß an dem Spiel zu finden. Ich stellte mir einen Augenblick sogar vor, dass Félicie in ihrem Sarg mit mir zusammen lachte.

In dem Moment erschien Ihre schöne Mitarbeiterin, die einen Moment verschwunden war, wieder. Sie trat herzu, ruhig, mit einem reizenden Lächeln. Sie säuselte: »Der Herr Konsul möchte Sie jetzt empfangen! Wenn Sie mir bitte folgen wollen?«

Hinter der hoch gewachsenen jungen Dame kam ich also zu Ihnen hinein, Herr Konsul, setzte mich. Mit einer Geste bedeuteten Sie mir, Ihnen gegenüber in einem bequemen Sessel Platz zu nehmen.

»Ich weiß, der Tod Ihrer Mutter hat Sie stark getroffen. Wir alle lieben unsere Eltern, wir alle müssen diese schmerzhafte Erfahrung durchmachen, aber das ist immer noch kein Grund …«

Sie begannen auf Arabisch, in der »Nationalsprache«, wie Sie es nennen würden. Ich antwortete in meinem arabischen Dialekt aus Oran, in der bereinigten Form meines Vaters. Wir haben uns die Argumente gegenseitig an den Kopf geworfen. Ich begann ironisch über die Verzögerungstaktik des verängstigten Personals herzuziehen, ich bewegte mich auf einen Wutausbruch zu. »Wird sich das bei unseren ›Vertretern‹ im Ausland nie ändern? Und immer diese

Arroganz gegenüber den Emigranten, wenn sie nicht mit einer Empfehlung kommen!« Ich enthielt mich noch des Ausdrucks »zum Kotzen«, aber ich äußerte, dass die Diskriminierung »gegenüber unsereinem« oft größer war, als wenn wir mit dem latenten oder offenen Rassismus der französischen Einwanderungsbehörden zu tun bekamen.

Da kamen Sie in Rage. Ich hatte natürlich übertrieben, ich habe mit einer gewissen Distanz zugesehen, wie Sie Ihren Gleichmut verloren – fast vergaß ich, dass Félicies Sarg unter Ihren Fenstern wartete!

Ich weiß nicht genau, ab welchem Moment unser rüder Austausch in Französisch geführt wurde, Sie mit stark gerolltem »r«, ich in der banalen Sprechweise eines Durchschnittsfranzosen. Auf jeden Fall beruhigte sich unsere Unterhaltung plötzlich, wurde sanfter, fast herzlich, entschieden vernünftig. Es gab Schweigepausen, Unterbrechungen. Und Ihre Augen! Ich hätte es gleich zu Anfang bemerken müssen, Sie lassen sich ebenso leicht wie ich von einem Wort erzürnen, aber da sind noch Ihre Augen, verborgen unter dicken schwarzen Brauen über einem schweren, pausbäckigen Gesicht – Ihre Augen sind wach, erstaunt oder auf der Hut; als benutzten Sie zwei Kommunikationswege und dieser letzte behielte die Kontrolle …

Nachdem Sie meine Gebärden, meine Ausfälle, meine zugegebenermaßen ungezügelte Gereiztheit beobachtet hatten, wurden Sie allmählich still. Als Sie vorbrachten, dass Sie für Telefonate nach Algier, Oran und mit der Gemeinde von Beni-Rached mindestens fünftausend französische Francs ausgegeben hätten, zog ich schlagfertig ein Bündel Geldscheine aus meiner Tasche.

»Hier sind Ihre fünftausend Francs. Ich zahle sie Ihnen zurück. Was glauben Sie denn, meine Mutter ist viel mehr wert, ich zahle! Ich möchte Ihnen nichts schuldig bleiben, weder Ihnen noch dem algerischen Staat!«

Sie haben nicht mit der Wimper gezuckt, kaum gelächelt. Sie

haben bedächtig ein Mahagonikästchen hervorgeholt und in leutseligem Ton erwidert: »Ach, lassen Sie uns Frieden schließen, behalten Sie Ihr Geld! Ich stecke mir meine letzte Zigarre an, eine kubanische!«

Doch ich war in Fahrt und versetzte mit einem Schulterzucken: »Wenn Sie Nachschubprobleme haben – diese Marke ist in Paris schwer zu finden –, nachdem ich meine Mutter zum Flughafen gebracht habe, komme ich in drei, vier Tagen zu Ihnen zurück mit so vielen dieser berühmten Zigarren, wie Sie wollen, direkt aus Kuba!«

Da lächelten Sie, Herr Konsul, Sie hielten mich für einen Aufschneider. Aber es war nur Zufall: Kurz vor Félicies Tod hatte mir einer meiner besten Kunden mehrere Kisten mit Zigarren der gleichen, der bekanntesten, Marke versprochen, seine kubanische Freundin fuhr häufig zwischen der Insel und Paris hin und her.

Sie sprachen weiter: »Wir sollten uns zunächst damit begnügen, durch ein Fax die Genehmigung einzuholen, damit die Leiche Ihrer Mutter drüben, am Flughafen von Oran, nicht aufgehalten wird. Bis heute Abend bekomme ich Bericht von Algier, dass das notwendige Papier fertig ist! Das wollte ich Ihnen mitteilen!«

Als ich Ihr Büro verließ, schienen wir Freunde: ich, der Querkopf, der Exzentriker, und Sie, der »Bürokrat«, der beim ersten Eindruck ebenso unpersönlich und kalt war wie so viele andere. Tatsächlich waren Sie während des Algerienkriegs »kämpfender Arbeiter« bei Citroën gewesen. Sie sind ein Aufsteiger, geprägt vom einst gefährlichen politischen Kampf, doch haben Sie die zwei Jahrzehnte im diplomatischen Dienst etwas bequem werden lassen.

Sie sind ein Genießer, Herr Konsul, und dass Sie es geblieben sind, schützt Sie vor dem Spießertum ... Jedenfalls, nach zweistündigen telefonischen Beratungen mit der Heimat gaben Sie mir die Versicherung, dass ich meine Mutter gleich am nächsten Morgen in aller Frühe wegschicken konnte.

Der Bestattungswagen konnte abfahren. Zwei Stunden später

wären die Polizisten gekommen, um ein Protokoll aufzunehmen, ich wäre auf dem Posten festgehalten worden, hätte ein Bußgeld wegen »Störung des Verkehrs« entrichten müssen, und Félicies Körper wäre in das Leichenschauhaus zurückgekehrt …

Aber Sie, Herr Konsul, haben mir erklärt: Wie ungestüm sich auch die Wut eines Landsmanns Ausdruck verschafft (das kommt immer wieder vor), es widerstrebt Ihnen »aus Prinzip«, die Polizei zu rufen, wegen der vielen Jahre, die Sie in Ihrer Jugend im Gefängnis verbracht haben!

Sie begleiteten mich bis zum Bestattungswagen. Ich gab Ihnen zum Abschied die Hand.

»Nennen Sie mich Karim«, sagte ich. »Sie werden sehen, in drei oder vier Tagen komme ich wieder bei Ihnen an … mit einer Überraschung! Nicht um mich zu beschweren!«

Sie haben gelächelt, ohne weitere Worte zu verlieren. Danach sind Sie eines Abends in meinem Antiquitätenladen aufgetaucht. Ich hatte Ihnen meine Karte gegeben.

Sie berichteten mir von Ihrer plötzlichen Versetzung nach Südafrika. Die zwei Kisten Zigarren, die am Vorabend von meinem Kunden gebracht worden waren, schienen nur auf Sie zu warten. Ich hatte gezögert, sie Ihnen am gleichen Tag zukommen zu lassen, da ich befürchtete, des »Bestechungsversuchs« beschuldigt zu werden.

»Das trifft sich gut! Hier bei mir habe ich das Recht, einem neuen Freund etwas zu schenken! Zumal zum Abschied!«

Und es reizte mich, meine Jugend in Oran mit der Ihren in Paris zu vergleichen, als Sie bei Citroën in der Fabrik arbeiteten!

2

Es ist vorbei, Félicie ist weg, gestern, mit dem Morgenflieger. Vor einer Stunde habe ich telefoniert, am Flughafen von Oran ist alles glatt gegangen. Der vom Schwager meines Cousins kontaktierte

Chef des Bodenpersonals hat den geplanten kleinen Taschenspielertrick erfolgreich ausgeführt: Bevor der Sarg durch den Zoll ging, hat er den Aufkleber mit dem Namen der Toten ausgetauscht. Gemäß ihrem französischen Personalausweis war sie als »Félicie Marie Germaine Miloudi« losgeflogen und eine Minute nach ihrer Ankunft in Algerien zu »Yasmina Miloudi« geworden.

Ourdia und Younès, die mitgereist waren und sich um die weiteren Formalitäten kümmerten, zückten die Bescheinigung aus der kleinen Moschee des Pariser Viertels Goutte d'Or – die versicherte, dass die Leiche dieser Gläubigen nach dem sunnitisch-malekitischen Ritus gewaschen worden war.

Überdies hielt »der Imam« Kader das Attest in Händen, dass sie die Shahada gesprochen hatte, bevor sie ins Koma fiel. Wie er sagte, war es von vier Zeugen unterschrieben (hatte ich die islamische Formel, in dem Moment, als Félicie »verschied«, nicht von mir aus gesprochen?). Dieses Dokument konnte alle beruhigen, die an diesem Morgen zum Flughafen gekommen waren, da die Genehmigung, diese kürzlich zum Islam bekehrte Französin auf algerischem Boden zu inhumieren, jetzt nur noch von der Präfektur von Oran abhing.

Mir wurde am Telefon berichtet, dass zwanzig (blutsverwandte und angeheiratete) Familienmitglieder Félicie empfangen hatten. Zwei oder drei Frauen stießen dabei sogar Youyou-Rufe aus, sodass die Durchreisenden sich umblickten, wer wohl die junge Braut sei, die erwartet wurde. Kein Wunder, dass Oran weiterhin »die Fröhliche« genannt wird, trotz einer gewissen Niedergedrücktheit und der ständigen Gefahr durch die derzeitigen »Ereignisse«.

Es wurden zahlreiche Parfümflaschen auf dem Sarg ausgeleert, was gut zum noch recht frischen Namen »Yasmina« passte. Der Zug setzte sich dann nach Eckmul in Bewegung, zur ersten Totenwache in der kleinen Wohnung, die ich so gut kenne. Noch vor kaum zwei Monaten gingst du in ihr hin und her und standst lange an deinem Fenster.

Die darauf folgende Nacht, Félicie, war die erste von den vielen Nächten ohne dich, deine letzte Nacht in Oran, bevor sie dich, diesmal ohne Wiederkehr, fortbringen.

Ich weiß schon, morgen werden sie mir am Telefon erzählen, wie die Reise verlaufen ist, in drei Stationen – einige Verwandte hatten es sich nicht nehmen lassen, eigens aus dem Dorf nach Oran zu kommen, um »ihre« Tote, die sie liebten, auf ihrem Weg zu begleiten. Dann werden sie mir die zweite Totenwache beschreiben, für Beni-Rached ein außergewöhnliches Ereignis. Sie werden mir die Zahl der Trauergäste nennen, die man verköstigen musste: auf der Seite der Männer vielleicht hundert oder etwas mehr, auf der Seite der Frauen und Kinder etwa das Zwei- oder Dreifache, das ist immer so.

Sie werden die Zahl der geschlachteten und aufgegessenen Schafe erwähnen, die Zahl der Köchinnen und der Koransänger. Ein Fest, ja, dein letztes Fest. Es sollte (das war mir wichtig, ich hatte darauf bestanden) beim Bruder meines Vaters stattfinden, Si Salem, der auf die sechsundneunzig zugeht, mit einer Ehefrau, seiner dritten, die dreißig Jahre jünger ist. Si Salem wird sich geehrt fühlen, dass er auserwählt wurde, trotz seines kleinen Hauses, um bei der Beerdigungsfeier der *roumia* zu präsidieren. Da der Sommer gerade beginnt, hat er sicher Festzelte für die Gäste aufstellen lassen ... Einige der Cousins meines Vaters (die Ouled Sidi Sheikh) werden zu Pferde von weither anreisen. Wenn der Trauerzug das Dorf erreicht, da bin ich sicher, werden sie ihm ein feierliches Geleit geben. Si Salem wird bestimmt erhöht und sogar verjüngt draus hervorgehen, dass er den Feierlichkeiten zu Ehren seiner Schwägerin vorgesessen hat. Er wird es sein, der die Segnungen und frommen Wünsche entgegennimmt und empfängt, ebenso die Geschenke (in Schafen, in Geld zur Beteiligung an den Unkosten).

Weißt du noch, Félicie, den Onkel Salem mochtest du gern. Er ist nur ein einziges Mal zu uns nach Oran gekommen, zwei oder drei Jahre nach der Unabhängigkeit. Er war fünfzehn Jahre älter als mein Vater. Es lag ihm daran, ein Gespräch mit dir zu führen, er bat mich, dir alles zu übersetzen. Er wollte dir offenbar besondere Höflichkeit erweisen, vielleicht sogar Hochachtung, obwohl du doch eine Frau warst. Aber du warst auch die schöne Fremde, die von so weit her gekommen war, um ihres Gatten willen, gewiss, aber auch wegen der ganzen Sippe.

Ich habe nichts von der Rede des Onkels vergessen. Du hörtest ihm mit großen Augen zu, voll Rührung, wie du mir später anvertrautest. (»Es war, als wäre er mir zum Vater geworden ... oder hätte die Stelle des Vaters eingenommen, den ich hätte haben sollen!«)

»Übersetze meine Worte deiner Mutter«, begann der Patriarch, »sie soll alles über unsere Stammlinie erfahren. Ich hatte einen Bruder, der acht Jahre älter war als ich. Frankreich hat ihn zum Krieg gegen die Deutschen, zum ersten, eingezogen. 1914 war ich noch zu jung, aber er, Omar, hatte das richtige Alter. Mohammed war damals erst fünf, er war noch nicht einmal beschnitten. Omar brach natürlich zu Pferde auf, er kämpfte bei den *spahis.* Er wurde nach der Schlacht von Verdun vermisst gemeldet!« Der Onkel sinnierte, dann fuhr er fort: »Sie soll sehen, wie der Zufall uns mitspielte. Nach dem Krieg wurde ich vom Militärdienst befreit, wieder zog man Lose, und ich hatte Glück. Ich habe mein ganzes Leben in meinem Dorf verbracht und habe mich um meinen Vater und die Meinen kümmern können. Mohammed kam in Algier zum Militärdienst, er blieb in der Armee. In Frankreich hat er dann nach Gottes Willen dich kennen gelernt. Dir ist es zu verdanken, dass sein Schicksal sich zum Guten gewendet hat, denn ihr seid in die Heimat zurückgekehrt und hier geblieben ... 1943, 1944 war er zu alt, um eingezogen zu werden, außerdem war er verheiratet und hatte drei Kinder. Wenn er mit den anderen Männern unseres Landes mitgezogen wäre, um Frankreich, Italien zu befreien und bis hinein nach Deutschland zu kämpfen, wäre er vielleicht auf dem Schlachtfeld geblieben!

Aber mein letzter Bruder, der jüngste von allen, hat tatsächlich bei Monte Cassino in Italien gekämpft, dann im Elsass und in Deutschland, er ist zurückgekommen, ganz verdreht im Kopf und bitter im Herzen! Er redete nur noch von ›Gerechtigkeit‹!« Salem zog die Schultern hoch und sprach eine kurze Koranformel, die ich nicht übersetzen konnte. »Natürlich weiß deine Mutter noch, dass er als einer der Ersten, schon im Winter 55, zu den Männern im Maquis ging … Sie erklärte sich gleich bereit, seinen Sohn Younès aufzuziehen! 1962, am Vorabend des 5. Juli, bestätigten sie uns dann das Unglück: Murad würde nicht zurückkehren, der Lieblingssohn meines Vaters, da er von der ›Marokkanerin‹ stammte, die er am meisten liebte. Der Alte hat sich über diesen neuerlichen Verlust nie getröstet: ›Einen habe ich für Frankreich hingegeben, den ältesten, jetzt gebe ich einen für die Brüder, den letzten. Gott steh mir bei mit Seiner Gnade, ich leide zu sehr unter dem Tod von Murad. Vor allem, dass sie mir seine Leiche nicht zurückgegeben haben, dass er nicht bei uns beerdigt ist, an einem Ort, wo ich hoffen konnte, einst neben ihm zu ruhen!‹

Erinnere deine Mutter daran«, sprach Si Salem weiter, ganz ergriffen vom Schmerz seines Vaters, den er nachfühlte, »dass mein Vater 1962 fast fünfundneunzig Jahre alt war. Sie weiß es, ich wiederhole es ihr nur: Vor lauter Weinen wurde mein Vater, Gott gewähre ihm den Frieden, fast blind! So ist das Schicksal! Sie soll die Geschichte ihres Mannes und seiner Brüder in allen Einzelheiten erfahren. Für mich ist sie jedenfalls als der Schutzengel der Unseren, ja des ganzen Dorfes, erschienen!«

Younès saß neben mir, er war damals noch sehr jung. Ich hatte dir Si Salems Rede Satz für Satz übersetzt, und du batst mich sogleich, ihm Folgendes zu antworten:

»Sag Si Salem, dass er für mich der älteste Bruder ist oder der Onkel, den ich dort drüben, in Frankreich, in meiner Jugend nie hatte!«

Vielleicht war es dieses Erlebnis, das dich dazu veranlasste, im folgenden Sommer bei mir »Ferien zu machen«, wie du sagtest. Ich ließ mich gerade notdürftig in Paris nieder – mein erstes Geschäft war ein Trödelladen. Du brachtest Younès mit, er war damals ein Junge von etwa zwölf Jahren.

Ich freute mich über deine Ankunft. Ich begriff schnell, dass du nicht als Urlauberin gekommen warst. Am dritten Tag gestandst du mir: »Ich nehme Younès mit in mein Dorf in der Normandie. Dort lebt meine Schwester Simone, zu der ich vor kurzem wieder Kontakt geknüpft habe!«

Ich war völlig überrascht. Ich sah euch weggehen: dich, eine schöne Frau von knapp über vierzig, und den kleinen Younès, dunkel mit grünen Augen.

Vier oder fünf Tage später seid ihr zurückgekommen. Du warst sehr schweigsam, wie man es von dir nicht gewohnt war. Du erzähltest mir einiges über Tante Simone: Ja, sie hatte euch gut aufgenommen, ja, ihr wart beide sehr bewegt, gewiss, wenn die Tante nach Paris käme, würde sie mich besuchen!

Das war alles. Nur, nach zwei Tagen, in denen du die Geschäfte abgeklappert hattest, hast du mir eröffnet: »Weißt du, Titi, morgen reise ich ab. Oran fehlt mir!«

Ich schloss daraus, dass Vater dir fehlte, du warst seit eurer Heirat jeden Tag mit ihm zusammen gewesen. Ich irrte mich: Ich vermutete bei dir die Hemmungen – oder, wie man im Arabischen sagt, die »Scham« – der Frauen meines Landes. Dabei hättest du mir ohne weiteres sagen und dein Geständnis mit einem kehligen Lachen begleiten können: »Ich sehne mich nach Môh, verstehst du, Titi?«

Oran fehlte dir: die Stadt mit ihren Geräuschen und dem Schauspiel auf den Straßen, das du von deinem Fenster aus betrachtetest, du, die Voyeurin, aber auch die Träumerin …

Dein Besuch bei deiner Schwester im Dorf in der Normandie fand einige Jahre nach der Unabhängigkeit statt. Erst viel später erfuhr ich, was sich ereignet hatte, nämlich als Tante Simone, nun selber Witwe, zu reisen begann und mich häufig in Paris besuchte. Wir aßen zusammen zu Mittag. Ich war verwirrt, weil sie eine unbestimmte, aber durchaus sichtbare Ähnlichkeit mit dir, der älteren Schwester, hatte. (Sie als Einzige hat deine Augen mit den braunen Flecken, die das dunkle Blau der Pupillen nicht am Leuchten hindern …)

Tante Simone erzählte mir also eines Tages ohne Umschweife von deiner damaligen Rückkehr ins Dorf der Kindheit: »Deine Mutter ist mit ihrem kleinen Jungen bei mir angekommen. Am nächsten Morgen bat sie mich, sie und Younès ans andere Ende des Dorfes zu begleiten, zu einem abgelegenen Bauernhof, wo unser Vater mit seiner neuen Frau lebte.

Sie ließ den Kleinen vor dem Eingangstor zurück: ›Du kommst besser nicht mit rein!‹, meinte sie zu ihm. Sie wandte sich an mich: ›Ich weiß, dass du mit Vater verkehrst, ihm sogar verziehen hast! Ich habe ihm einiges zu sagen, aber lieber unter vier Augen … Ich muss mir das von der Seele reden! Ich bitte dich‹, bat sie mich, ›bleib bei Younès. Es dauert nicht lange!‹

Sie betrat das recht stattliche Anwesen (im Gegensatz zu den Jahren unserer Kindheit trieb mein Vater erfolgreich Handel mit Gebrauchtwagen). Sie erzählte mir danach, dass sie mit dem Mann im Wohnzimmer saß, meinem Vater, den sie fast dreißig Jahre nicht gesehen hatte!

(Weißt du, Armand, als er uns vier Kinder beim Tod unserer Mutter verließ, war Félicie, die Älteste, höchstens zwölf oder dreizehn Jahre alt! Er gab sie als Dienstmädchen zu Bürgersleuten, die er in Le Havre kannte. Wir drei jüngeren kamen ins Heim!)

Félicie ließ ihn nicht zu Wort kommen. ›Ich war nicht hingefahren‹, so erklärte sie mir, ›um mir seine Rechtfertigungen oder Entschuldigungen anzuhören. Ich hatte die weite Reise nur gemacht, um mir alles von der Seele zu reden. Ich sagte ihm, dass ich ihn für einen unwürdigen Vater hielte und dass ich Gott sei Dank nicht das

Mädchen für alles bei fremden Leuten geblieben sei! Dass ich das Glück gehabt hätte, einem Mann zu begegnen, einem echten Mann. Dass ich in meiner Ehe und in meiner neuen Familie glücklich sei.

Er stammelte etwas. Seine Frau erschien mit einem Tablett und Gläsern in der Tür. Ich nahm nichts an. Ich hob den Kopf: An der Wand über der Kommode hing ein Gruppenfoto in einem schönen Rahmen. Ich erkannte, dass das wir waren, die vier Kinder, ich selbst kaum zehn Jahre alt, in einem geblümten Kleid, und in der Mitte meine arme Mutter, ihr Gesicht war schon abgemagert und ihr Lächeln traurig …‹

›Siehst du‹, sagte der rotgesichtige, schwere Mann, als er sah, dass ich das Bild betrachtete, ›ich habe euch nicht vergessen, weder euch noch deine Mutter!‹

Als ich entdeckte, dass er in der Gruppe gar nicht abgebildet war (zweifellos hatte er das Foto selbst aufgenommen), zog ich einen Stuhl heran. Ich stieg hinauf und holte das Bild einfach herunter.

›Es geht dir offenbar gut, wie ich höre, und du hast keine weiteren Kinder, aber von allem, was du hier hast, will ich bei deinem Tod nichts bekommen. Überhaupt nichts, du kannst mich enterben, ich bitte sogar darum. Das Einzige, was ich heute von dir mitnehme, ist sie!‹

Und ich ging hinaus, den Rahmen unterm Arm, ohne diesen Mann und seine recht unscheinbare Frau noch eines Blickes zu würdigen!‹«

Tante Simone hatte mir die Szene ohne Unterbrechung erzählt. Sie fügte hinzu, ihre großen Augen blickten dabei ins Leere: »Draußen auf dem Gehweg hat Félicie Younès dann stürmisch begrüßt. Sie hat ihn geküsst. Den Rahmen behielt sie unterm Arm, sie hat ihn uns nicht gezeigt. Wir gingen zu Fuß durch das ganze Dorf zurück. Félicie hatte es eilig. Manchmal schritt sie vor uns aus, eine Hand hielt den Jungen, die andere das Bild. Ich sah von hinten ihren Rücken und ihr langes Haar, das stoßweise zitterte, als würde sie in sich hineinschluchzen …

Die beiden folgenden Tage verließ sie nicht mein Haus. Wir, die beiden endlich vereinten Schwestern, redeten die ganze Zeit. Félicie erzählte und erzählte. Vor allem von euch, von deinem Vater, von Oran und von diesem Dorf im Süden. Mir war, als wäre ich zu euch gefahren und würde alle Orte kennen lernen, die Stadt Oran, das Haus im Dorf, die Herzenswärme der Leute …«

Tante Simone hielt inne, holte Luft und fuhr dann lebhaft fort: »Armand, ich erinnere mich noch an eine Einzelheit, die sie mir mit … mit Befriedigung erzählte, glaube ich. ›Wenn ich in dem Arbeiterviertel, in dem ich wohne, mindestens einmal am Tag ausgehe, kommen die Kinder aus den umliegenden Straßen zu mir her, um mich zu begrüßen. Sie sind ganz glücklich, mir zu zeigen, dass sie Französisch sprechen, sie lernen es noch in der Schule, als zweite Sprache nach dem Arabischen.‹ Da lachte Félicie, und dann fügte sie hinzu: ›Sie rufen mich alle Lehrerin! Lehrerin! Weißt du, Simone, sie denken, wenn ich Französin bin und weiter bei ihnen lebe, dann muss ich eine pensionierte Lehrerin sein!‹«

Tante Simone beendete ihren Bericht. Diesmal verbrachte ich den ganzen Tag mit ihr. Ich mag meine Tante, nicht nur, weil sie deine Augen hat, Félicie, nicht so sehr, weil sie deine Schwester ist, die du nach fünfundzwanzig Jahren wieder gefunden hast: Ich mag sie wegen ihrer Menschenfreundlichkeit oder, genauer gesagt, wegen ihrer *nya* (die sie im Dorf dir zusprachen) – die Gutgläubigkeit, die ein Wohlwollen oder eine stille Aufmerksamkeit für die anderen ist, für alle einfachen Leute.

Schon morgen kommt Tante Simone nach Paris, obwohl du fort bist. Zu dem Zeitpunkt am späten Vormittag wirst du, nach dem Gebet der Dorfgemeinschaft, vorsichtig dicht neben das Grab meines Vaters gebettet werden.

So viele Abschweifungen und Erinnerungen, weil die einstige Rede Si Salems, die er als öffentliche Ehrung an dich gerichtet hatte, mir den Teil deines Lebens wachgerufen hat, von dem du mir nie erzählt hast; weder mir noch einem anderen deiner Kinder. Nach deiner ersten Begegnung mit meinem Vater beim Ball in Le Havre hast du irgendwann, vielleicht nicht am ersten Tag, aber spätestens in der ersten Nacht, nachdem ihr beschlossen hattet, möglichst schnell zu heiraten, deine Situation so zusammengefasst:

»Mein Vater hat mich verlassen, als ich kaum älter als zwölf war. Meine Arbeitgeber haben sicher seine Adresse. Aber ich will nichts mit ihm zu tun haben!«

Da du aber noch nicht volljährig warst, brauchtest du dringend die väterliche Erlaubnis, damit du heiraten konntest. Deine Brotgeber kümmerten sich darum. »Sie sind gut zu mir!«, sagtest du, und später tat es dir Leid, als du hörtest, sie seien bei einer Bombardierung alle getötet worden.

Dein erster Schmerz überkommt mich, wenn ich mir manche der Szenen vergegenwärtige, die zum einen von Si Salem ausgelöst werden (bei dem du jetzt deine letzte Nacht verbringst, unter den Litaneien und den Gesprächen der Dorfbewohnerinnen), zum anderen von Tante Simone, die mich morgen besuchen wird.

Ich werde ihre Augen betrachten …

3

Onkel Salem hatte vom 5. Juli, dem Tag der Unabhängigkeit, gesprochen, als ihm und seinem Vater bestätigt wurde, dass Murad, der Vater von Younès, tot war.

Der Verlauf dieses Tages steigt wieder in mir auf: die Gesänge bei den Paraden im ganzen Land, begeisterte Umzüge im Freudentaumel überall, außer in Oran, wo die Tragödie anschließend totgeschwiegen wurde wie eine Schande.

Ich war eben zwanzig Jahre alt, in meiner Erinnerung bleibt dieser Tag grau und verhangen, da mich eine wachsende Unruhe quälte. An diesem 5. Juli und den beiden folgenden Tagen.

Denn in mir wuchs damals die Furcht, dass du tot seist, Félicie!

Und ich mache heute erneut Bekanntschaft mit der Bleischwere dieser Angst von damals, mit dieser Ödnis der Seele.

Am Morgen des 5. Juli warst du recht früh verschwunden. Ich hätte dich gern zu dem »Fest auf der Straße« begleitet. Aber du sagtest verschmitzt: »Vielleicht ist es besser, wenn du mit den Jugendlichen deines Alters hingehst?«

Ich war damals schon mit Brahim, dem »Schwarzen«, befreundet. Du schautest uns beide wohlwollend an. Du hattest dich hübsch zurechtgemacht. Dann verließest du unvermittelt die Wohnung mit dem Ruf: »Ich schaue mir an, wie die Leute diesen großen Tag feiern, ich komme in ein, zwei Stunden spätestens zurück. Sag das deinem Vater, Titi!«

Wir lebten nicht mehr in der Wohnung im Gericht. Seit den täglichen Drohungen der OAS – vor allem des Delta-Kommandos – hatten wir in der »Neustadt« Unterschlupf gesucht, bei den Muslimen, in einer ziemlich einfachen Behausung.

Félicie ging fröhlich aus. Ich hörte ihre Schuhe mit den hohen Holzabsätzen über die Treppe poltern. Sie wirkte wie ein junges Mädchen, das früher als geboten zum Ball eilt, der am Abend stattfinden soll.

Tatsächlich war der Abend schnell gekommen, aber sie war noch nicht zurückgekehrt. Zwei Stunden nach ihrem Weggang hatten wir die ersten Salven gehört (jene, die offenbar alles auslösten). Die Tragödie mit ihren Schrecken war ausgebrochen und verdunkelte allmählich das ganze Stadtzentrum. Es war um die Mittagszeit.

Oran und das Blutvergießen, als düsterer Abschluss des ganzen letzten Jahres, in dem täglich ein Mord dem anderen gefolgt war, mit dem einzigen Unterschied, dass die Mörder nun aus dem anderen Lager kamen. Nach Monaten, in denen eine systematische »Hatz auf Araber« stattgefunden hatte, schlug innerhalb eines einzigen Tages die Rache zu. Wer war es, »die Leute aus der Unterwelt« oder die »kürzlich aus dem Gefängnis Entlassenen«? Ein, zwei

Monate zuvor hatte man die Tore der Gefängnisse für die politischen, aber auch die normalen Gefangenen geöffnet.

Ich hatte einige von denen kennen gelernt, die kurz nach dem 19. März einfach eine brandneue Uniform anzogen und sich als »Männer des Maquis«, als »Befreier«, als »Kämpfer« bezeichneten. Nach dieser Zeit der Heuchelei und Schauspielerei wurde der Umzug plötzlich zum Totentanz.

An jenem 5. Juli hatte ich mir das noch nicht klar oder vorausschauend überlegt. Ich war noch naiv, aber ich konnte bereits instinktiv (auch an etwas Ungreifbarem, wenn die sprichwörtliche »Spottlust von Oran« übertrieben, doppelbödig wurde) die »Richtigen« von den »Falschen« unterscheiden, die echten Akteure von den Mitläufern oder sogar von den »verkleideten Verrätern«. Es war das wichtigste Thema meiner Gespräche mit Brahim, der mich einführte. Wenn er auch über seine Vergangenheit stillschwieg, so lächelte er doch häufig voll Verachtung über die neuen Angeber und Großsprecher …

Kaum war der harte Kern der OAS mit ihrer Politik der »verbrannten Erde«, die in unserer unseligen Stadt fast zu Ende geführt wurde, kaum waren diese Dämonen verschwunden (sie machten sich im letzten Moment aus dem Staub, zur nahen Küste Spaniens), da rissen schon ihre Diener von gestern, ihre angeblichen Feinde, den Rachen auf.

Brahim schimpfte mich zur Warnung aus: »Du bist naiv wie ein Kindskopf, Bruder! Mach die Augen auf, sieh, wo etwas faul ist!«

Er führte mich. Er stand mir als Bruder am nächsten. Ich glaube, ich bewunderte ihn, und du, Félicie, machtest dir wegen ihm keine Sorgen um mich.

»Bleibt ihr unter euresgleichen!«, hattest du also an jenem 5. Juli gesagt. Und bevor ich widersprechen konnte, hörte ich schon deine Stöckelschuhe auf der Treppe.

»Lass sie«, meinte Brahim leise. »Ich glaube, es tut ihr Leid, weil all die Pieds-noirs fortgehen müssen!« Er hatte dich verstanden. An den folgenden Tagen bereute ich, dass ich mich nicht an dich geklammert hatte.

An den drei Tagen, als ich dich tot glaubte.

Du hast uns dein Abenteuer später erzählt, als du mit bleichem Gesicht an unserer Schwelle auftauchtest, mit kaum zerknittertem Kleid und einem ein wenig schiefen, unsicheren Lächeln auf den Lippen.

Blind stürzte ich mich auf dich, ich rempelte dich an, wollte dich sogar, glaube ich, umwerfen (dann wären wir beide übereinander auf die türkischen Matratzen gefallen, die in dieser provisorischen Wohnung auf dem Boden aneinander gereiht lagen). Du hieltst mich fest (du hattest deine Arme weit geöffnet), du fingst mich auf, da brach ich plötzlich in Schluchzen aus, verbarg mein Gesicht an deinem Hals, ich, ein Bursche von zwanzig Jahren.

»Du lebst! Du lebst!«, brabbelte ich in einem nicht unterdrückbaren Weinkrampf – und es stieg ein Gemisch von Freude und Wut in mir hoch. »Wie konntest du so lange wegbleiben! Wir hatten solche Angst um dich!«

Ich trat zurück, ich machte dir eine Szene, ich glaube an Stelle von Vater – er regte sich nicht, sein Gesicht war erstarrt, er schwieg, aber ließ dich nicht aus den Augen.

Alle deine Kinder, zuletzt die Kleinen, kamen herzu und füllten das Wohnzimmer. Du fingst an zu lachen – war es wirklich ein Lachen?

»Fragt mich nichts, auf jeden Fall nicht jetzt!«

Dann hieltst du die ziemlich auffällige goldene Halskette in die Höhe, die Vater dir zu eurem letzten Hochzeitstag geschenkt hatte – eine Peitschenkette, wie dieser dicke, aus Gold geflochtene Strang genannt wurde. Gedankenverloren oder geheimnisvoll, ich weiß es nicht mehr, hast du hinzugefügt: »Das hat mir das Leben gerettet!«

Dann hast du dich von mir gelöst und bist auf Vater zugegangen, der immer noch reglos dasaß. Du hast dich zu ihm gebeugt, deine Hände haben in einer langen Liebkosung sein Gesicht gestreichelt, du hast dich gebückt, hast ihn auf die Stirn geküsst, plötzlich (wir waren alle starr, wir hatten noch nie solche Intimitäten mit angesehen) bist du niedergekniet, hast die Arme um seinen Hals geschlungen und ihn lange umfangen gehalten. Das harte, schlecht rasierte Gesicht deines Mannes, mit seinen Falten und dem grau melierten Schnurrbart eines Arabers aus dem Süden, dieses Gesicht des Gatten hast du an deine Brüste gedrückt.

Dann hast du in Tränen (wir sahen, du weintest) erklärt: »Dein Geschenk, Liebling, die Halskette und vor allem der ziselierte Koran am Ende … Dieser Schmuck hat mich gerettet!«

Vater erhob sein Gesicht wieder. Seine Finger befühlten die Kette mit dem kleinen goldenen Koran am Ende, dieses Stück mit seiner Inschrift sah ich zum ersten Mal! Bis dahin fand ich die – bei den einfachen Frauen in Oran so begehrte – Peitschenkette nicht nur auffällig, fast vulgär, sie passte auch nicht zu deinem sonstigen Stil, Félicie.

Jetzt erst, inmitten des Gefühlsaufruhrs der Familie und dieses Wiedersehens zwischen Weinen und Lachen, entdeckte ich den Fetisch am Ende der Halskette. Klein, aber erkennbar, »das Buch«, in das in feiner Schrift »Allah« ziseliert war …

Vater streichelte den kleinen Koran. Sein Gesicht entspannte sich. Er schaute dich zärtlich an: »Klar«, antwortete er, »dafür ist es ja da, um dich zu beschützen!«

Ich dachte: Sie, die Christin, hat dieses »Allah« aus … Liebe zu Môh getragen! Endlich konnte ich den Rest meiner Angst verjagen. Zum Glück, o Gott!

»So stand es geschrieben!«, bemerkte Vater.

Eine Stunde später hörten wir, um einen niedrigen Tisch versammelt, zu, wie du die Szene erzähltest, die dein Ende hätte sein können.

Du wurdest – nach dem ersten rätselhaften Knattern eines Maschinengewehrs – von einem plötzlichen Menschenstrom mitgerissen, er war bunt gemischt, darunter Leute, die schrien, Frauen, die mit ihren Youyou-Rufen andere übertönten … Du versuchtest, aus dem Gedränge hinauszugelangen.

»Ich habe sofort gedacht: zurück, raus hier, nach Hause zu den Kindern! Ich, die Zerstreute, habe die Gefahr gespürt … wie einmal, als ich ganz klein war, da fuhren meine Mutter und meine Geschwister in einem Boot auf der Seine, plötzlich rüttelten die Wellen an dem Gefährt und warfen uns durcheinander. Wir wären fast ertrunken, dachte ich damals, der Schreck gefror in mir!

Als ich mich jetzt zu entwinden suchte, geriet ich nur noch tiefer ins Innere der Menge … Plötzlich waren um mich Spanierinnen, Französinnen, eine Dame mit Hut, Kinder, ein blondes junges Mädchen mit gelöstem Haar. Wir stachen aus der Menge heraus. Hinten hörte man immer noch Youyou-Rufe, aber als kämen sie von der anderen Seite, vom gegenüberliegenden Gehweg. Die Gefahr wuchs! Denn ich bemerkte, dass die Menge jetzt plötzlich ausschließlich aus Europäern bestand!

In der Ferne knallten Schüsse. Ich erkannte, aber nur undeutlich, junge Leute, ›Kriminelle‹, dachte ich mit einem ersten Schauder. Gleich neben mir eine abgehetzte Frau mit geröteten, aufgerissenen Augen. ›Sie und wir!‹, dachte ich, nun war mir klar, dass wir die Opfer waren, auf die sie zielten …

Die junge Frau links neben mir zuckte nach hinten, als würde sie fallen. Als ihr Blick erstarrte, wusste ich, dass sie im Rücken getroffen war. Sie knickte zusammen; währenddessen drängte mich die Menge weg. Ich sah die Unbekannte nicht mehr, ihr ganzer Körper verschwand, wurde mitgerissen, verschluckt. Ich sah mich um: Das eisige Gefühl, mitten im Alptraum zu leben, mich nicht mehr aus ihm befreien zu können.«

Du hieltst schluchzend inne: »Ich kann nicht mehr! Ich will es nicht erzählen!«

Du hast dein Gesicht in den Händen vergraben. Matt sprachst du weiter: »Verzeiht mir! Ich möchte es vergessen!«

Du hast uns wie von ferne angesehen, wie von einem anderen Ufer. Und ich, Karim, der Araber, schämte mich.

Am nächsten Morgen, als wir zu zweit waren, bedrängte ich dich.

»Sag es mir, Félicie, nur mir! Gib dir einen Ruck! Vor deinen Augen wurden Franzosen getötet, von … (ich wollte sagen: ›von uns‹) … von Verbrechern auf unserer Seite?«

Dir kamen wieder die Tränen. Du nicktest schweigend.

Später berichtete mir Brahim die Einzelheiten; an jenem schwarzen Tag gab es etwa hundert Todesopfer. »Nicht nur Europäer oder Leute, die so aussahen. Die ersten Schüsse hatten den Eindruck erweckt, dass die OAS zurückgekehrt sei! Leute aus Tlemcen mit heller Haut und westlicher Kleidung wurden ebenfalls umgebracht!« Er fuhr in hartem Ton fort: »Der Abschaum der Stadt trat an diesem Tag in Aktion!«

Zuletzt schildertest du, Félicie, die Einzelheiten der schrecklichen Szene nicht mir, sondern Vater – und heute vermute ich, dass du, in seinen Armen in der Tiefe des Ehebetts liegend, dank seinen zärtlichen Liebkosungen die Panik überwinden konntest, wenn sie wieder in dir hochstieg.

An diesem 5. Juli in Oran wurden etwa zwanzig Personen nicht weit von der Neuen Präfektur als sichere Beute von zwei, drei Totschlägern zusammengetrieben und auf einer freien Fläche in der Nähe einer Lagerhalle festgehalten … Der Rest der fröhlichen, hysterischen Menge und die wenigen, die plötzlich die Gefahr gespürt hatten (weil sie nur Schaulustige waren, Europäer, aber auch »Eingeborene« mit heller Haut und gepflegter Kleidung, unter ihnen sogar eine Lehrerin reiferen Alters, die uns durch ihre Eleganz auffiel), dieser Menge also war es gelungen, auf eine breite Avenue vorzudringen und sich danach zu zerstreuen, die europäischen Paare wurden anschließend von französischen Soldaten in Schutz genommen, die bis dahin Befehl hatten, nicht einzugreifen. Sie wurden gerettet. An einer Kreuzung auf der anderen Seite wurden etwa zehn Leute hingerichtet, ihre Leichen waren nach weniger als einer Viertelstunde verschwunden.

Auch auf die Gruppe um Félicie schien ein Gemetzel zuzukommen!

»Ich sagte mir ständig«, erinnerte sie sich, als sie sich zur Erinnerung zwang, »es ist ein Alptraum! Ich werde aufwachen, Môh wird mir hinterher sagen, ich hätte geschrien! Aber ich schrie nicht. Ich schaute mich um, ich wurde immer noch von einem sachten Schub gedrängt, neben mir erkannte ich eine vierköpfige Familie – zwei junge Mädchen, die sehr dunkelhaarige Mutter, der Mann mit einem Hut und sommersprossigem Gesicht, weiter hinten ein leicht gebeugter alter Mann, der sehr schlecht sah ... Seit mindestens einer Viertelstunde waren sie zu den Gefährten meines Unglücks geworden.

Der alte Herr sagte ärgerlich, im Ton verletzten Stolzes: ›Was soll das heißen? Sollen sie uns doch unseres Wegs ziehen lassen!‹

Und der andere, der Familienvater mit Hut, sprach leise, mit kaum hörbarer Stimme: ›So seien Sie doch ruhig! Sie werden uns schon freilassen!‹

Schreie hinter mir. Die schrille, kreischende Stimme einer Frau: ›Mein Gott! Großer Gott!‹ Ich werde mich nicht umdrehen, dachte ich feige. An diesem Schrei hinter mir erkannte ich, dass ich leider hellwach war. Ich schaute nach rechts und links, wo ich mich verstecken, wo ich hinschlüpfen könnte, im Falle ...«

Félicie fing wieder an zu weinen. Môh musste sie beruhigen und wiegen, ihr Vater und Bruder sein, anstatt Geliebter.

Diesmal wollte sie zum Ende kommen: »Da fühlte ich mich von den Schultern abwärts gepackt. Ein junger Bursche von höchstens zwanzig. Sein Gesicht direkt an meinem Hals, hervorquellende Augen ... Seine Hand zog meine Haare nach hinten. Ich sah noch die andere Hand in der Luft, die Klinge des Buschmessers.

Eine Minute, es ging zugleich sehr schnell und dauerte wie eine Ewigkeit! Die Peitschenkette, die ich trug, sprang aus meinem Kragen (meine Jacke war wohl unter dem gewalttätigen Griff des Mannes zerrissen).

Ich begriff es nicht. Ich hatte die Klinge blitzen sehen. Aber alles blieb in der Schwebe, ich nach hinten gebeugt, die Hand des Banditen zerrte noch an meinen langen Haaren, er rief aus:

›Bi Allah!‹ – und danach Worte in Arabisch, die ich nicht verstand.

Er ließ mich los. Sein Messer fiel zu Boden (ich höre noch das Klingen des Stahls auf dem Stein des Gehwegs, wo es hinfiel). Seine Hand zog an meiner Kette, diesmal nach vorn. Ich glaubte, er wollte mir erst den Schmuck entreißen, der ihm gefiel, um mich dann umzubringen. Aber nein, er ließ die Peitschenkette auf meine Jacke zurückfallen, sein Finger zeigte … auf den kleinen Koran in Gold mit der Inschrift an ihrem Ende.

›Sag mir …‹, ich hatte das verzerrte Gesicht des Mannes direkt vor mir, während er nach Worten rang …«

»Siehst du«, jetzt unterbricht Vater die Erzählung seiner Frau und fügt zärtlich hinzu: »Es ist wirklich das ›Allah‹ auf dem Schmuck, wodurch das Messer abgewendet wurde!«

»Ich antwortete«, fährt Félicie fort, »ich fand die Kraft dazu! Plötzlich war ich ruhig, wenn auch noch nicht beruhigt. Ich sagte: ›Mein Mann, Môh!‹« (Félicie, endlich hast du den Namen gemeistert, den du seit so vielen Jahren täglich verballhornst!) »Ich sagte: ›Môh, mein Mann Algerier! Alle meine Kinder Algerier!‹ Dann habe ich ihm in die Augen geschaut, ich glaube sogar, ich wollte mich ihm entgegenstellen, nicht nur ihm, er war nichts als ein gefährlicher kleiner Schläger. Es war, als wollte ich mich ihnen allen entgegenstellen, dem ganzen Land, denen, die töten und getötet werden.

›Ich bin Französin, und ich trage das hier (ich habe den Koran aus Gold in beide Hände genommen, dessen sichtbare Inschrift für mich wie eine Rüstung gewesen war). Ich trage es aus Liebe zu Môh, meinem Mann …‹

Er wartete, ich weiß nicht, ob er mich verstand. Die zehn anderen hatten den Kreis um uns ängstlich etwas erweitert.

›Sie können mich töten, wenn Sie wollen!‹, sagte ich zu ihm. ›Aber ich gehe nicht fort von hier. Hier ist mein Zuhause!‹

Und ich stampfte mit dem Fuß auf, wie bei meinen Wutanfällen als Kind. Da verschwand der junge Verbrecher mit dem starren Blick. Kurz darauf kam eine Gruppe von vier Männern, sicher ehemalige Kämpfer. Sie beruhigten uns in einem guten Französisch: ›Kommen Sie da herüber, ans Ende des Lagers!‹

Sie führten uns. Ein Flur mit einer Tür, die sie öffneten. Einen nach dem anderen ließen sie uns in einen langen Geschäftsraum eintreten, ohne Licht, auf einer Seite hohe Fensterscheiben, hinter ihnen war ein Eisengitter herabgelassen. Am Ende des Raums eine Art Waschküche, einige schiefe Stühle. In einer Ecke waren billige Orientteppiche in einer Reihe hingeworfen.

›Setzen Sie sich hier hin‹, sagte einer der vier mit fester Stimme. ›Es passiert Ihnen nichts, nur, wenn Sie hinausgehen in die Stadt …‹

Ein zweiter fügte hinzu: ›Solange wir Sie nicht abholen, bleiben Sie hier! Wasser gibt es da hinten!‹

Sie schlossen die Stahltür ab und verschwanden. Es folgte eine lange Nacht. Auch den ganzen folgenden Tag blieben wir dort. Wir waren in Sicherheit, wir zählten uns. Nach und nach berichteten wir uns gegenseitig unser Leben. Jeder sein Leben in Oran. Doch das war am nächsten Tag, nachdem wir uns in der Nacht alle auf die ausgebreiteten Teppiche gelegt hatten. Wir fielen in einen Schlaf der Angst, aber die Männer standen einer nach dem anderen Wache an der Tür.

Am Morgen dann lernten wir uns in kleinen Gesprächen kennen. Am Abend kamen sie uns endlich befreien, unter der Bewachung von Gendarmen brachten sie uns in die Neue Präfektur. Da ich nun wusste, dass ich euch endlich wiedersehen würde – weißt du Môh, da bemerkte ich zu mir selbst:

Wie kommt es bloß, dass ich diese Franzosen erst jetzt kennen lerne? (Vor allem die Dunkelhaarige, die Frau des Cafébesitzers, und den Alten, der sich so gewählt ausdrückte.) Das fragte ich mich. Warum treffe ich all diese Leute aus Oran erst jetzt? Bis dahin hatte ich nie gedacht, dass ich Freunde haben könnte!«

»Das kannst du immer noch!«, erwiderte Môh.

»Aber nein, mein Liebling, eine Woche nachdem es passiert war, bin ich, das habe ich dir noch nicht erzählt, zu der Café-Bar beim Hafen gegangen, die von der dunkelhaarigen Frau und ihrem Mann geführt wird. Sie war geschlossen. Sie haben sich wohl gleich am Tag nach ihrer Freilassung eingeschifft. Die anderen natürlich auch!«

Dann hast du geschwiegen, Félicie, nachdem du die Angst noch einmal hattest durchleben können, in den Armen deines Mannes. Du sprachst nie wieder über jenes Ereignis, auch nicht darüber, wie das Buschmesser des Killers ganz nah an deinem Hals geblitzt hatte …

Félicie, du bist »zu Hause« geblieben, »zu Hause« in Oran, dessen Herz durch die Ausschreitungen am »Tag des Sieges« (anschließend erwähnte keine Zeitung Algeriens das Drama) betäubt worden war, sodass alles hier mehrere Jahre in Eisesstarre und Schweigen lag.

Wir lebten bald wieder in unserer Wohnung im Gericht – also nicht weit von jenen Orten, die durch den massiven Auszug der Bewohner verödet waren.

Wir wohnten dort noch ein Jahr. Anschließend zogen wir nach Eckmul um, denn Vater ging in den Ruhestand. Es war zu der Zeit, als ich mich einige Monate lang auf der glänzenden Laufbahn eines jungen Bürokraten wähnte.

4

Ich weiß nicht warum, aber von allen Gesprächen, die ich als Kind und dann als Heranwachsender mit Vater drüben in Beni-Rached am Rand des Friedhofs führte (wo man dich nachher hinbringen, wo mein Bruder, der Imam, vor deinem offenen Grab die Sure *Yasin* sprechen wird), fällt mir das einzige Thema wieder ein, bei dem Vater auflebte – seine Stimme bebte, sein arabischer Wortfluss strömte wie eine Quelle, sein Blick begann zu funkeln, seine Augen glitzerten, seine Züge entspannten sich …

Er liebte es, von seinen Jagderlebnissen zu erzählen, doch nicht von der Jagd mit seinen französischen Beschützern, zu der er mich südlich von Mascara mitnahm. Es waren andere Jagden, die schon lange zurücklagen, mit Si Salem, seinem ältesten Bruder, und ihrem Vater oder mit seinen Onkeln von Vaterseite, die ich nie kennen gelernt habe. Sie alle gingen südlich von Sebkha jagen, bei den Ouled Sidi Sheikh, ihren Fürsten.

»Ich erinnere mich, ich war höchstens zehn. Vater setzte mich vor sich auf den Rücken seiner rotbraunen Stute mit rostroten Flanken, die er sehr lange geritten hat …«

So träumte mein Vater vor sich hin, von seiner Kindheit bei den Reitern aus dem vergangenen Jahrhundert. Er begann damit, die Vorzüge jener Pferde zu beschreiben: »Weißt du, dass die Ouled Sidi Sheikh ihre Pferde mit Kamelmilch aufziehen? Kannst du erraten, warum? (Ich schwieg, ich wartete.) Diese Kost macht sie fett, aber nur an Hals und Kruppe, sie bekommen keinen dicken Bauch! So bleiben sie schnell genug …«

Dann kam er zur Straußenjagd: Sein Eifer war noch nicht verflogen, ihm war eine Spur von Sehnsucht geblieben. Er fuhr fort wie ein Lehrer: »Die Straußen leben in Rudeln, wie alle Nomaden. Aber wenn sie Eier legen und brüten, bilden sie feste Paare und bleiben an einem Ort. Ihre Nester befinden sich meist an geheimen Verstecken!«

Ich wagte nicht, ihn zu fragen, ob er sie beobachtet hätte. Woher er das alles wusste. Er blieb in seine Kindheit versunken – zu jener Zeit litt und starb sein ältester Bruder wohl auf den Schlachtfeldern Europas!

»Die Straußen«, fuhr er fort, »sind von Natur aus ängstlich. Wir jagten immer in zwei Gruppen – ich gehörte mit meinem Vater zur Gruppe der Reiter, die die Vögel aufbringen muss. Die zweite Gruppe folgt uns in einigem Abstand, sie hat nur die Aufgabe, Wasser und Proviant zu transportieren … Denn die Jagd dauert mehrere Tage! Einige der schnellsten Pferde (unter ihnen die Stute meines Vaters) lassen den verfolgten Straußen nur fünfundzwanzig oder dreißig Meter Vorsprung, nicht mehr, und das über viele Stunden!«

»Und eure Gewehre?«, fragte ich, ich stellte mir vor, dass sein Vater hinter ihm als Erster schoss.

Da lachte er lauthals. »Aber du verstehst gar nichts! Warum braucht diese Jagd wohl so lange? Ich sag's dir – gerade wegen ihrer Dauer, wegen des schnellen Ritts, wegen des Staubs, tagelang, drum ist sie mir so lebendig in Erinnerung geblieben! Der Strauß darf weder durch Gewehrschüsse noch mit dem Dolch getötet werden! Es wäre schade um den Balg. Mit ihm kann man den höchsten Gewinn erzielen, wenn er in In-Salah oder auf anderen Märkten im Süden verkauft wird …« Er sinniert, mein alter Vater ist wieder zum Kind geworden, das rittlings auf der Stute seines Vaters sitzt …

»Die Verfolgung kann häufig vier oder fünf Tage dauern, es geht darum, die ganze Herde zur Erschöpfung zu bringen. Erst dann, kurz vor dem Umfallen, wird der Strauß niedergeschlagen. Er stirbt … Die Jagd«, so schloss Vater seinen Bericht, »war beendet, wenn wir eine solche Gruppe bis zuletzt verfolgt hatten und fünfzehn bis zwanzig Bälge mitnehmen konnten.«

Im Sand neben mir ausgestreckt, verlor mein Vater sich in Gedanken. Traurig hob er wieder an: »Ich habe es dir schon gesagt, der Strauß ist ängstlich. Um ihn zu jagen, kommt es nur auf

Geduld an und auf ausdauernde, schnelle Pferde ... Aber zu sehen, wie er gleich einer Tänzerin mit langen Beinen den ganzen Tag vor dir wegrennt, ohne einmal Pulverknallen zu hören, diese Erinnerung ist für mich wie ein Traum, ein Spiel, das nie aufhört. Die prächtigen Straußenvögel springen in Schweigen und Staub dahin, und wie sie dann im entscheidenden Moment langsamer werden, wie der erste wankt, sich umblickt, erschrickt, wie ihm schwindlig wird, was weiß ich ... In diesem Augenblick übergab mich mein Vater den Helfern hinter uns; ich reckte meinen Kopf, um weiter zu sehen: Mehrere Strauße drehten sich nacheinander im Kreis.

Zwei Stunden später brachten sie mich wieder zur Gruppe der Jäger. Ich sah meine Rennvögel am Boden, als schliefen sie! Ich habe tatsächlich nie miterlebt, wie sie starben ...

Mir bleibt ihre tänzelnde Flucht, Stunde um Stunde. Wenn die Jagd beendet, die Tiere zerlegt waren, kamen unsere Abende. Um das Lagerfeuer deklamierten Tuareg, die mit uns geritten waren, ihre seltsame Dichtung und begleiteten sich mit ihren näselnd und zugleich rau klingenden Flöten. Dann sagte ich mir: ›Sie sprechen wohl mit den verletzten oder gestorbenen Straußen! Sie stehen ihnen am nächsten!‹

Als wir dann wieder nach Norden zogen, ich blieb bei der zweiten Gruppe, den Jagdhelfern, sagte mir einer: ›Wir haben vier oder fünf Strauße laufen lassen, es waren lauter Weibchen, denn wir wollen im nächsten Jahr wiederkommen.‹

Wir ritten in langsamen Etappen zurück. Die Tuareg verließen uns wieder. Die Männer unseres Stammes deklamierten nun ihrerseits die Heldengesänge der Beduinen.«

Wie oft wollte ich dir, Félicie, diese erneuerte Erzählung meines Vaters auf dem Friedhof, der jetzt vorbereitet wird, um deinen Körper aufzunehmen, für dich übersetzen, dir weitergeben!

Aber dieser Kindheitstraum meines Vaters wird nun unser einziges Männergeheimnis bleiben. Ich hätte ihn nicht in ein zwangsläufig nichts sagendes Französisch übertragen können … Auch dir fehlten die Worte, wenn ich dich bedrängte, wenn ich aus deinem Mund die Erzählung hören wollte, wie der Tod dich gestreift hatte, als du die Klinge des Messers aufblitzen sahst … Kaum hattest du angesetzt, gabst du gleich wieder auf.

Während du jetzt drüben schläfst, frage ich mich: Hast du diesen Tag, der für dich fast blutig geworden wäre, dem Vergessen überlassen wollen? Jenen Tag, an dem du die bedrohte »Französin« warst, die dann durch die Inschrift des Korans gerettet wurde? Hast du dieses Bild verdrängt? Hast du es geleugnet?

Heute taucht es bei mir wieder auf, Félicie. Du mit nach hinten gerecktem Hals und wie der Mann dich an den Haaren zieht, dabei die andere Hand hebt, die Kette springt hervor, und das Stück, das dich schützen soll, lässt den Unhold mit den vorquellenden Augen zurückweichen. Sein Messer fällt zu Boden. Ein wenig später wirst du ruhig, trittst ihm entgegen, stampfst mit dem Fuß auf: »Bringen Sie mich um, wenn Sie wollen, aber ich gehe nicht fort! Hier ist mein Land!«

Dreiunddreißig Jahre später ersteht das Bild unversehrt, wird größer: Du bist so schön. Deine Haare sind hochgesteckt, deine Hände bringen deine Kleider in Ordnung. Die Kette liegt wieder darunter. Du, stolz aber ruhig, daneben die verängstigte Gruppe der anderen – der Ausländer –, sie starren dich an. Du hast sie ebenfalls gerettet, da du dich zunächst nicht gewehrt und dann diese mutigen Worte gesprochen hast. Der »kleine Schläger«, wie du ihn nanntest, war – durch deine Worte oder einfach weil der Name Allahs dir ein Schutzschild war – aus seinem Blutrausch herausgerissen worden.

Dein Bild, vor der Opferung, dann in kühner Rede …

Nein, du bist nicht tot, Félicie!

Dieses Bild von dir taucht heute wieder auf und verfolgt mich, vergrößert, heller beleuchtet: Ich spreche zu dir in der Nacht, mit geöffneten Augen. Ich denke an dich, die du dort verwurzelt und bald begraben bist!

Seltsam, mein Schmerz wird morgen, an den folgenden Tagen schlimmer bohren, ich werde ihn anders tragen: »Bruder, weißt du Neues von Algerien?«, wird mich tagtäglich dieser oder jener aus Oran fragen, wenn er an meinem Laden vorbeikommt.

Früher habe ich stets die gleiche kurze Antwort gebrummelt:

»Ich lebe hier in Paris, Bruder! Red mir nicht mehr von Oran oder von Algerien!«

Früher.

Jetzt werde ich auf die gleiche Frage, die mir in den nächsten Monaten bestimmt ebenso oft gestellt wird, antworten: »Algerien?«, doch ich werde bestimmt an Félicie denken.

Ich werde ironisch oder entgeistert fragen: »Algerien und Félicie? Was haben sie miteinander zu tun?«

Die andere Frau, die Passantin, die Umherirrende, heute die Mutter von so vielen Unschuldigen, die verfolgt, ausgewiesen werden, auch die Mutter der vielen anderen, die bleiben und in Angst ersticken, drüben, Algerien erhebt sich vor mir als Bild von Félicie: Ein Mörder und ein weiterer, ein dritter misshandelt sie, tut ihr Gewalt an, zerrt sie an den Haaren. Mit aufgerissenen Augen sieht sie, wie die Klinge sich nähert … Wer wird sie retten? Welches Wort, welcher Gegenstand wird dem Wahnsinnigen Einhalt gebieten, der sie angreift?

Félicie, die du gestern gerettet wurdest, die du im nächsten Morgengrauen begraben wirst, bist du, Félicie, Algerien? … Meine Gedanken wandern, du bemerkst es wohl, Mama, in dieser Nacht und den folgenden, den vielen anderen!

V Das Lachen der Begrabenen

Sie tragen mich, sollen sie mich forttragen!
Sinkende Sonne ich liege
Ruhe als Leiche
Fern von den anderen, deren Lächeln erlischt
Môh, die Arme nach mir gereckt
Môh mit abgeschnittenen Händen.
Ich liege sinkende Sonne
Weiß, das mich umflutet und ertränkt
Sie tragen mich, sollen sie mich forttragen!
Fern, fern von den anderen.

Ich spüre die Straße, sie rollt unter meinem Körper hin
Stadtausgang von Oran, fort vom Heiligen El Houari
Auf dem Weg nach Mascara: mein erstes Nest
und meine Räusche
meine Liebe verzeiht mir jetzt endlich.
Sollen sie mich forttragen! Simone am anderen Ufer weint
Schluchzt, weil sie mein Gesicht nicht wiedersah
Mit geschlossenen Augen
Schwester, Mutter, was bedeuten sie?

Ich ziehe als Königin in Mascara ein, man setzt mich ab
Wo ruhen? Wir müssen weiter
Ich spüre die Straße, sie rollt unter meinem Körper hin
Ich schwebe über den verschwundenen Weinbergen
Fern, so fern von den anderen, meinen vielen Kindern.

Bleibt der Rausch zieht sich die Reise
Wir verlassen meinen ersten Hafen
des Glücks wir waren verliebt

Môh, mein Liebster, hier
kam ich nieder mit unserem ersten Sohn
Du lächeltest
Sie tragen mich, sollen sie mich forttragen!
Du wartest. Hinter den Weinbergen
beginnt der Ozean des Halfagrases
Einst das Königreich der Strauße
Und noch der Wildschweine für dich.

Vor Saïda schlafe ich
Von den Frauen Youyous zu unserem Gruß
Plötzlich tanze ich
Trotz des Leichentuchs
Wiege mich im Liegen
Bin noch nicht die Begrabene.
Saïda, doch der Zug ohne Baldachin geht weiter
Ein einzelnes Kamel schließt das Geleit.

Die Sonne ist untergegangen ich ruhe
Das Ende naht
Des Festes von Sidi Salem.
Im Stamm alten Gedenkens
Wird ungeduldig die Schar der Reiter
Sie erwarten die schöne Dame
Die Fremde, das bin ich
Sie erhoffen sich Trance
für morgen
Sie tragen mich, sollen sie mich forttragen!

Im Dorf am Eingang der Wüste
Wartet die strahlende Dame
Cheikha meine Schwester die Teufelin
Nicht mehr Simone, sondern Rimiti

Drängend
Quälend
Die Schwester der Fremde
Singt das Lied vom Glas, das kreist.

»Lasst mich, ich bin nicht von hier«,
singt Rimiti
»Nein, ich bin nicht von hier
mein Vater, kleiner Vater!«
Ich bin ihr Glas, das kreist
Für die in der Runde und die in der Fremde.

Die Straße erstarrt
Sollen sie mich forttragen zum Schlaf unter einem Zelt
Auf der Erde
In Moschus Weihrauch in Gebeten
Die Dame singt, und das bin ich,
Die kreist
Die morgen lachend in die Grube fällt.

Die *roumia* ist begraben
Zwei Monate später beim Marmor
für Yasmina
Kommen gläubige Frauen, Bettlerinnen, Waisen
zu singen
leise zu summen
»Für ein Mädchen, die Erhoffte, die geboren wird
Für einen Schmerz, der durch sie gelindert wird
Yasmina oder Félicie!«
Die *roumia* am Rand des Dorfs
Unbefleckter Fleck der Erde
Sammelt die Frauen
Die psalmodieren

Und bitten
Sie kommen aus weiter Ferne
Aus allen Teilen
Die Grenzen umschließen
Zu Yasmina zu Félicie
Deren Stimme fließen will oder fliegen
»Sie tragen mich, sollen sie mich forttragen!«
Eilen durch Halfafelder
Und über verschwundene Weinberge
Von weit aus der Ferne zur *roumia*!
Und jede Frau
Soll sich hier hinlegen
in den roten Staub
Oder auf den kalten Marmor
Unter den heißen Wind, der die Dünen verweht
Abgründe gräbt.

Hier sammeln Frauen sich aus der Fremde
Hoffen sich selbst zu finden
Zu singen, zu psalmodieren
»Dass sie mich tragen, forttragen
Mich oder dich mit dem Körper von Félicie!«

Paris, 15. August bis September 1996

NACHWORT

Das Blut trocknet in der Sprache nicht

Das Blut trocknet nicht,
es erlischt nur.
Assia Djebar, *Weit ist mein Gefängnis*

I

1

Berichte der Frauen aus der algerischen Nacht, der heutigen »Frauen von Algier«.

Bruchstücke des Lebens, die die Frauen beim Kommen und Gehen als Reisende, als Passagiere weitergeben, erzählen – in einer Zwischenstation, einer Unterkunft, wo sie Atem holen, sich erinnern können. Es sind Etappen, doch nicht einer Flucht, sondern der Bewegungsfreiheit; Gespräche, die unter Algerierinnen von hier und von drüben ausgetauscht werden. Mit einem Schlag werden Stücke des Lebens beleuchtet und stürzen in sich zusammen, diesmal Bilder von Verfolgungsjagd, Flucht und Tod. Auch manchmal von Hoffnung in dieser langen Nacht.

Eine pensionierte Lehrerin findet sich als namenlose Passantin in einem Hafen an der Nordküste des Mittelmeers wieder. Sie berichtet von Alltäglichkeiten ihres Lebens auf den Höhen über Algier, in einem fast gutbürgerlichen Viertel, das »ruhiger ist als andere«.

Ja, sie erinnert mit gleichmäßiger Stimme, ganz ohne Dramatik, an den gewöhnlichen Gang eines Lebens. Das Leben einer Frau von Algier.

Mina, eine ihrer Kolleginnen – fünfzig Jahre, vier Kinder –, ist Französischlehrerin an einem Lycée in der Nähe. Anfang 1995 erhält sie Drohungen übers Telefon: Eine unbekannte Stimme leiert Verwünschungen und verheißt ihr das Totenhemd. Mina, sprachlos, versteht überhaupt nichts. Ist es ein Verrückter, soll sie das wirklich als »Drohung« bezeichnen? Aber warum? Welches Gesetz hat sie unwissentlich übertreten? Sie unterrichtet eine Fremdsprache, na und? Was hat die Religion damit zu tun? (Ein Hadith, ein Spruch des Propheten, der pflichtgemäß überliefert wurde und sehr verbreitet ist, wenn er auch nicht immer befolgt wird, lautet: »Geht und sucht das Wissen bis in China!« Das betrifft natürlich alle Gläubigen, Männer wie Frauen!)

Mina schließt, dass es sich um einen Geistesgestörten handelt, um einen Spinner. Sie ist eine gewöhnliche Frau, nur ein wenig gebildeter als ihre Nachbarinnen, sie gibt ihr Wissen weiter, das ist alles. Dann vergisst sie es wieder: Sie hat zu viel zu tun – die Hausaufgaben der Kinder überwachen, ihren Unterricht halten, sich um den Haushalt kümmern.

Einige Tage später geht sie zu Fuß zu ihrem Lycée. Alle kennen ihren Weg. An dem sonnigen Morgen eilt sie einen Pfad entlang, der von Bougainvilleen eingefasst ist, sie ist ein wenig spät dran. Zwei Unbekannte sprechen sie an, hindern sie am Weitergehen, der eine rechts, der andere links. Beide ziehen eine Waffe. Beide zielen aus nächster Nähe auf die Schläfe. Minas Kopf platzt.

Die Lehrerin wurde ermordet. Ein paar Stunden später rennen viele weinende Schülerinnen herbei, sie sind völlig erschüttert, ein ganzes Mädchengymnasium in Aufruhr. Dann, in den folgenden Tagen, herrscht versteinertes Schweigen.

2

Wieder hebt die Erzählerin an, eine Scheherezade aus tiefschwarzen Zeiten, den Zeiten des Unheils mit der Affenfratze. Entsetzen, das sich in ganz kleinen, runden, abgegriffenen Worten ausdrückt, in fast sanftem Ton. Die Stimme wird nicht lauter. Sie erinnert sich.

»Meine Mutter ist während des vorigen Ramadan gestorben. Sie wurde immer schwächer, sie war gerade achtzig geworden. Meine jüngere Schwester war ständig bei ihr. Von meiner Wohnung ging ich zu Fuß in die Arbeitervorstadt, in der ihr altes, kleines Haus nun lag – in ihm bin ich geboren, habe ich eine glückliche Kindheit verbracht, auch für all meine Examina zur Studienrätin und dann Schulrätin habe ich dort gelernt.

An jenem Tag war die Situation in dem einfachen Viertel sehr gespannt. Die Armee befand sich im Einsatz, angeblich hielten sich mehrere Terroristen in einem der Häuser versteckt, nahmen Familien als Geiseln oder wurden von Sympathisanten unterstützt … Das Haus meiner Mutter lag da mittendrin!

An jenem Abend im März rief mich meine Schwester an: ›Mutter liegt im Sterben!‹ Ich ließ meine fünf Kinder zu Hause: ›Ihr bleibt hier. Ich gehe allein hin, zu Fuß, noch vor der Ausgangssperre! Ich muss bei meiner Mutter sein, wenn sie stirbt! Sie hat mich mein ganzes Leben lang getröstet!‹ Mein Mann wollte mitkommen. ›Nein‹, beharrte ich, ›bleib du bei den Kindern!‹

Ich weiß nicht, wie ich diesen Weg hinter mich brachte … Auf der Straße fuhren Militärlaster. Nur nicht hinschauen! Man sagt, sie fordern Frauen und Kinder auf, die verdächtigten Häuser zu verlassen, dann sprengen sie sie in die Luft … Manchmal weigern sich Sympathisantinnen der Terroristen, herauszukommen, sie sterben lieber mit ihnen! Vielleicht werden sie auch mit Gewalt zurückgehalten, wer kann das wissen! Ich bin weitergegangen, bis zu meiner Mutter. Sie ist mitten in jener Nacht gestorben, ohne zu leiden (Gott nehme ihre Seele auf!), ihre beiden Töchter standen ihr zur Seite ... Danach hat die Aufregung draußen das Viertel um den Schlaf gebracht.

Am nächsten Tag ist leider fast niemand zu dem Begräbnis gekommen. Dabei kannte Mutter alle hier, alle hatten sie so gerne! Wer hätte gewagt, in diesen Tagen hinauszugehen?«

3

Ein Bericht nach dem anderen schildert den Alltag und schlägt seinen Takt: Die Schreckensepisoden reihen sich ein wie graue oder schwarze Perlen, als Zwischenschläge. Die Erzählerin hängt ihren Gedanken nach.

Frauen werden zu Opfern wegen ihres Wissens, ihres Berufs oder ihrer Solidarität – ständige kleine Stiche der Angst! Der Bericht geht weiter, er wird von einer Station zur nächsten übergehen, von Widrigkeiten über Kummer und Enttäuschungen bis zu unterdrücktem Aufbäumen und hinuntergeschluckten Beleidigungen ... Sie berichtet, sie schweigt nicht, auch unterwirft sie sich nicht schwarzer Trauer. Allem trotzend, stellen die Worte, zusammen mit dem Zorn und dem bitteren Schmerz, eine Bake auf, einen Tropfen Licht, den man in dem tintenschwarzen Entsetzen noch empfangen kann. In diesen Augenblicken zeigt der Tod sein Gesicht; einen Moment verliert er sein Grinsen.

Worauf warten dort drüben so viele Frauen – ob sie jung sind oder alt, gehen sie zur Arbeit in der Schule, im Krankenhaus, im Büro oder nur zum Markt, um Vorräte einzukaufen. Sie gehen mit einem Stein auf dem Herzen, ihre Zähne beißen in den Fetzen weißen oder schwarzen Stoffs, der ihr Gesicht verhüllt, viele von ihnen gehen auch unbedeckt, die Haare im Wind, und ihr Blick trotzt der Bedrohung.

Ich hätte hier gerne diese Gestalten umrissen, ihren Gang verewigt, sie auf der Straße angehalten, wenn es sein muss, selbst wenn die Sonne schwarz geworden ist, ich träume an ihrer Seite, ich rückerinnere mich »in« ihnen.

Sie halten sich zum Großteil weder für Heldinnen noch für Opfer. Sie sind lebendig, ob sie verschleiert sind oder nicht, ob sie in Fesseln leben oder sich trotz der Gefahren vorwagen. Sie leben: kurz bevor der fatale Schlag auf einen Sohn, einen Bruder oder auf ihren eigenen Körper niedergeht.

Ich sage mir manchmal: »Du fängst sie von weitem ein, beschreib sie doch, indem du so nah an ihren Körper, an ihr Herz herangehst wie möglich!« Was hilft es, aufzuschreiben, es gilt ihnen nicht viel – ihr, die sterben wird, die sich verbirgt, sich zusammenkauert, oder jener, die schweigt, mit gesenkten Augen, um zu überleben.

Schlussendlich, wie auch immer ich mich ihnen nähere, um sie voll Leben zu beschreiben, das Blut – ihr Blut – trocknet in der Sprache nicht, welche Sprache es auch sei oder welchen Rhythmus oder welche Worte ich am Ende wähle.

II

1

Der Fiktion platzt der Kopf. Wie Mina in Algier.

Sind die Erzählungen, die ich hier vorstelle, wirklich Erzählungen? Oder nur *short stories,* Fragmente des Imaginären? Wenn ich der Tragödie und dem üblen Geruch dieser Sackgassen den Rücken kehren möchte, müsste ich mir dann nur die Vergangenheit ausmalen, wo die dargestellte Gewalt und die Schlachten über die Jahrhunderte hinweg nicht mehr das Blut spritzen lassen würden, auf meine Finger, meine Worte?

Und die Gegenwart, die so nahe Wirklichkeit in ihrem Aufruhr und ihrer Alltäglichkeit, wo Lachen, ein Lied, das aus einem halb geöffneten Fenster tönt, irgendeine meiner auf der Straße gehenden Figuren streift? Sie wird gleich in die nächste Straße einbiegen; etwas weiter, vor ihr, fliegt ein Auto in die Luft. Meine Figur trägt kaum ein paar Splitter davon, aber ein Kind, das ihr auf dem Gehweg entgegenkommt, schaut sie mit entsetzten Augen an, es hat eben eine zerfetzte Leiche gesehen …

Nein! Nicht das Spektakel, das gellende Antlitz des Todes, noch das Pathetische an ihm streifen, auch nicht über die Zeit hinweg die schwarze Spur verfolgen, die das Gedächtnis eines Kindes für immer befleckt hat …

Die Fiktion, diese kopflose Balletttänzerin, turnt vor diesem Drama oder als seine Avantgarde. Sie dreht sich berauscht im Kreis, immer um das Desaster herum, jenseits einer unsichtbaren Kreislinie, wo es sie wirklich erreicht. Sie glaubt, dieses Glühwürmchen des Lebens einzufangen, das eine Sekunde vor dem Ende aufscheint, eine Leere, die laut schreit oder die einen erfasst. Am Rande wanken, aber nur nicht kopfüber hineinfallen, in den Abgrund!

2

Denn die (hier algerische) Wirklichkeit wirft mir schlaglichtartig nichts als verstümmelte Körper zurück, Gesichter, die in langen Minuten des Entsetzens verzerrt sind, Unbekannte, Mörder oder Verwundete, die am Eingang der Wälder der Ouarsenis kurz auftreten. Die Wälder kenne ich gut, in den letzten dreißig Jahren gerade aufgeforstet, werden sie nun schon wieder mit Napalm abgebrannt! Algerien, eine Totenmaske, vor dem Hintergrund der Feuersbrunst …

Ich muss plötzlich an den Schriftsteller Francis Ponge denken – »den Meister des Stilllebens in der Poesie«, wie ihn Michel Butor nennt. Während der deutschen Besatzungszeit hatte er sich mit seiner Familie nach Zentralfrankreich »zurückgezogen«, wie man sagte, oder »geflüchtet«. 1942 beginnt er zu schreiben … über Seife:

»Wir befanden uns also mitten im Krieg, das bedeutete Einschränkungen aller Art; und Seife, besonders richtige Seife, fehlte uns … Vielleicht war das eine der – unbewussten – Ursachen für meine Seifeninspiration, so muss man sie wohl nennen.«

Ponge schickt seinen Text über die Seife an Camus, der bei Gallimard arbeitet, und der antwortet ihm:

»Was die Seife betrifft, so kann ich Ihren Absichten nicht ganz folgen, während sie mir sonst sehr klar sind. Vielleicht ist das Ganze zu elliptisch, ich bin mir nicht ganz sicher.« Später wird »Die Seife« zu einem Hörspiel *»für deutsche Ohren«* und erst 1967 als Buch veröffentlicht. Dabei ruft eine der Figuren schon 1942, in jener bleiernen Zeit unter deutscher Besatzung:

»Für die geistige Toilette ein kleines Stück Seife. Richtig gehandhabt, genügt. Wo Sturzbäche reinen Wassers nichts säubern würden. Auch das Schweigen nicht. Noch dein Selbstmord in der schwärzesten Quelle, o absoluter Leser!«

Francis Ponge findet also nur die trockene Sprache der Seife für die »geistige Toilette«. Zufällig ist der Dichter nach 1945 in Algerien, noch vor dem »Algerienkrieg«.

Einmal betrachtet er den Sonnenuntergang über der Mitidja, nahe den ersten Bergen des Atlas. Er versucht, ein Rosa am Himmel zu definieren, *»ein brennendes, intensives, ein wenig violettes Rosa …«*. Er sucht, er forscht nach dem Wort, das an dieser Stelle angebracht wäre: *»Ich spürte, dass es ein Rosa war, das ein wenig dem Rosa an den Fersen der algerischen Frauen glich. Es ist das einzige, was man von ihrer Haut sieht.«*

Francis Ponge bemüht sich also, von dem ganzen verhüllten Körper der Algerierin, wenn sie nach draußen geht (er stellt über den Schleier fest, dass er ihren Körper ganz und ihr Gesicht fast ganz bedeckt: *»Nur ein Auge bleibt frei, aber es liegt im Innern des*

Schleiers!«), die Phantomfrau auf der Straße genauso zu sehen wie die Männer des Landes. Er ist sicher der erste Fremde, der zunächst von den Fersen ausgeht, *»dem einzigen, was man von ihrer Haut sieht«* – ja, dank diesem kleinen rosa Fleck erkennt jeder Mann auf der arabischen Straße die Frau in ihrer Einzigartigkeit, die doch als verborgene Namenlose vorübergeht.

In Algerien findet Ponge in dem Bemühen, das Rosa des Himmels bei Sonnenuntergang genau zu definieren, jenen ungewöhnlichen Ausdruck »Sakristan-Rosa«, im Hinblick auf die rosigen Fersen der verschleierten Algerierinnen.

Durch die Schärfe seines Blicks vertieft, läutert und modelliert Ponge seine Muttersprache, wo immer er sich befindet, in der Vielfalt und dem Undurchdringlichen der Wirklichkeit. Am Ende stellt er fest: *»Die stumme Welt ist unsere Heimat!«*

Über Algerien, und Francis Ponge folgend, wäre »die stumme Welt« für mich nicht nur die Welt der Dinge (der Garnelen, der Orangen, der Feigen …), sondern auch die Welt der Frauen seit Generationen, die verhüllt sind, nicht gesehen werden und nicht sehen dürfen, die als »Dinge« behandelt werden.

Doch im Aufruhr und in der Abdrift der Gegenwart suchen die Frauen nach einer Sprache, in der sie ihre Kraft zur Rebellion und zum Leben aufbewahren, verbergen und einnisten können, in einer Umwelt, die ins Wanken geraten ist.

»Wo Sturzbäche reinen Wassers nichts säubern würden«, hieß es in »Die Seife«. Ich zitiere aus diesem Text, der geschrieben wurde, um den Mangel zu lindern, jene Worte, die schamhaft die brennende Bitterkeit des französischen Dichters verbergen:

»Auch das Schweigen nicht. Noch dein Selbstmord in der schwärzesten Quelle, o absoluter Leser!«

Was habe ich mit diesen Erzählungen (einschließlich eines Berichts und eines Märchens) zwischen den beiden Räumen von Algerien und Frankreich gesucht oder auch nur in Algerien, während es zwischen Tod und Begehren gevierteilt wird? Was hat meinen Impuls geleitet, fortzufahren in dieser beliebigen, unnützen Weise mit dem Bericht der Angst, des Entsetzens, den ich von den Lippen meiner vielen erschrockenen Schwestern ablas, die im Exil oder in ständiger Todesgefahr leben? Kein anderer als dieser »absolute Leser« – das heißt jener, der durch seine Lektüre in Schweigen und Solidarität gestattet, dass das Schreiben über Verfolgung und Mord wenigstens seinen Schatten befreit, der bis zum Horizont rennt …

Aber ich frage es mich noch: Gibt es heute ein Rosa beim Sonnenuntergang, in der blutroten Sonne am algerischen Himmel?

Paris, August 1996

Worterklärungen

Ashura Name eines freiwilligen Fasttages, der im Islam von den Juden übernommen wurde; »großer Versöhnungstag«.

Fatiha muslim. Glaubensbekenntnis; 1. Sure des Koran

Haik Wickelgewand der Nordafrikaner

Hammam türkisches Bad; Bad für die traditionelle Waschung der Muslime

ibaditisch zu den Ibaditen gehörig, den Anhängern der Ibadiya, einer gemäßigten kharidijitischen Sekte des Islam, die auf Abdallah Ibn Ibad zurückgeht, der in der zweiten Hälfte des 7. Jh. in Basra lebte. Neben dem Oman sind die Ibaditen auch bei den nordafrikanischen Berberstämmen verbreitet.

Mzab Landschaft in Algerien, Plateau in der nördlichen Sahara mit Oasengärten, v. a. Produktion von Datteln. Hochstehende geistig-religiöse Kultur mit umfangreichem Schrifttum in ibaditischem Glauben. Bevölkerung der fünf Städte (Gründung im 11. Jahrhundert) ursprünglich berberisch. Islamisches Schulsystem für beide Geschlechter.

Petit Lac Armenviertel, Slum von Oran

Petits Blancs Unter der Million Europäer in Algerien am Ende der Kolonialzeit war eine große Zahl von einfacher Herkunft und niederer sozialer Stellung, die petits blancs.

Pieds-noirs wörtlich: »Schwarzfüße«; französische Siedler, die z. T. seit mehreren Generationen in Algerien gelebt hatten und bei der Unabhängigkeit des Landes wieder nach Frankreich zurückgeführt wurden.

Schaukellieder traditionelle andalusische Lieder, die kleine Mädchen beim Schaukeln singen

Seroual traditionelle Pluderhose

Shahada Glaubensbekenntnis

Taleb Koranlehrer

tounsia arab. Tunesierin

Assia Djebar im Unionsverlag

Durst
Der erste Roman der Friedenspreisträgerin wurde über Nacht zur Sensation und steht am Anfang ihres literarischen Wegs.

Fantasia
Ein Roman wie ein Film, eine Autobiografie wie ein Geschichtsbuch. Berichte von der Eroberung Algeriens im 19. Jahrhundert vermischen sich mit Erinnerungen an eine Kindheit in der verschlossenen Welt der Frauen.

Fern von Medina
Aus alten Chroniken erweckt Assia Djebar siebzehn Frauengestalten aus der Zeit des Propheten Mohammed zum Leben.

Frau ohne Begräbnis
Zoulikha ist eine außergewöhnliche und lebenslustige Frau, die einst Wand an Wand mit Assia Djebars Familie in Cherchell wohnte. In aller Stille knüpfte sie ein Netz des Widerstands gegen die französische Herrschaft.

Die Frauen von Algier
Nach dem Besuch in einem Harem malt Delacroix 1832 sein Meisterwerk »Frauen von Algier in ihrem Gemach«, das einen Blick in eine verbotene Welt wirft.

Nächte in Straßburg
»Diese wunderbaren Zeugnisse der Sinnlichkeit, die ihresgleichen in der zeitgenössischen Literatur suchen, schreibt Assia Djebar mit leichter Hand – hemmungslos, selbstbewusst und sehnsüchtig.« *Christiane Falksohn, Saarländischer Rundfunk*

Die Schattenkönigin
Isma und Hajila – zwei gegensätzliche Frauen des gleichen Mannes. Die eine, lange schweigsam und passiv, entschließt sich zur Flucht. Die andere verharrt in den Erinnerungen an die gemeinsamen Nächte voller Liebe und Lust.

Weißes Algerien
»Die algerische Tragödie hat durch diesen erschütternden Bericht ein neues Gesicht bekommen – das Gesicht von Menschen und Schicksalen, die bisher in der Anonymität der Statistiken untergegangen sind.« *Stuttgarter Zeitung*

Weit ist mein Gefängnis
Dieser Roman wächst aus dem Raunen der Frauen und dringt in vergangene Epochen vor. Jede Welt öffnet eine Tür, und dahinter liegt eine noch ältere verborgen.

Starke Frauen aus aller Welt im Unionsverlag

Patricia Grace *Anapuke, Berg der Ahnen*
Der Kampf um Landrechte wird für eine Maorifamilie zur Begegnung mit der eigenen Geschichte und Tradition. In dieser Welt sind die Toten genauso anwesend wie die Lebenden, und Vergangenes muss immer wieder von neuem erzählt werden.

Sahar Khalifa *Das Erbe*
Als Sena, erfolgreiche Anthropologin in den USA, hört, dass ihr verschollener Vater im Sterben liegt, reist sie kurz entschlossen ins Westjordanland – ein Land, das sie nicht kennt und von dem sie nicht weiß, ob es ihre Heimat ist. Die Wirklichkeit bricht über sie herein, das Land ist in Aufruhr.

Kamala Markandaya *Nektar in einem Sieb*
Eine Bauersfrau hält Rückschau auf ihr Leben. Dieser Roman gibt voller Anteilnahme Einblick in das Leben der indischen Dörfer.

Malika Mokeddem *Die blauen Menschen*
Leila, die am Rande der algerischen Wüste aufwächst, besucht als erste Frau ihres Clans die Universität. Die Tradition ihrer Vorfahren, der »blauen Menschen«, ist für sie der Auftrag, immer wieder neu aufzubrechen.

Miral al-Tahawi *Die blaue Aubergine*
Die Studentin Nada versteht die Welt und ihren Körper nicht mehr. Sie verhüllt sich, versteckt sich unterm Kopftuch und sucht Zuflucht bei den religiösen Parolen der Islamisten. Aber weder in der Tradition noch in der Revolte findet sie eine Antwort auf ihre drängenden Fragen.

Zhang Jie *Abschied von der Mutter*
Mit unerbittlicher Ehrlichkeit erzählt Zhang Jie von ihrer Unfähigkeit, von der Mutter Abschied zu nehmen. Durch Krieg, Hunger und die Wirren der Revolution stützten sich Mutter und Tochter gegenseitig in den Härten eines Alltags ohne Ehemann und Vater.

Wie Frauen die Welt erschufen
Rund um den Globus sind die ältesten Gottheiten weiblichen Geschlechts: Die Völker verehrten sie als Urmutter, als Meerfrau und als Lebensspenderin. In dieser Anthologie sind Texte aus verschiedenen Kulturen und Kontinenten zusammengetragen, in denen die Erinnerung an die große Göttin bis in unsere Zeit fortlebt.
